一本就夠・沒有之一

活用韓語關鍵句型

進階

羅際任 著

韓語教育的意義與溫度

只要拿起手機，進入機票訂購網頁，明天就可以飛到韓國，之前那朝思暮想的韓食、K-POP明星、人氣打卡景點，已變得近在咫尺、唾手可得。全球化的時代，確實縮短了臺灣與韓國的距離，且不僅是在文化的交流上，在彼此情感的交流上亦有所展現。韓國，是臺灣的朋友，我們正互相影響著對方。

在過去資訊不發達的年代，人們須透過實際見面交流，藉著了解相互之間的文化差異，消弭對彼此的誤會、誤解；而現在，需要的資訊早已可從網路上輕易取得，甚至不需要會說對方的語言，也可以利用翻譯軟體傳達想說的話。就此，我們是否需要重新思考，學習外語的目的與意義究竟為何？意思的傳達，確實可以透過網路、機器的轉譯以完成；然而，實際對話中所包含的語氣、語感、表情、眼神，卻是不可被取代的重要溝通要素。缺少了這些具有溫度的要素，人與人之間的溝通有可能不再委婉，不再圓滑，嫌隙便由此而生，對話的深度也產生了限制。

筆者認為存在著溫度的溝通甚為重要且必須，因此在從事韓語教育時，一直將焦點置放於實際使用句型、助詞時所一併伴隨之語感，並將多年教學經驗融入於《活用韓語關鍵句型〈基礎〉》、《活用韓語關鍵助詞》等書中；今日則是更進一步，撰寫了涵蓋中、高級韓語句型的《活用韓語關鍵句型〈進階〉》，至此筆者完成了韓語文法中之重要拼圖，亦完整了欲將韓語使用技巧分享給讀者的夢想。

本書接續《活用韓語關鍵句型〈基礎〉》，精選在學習韓語時會遇到的中、高級句型，筆者利用中文母語優勢，精確分析了韓語句型的種種一切，讓籠統的概念不再模糊，同時也將韓語句子重新包裹成原本應該存在的語氣、溫度，讓語言不再只是冷冰冰、且隨時可被AI生成出的一種工具。

緣此出版之際，特別感謝父母於筆者求學時期的用心栽培，還有師長們一直以來的教誨與鼓勵，以及瑞蘭國際出版的協助，筆者不會以完成此書而自滿，未來必將持續研究、更進一步地探索韓語教學之奧妙；與此同時，亦要感謝筆者在教學路上遇到的所有學生，因為透過解決學生疑惑的過程中，讓筆者反思不足之處，從而讓教學經驗更為豐富、精進。

　　最後，期待讀者能善用本書，提升自身的韓語能力。因為句型、助詞為使用韓語時的核心文法，必須透過特別指出的細部語感、內容補充，才能讓意思表達更為精準，進而使溝通交流更為順利、流暢。而本書所涵蓋之句型網羅中、高級學習者之必學句型，值得搭配《活用韓語關鍵句型〈基礎〉》、《活用韓語關鍵助詞》一同研讀，實現韓語流暢之目的。期待本書的用心細節能對讀者有實際幫助，並能輕鬆解決在學習韓語時所遇到的各式問題，若能讓讀者更正確、更順利地使用韓語，實是筆者最大的榮幸。

羅際任

2024年06月01日於政大

推薦序

本書內容

　　《活用韓語關鍵句型〈進階〉》全書共有四章，分別為：A語氣與語感、B句子連結、C描述與添加、D其他常用表現，此為依照句型的使用時機而做出之分類。而每章依照更細部之使用功能，再劃分成四節。讀者可在學習特定句型時，一併瀏覽同一章節之相關句型，進而更正確地使用符合每一狀況之韓語表現。另外，在四章前放置「X基本概念」，讓讀者對基本文法概念有基礎的了解，以及遇到動詞、形容詞脫落與不規則變化時方便查找，以便時時複習，增加印象。

使用時機

　　本書作為工具書，讀者可搭配原先使用之韓語教科書使用，藉以補足教科書中不足之句型解說；考量到學習者對句型之查找可能產生困難，書中之最後亦提供「句型索引」，單純依照韓語排列順序之呈現，則提供讀者另一種搜尋句型之方式。

適用對象

　　承續《活用韓語關鍵句型〈基礎〉》中之初級句型內容，本書則精選使用頻率較高之中、高級句型，適合欲對韓語句型有更深一步了解之中、高級韓語能力學習者，以及想更自然、流暢地表達韓語的所有學習者，相信讀者只要善用本書，活用本書，必定可在學習韓語的道路上能更有所進步。

　　本書每個句型說明皆以下列步驟詳細說明：

A2-6 -(으)ㄹ 뻔하다

解　　釋：表示雖然具有高度發生的可能性，實際上卻並未發生之情況。◀

中文翻譯：差一點就……了 ◀

結構形態：由冠形詞形語尾「-(으)ㄹ」，與表示「表示雖然並未發生，但
　　　　　卻具有高度發生可能性」意義之補助形容詞「뻔하다」結合而
　　　　　成。◀

結合用例：◀

與「動詞」結合時			
실수하다	실수할 뻔하다	굽다	구울 뻔하다*
읽다	읽을 뻔하다	웃다	웃을 뻔하다
만들다	만들 뻔하다*	짓다	지을 뻔하다*
닫다	닫을 뻔하다	쓰다	쓸 뻔하다
듣다	들을 뻔하다*	자르다	자를 뻔하다
입다	입을 뻔하다	놓다	놓을 뻔하다

用　　法：

▶ 1. 表示某狀況雖然在實際上並未發生，但發生之可能性很高。

　　● 공항에 가는데 길이 너무 막혀서 비행기를 놓칠 뻔했어요.
　　　去機場的路上路實在是太塞了，差一點就錯過了飛機。

　　● 너 왜 이렇게 많이 변했어? 거의 못 알아볼 뻔했잖아.
　　　你怎麼變了這麼多？幾乎差一點就認不出來了欸。

083

解釋

對句型進行意義上之說明，讓讀者清楚了解句型之作用，以便日後與其他相似句型進行比較。同時，藉由意義上之精確定義，可對句型進行更嚴謹之功能確定。

中文翻譯

將對應於該句型的中文意思列出，讓讀者可透過更直接性之說明，理解句型最準確之意義。同時，可立即應用於文句翻譯，藉以提升翻譯實力。

結構形態

在韓語句型中，屬經過「結合」後衍伸出新意義之句型甚多。透過結構形態之分析，讀者可了解句型中之組成成分，也就減少「硬背」之必要，可更輕鬆、更省時地以「關聯性」來判斷句型意義。

結合用例

實際將句型與單字的結合列出，並依照詞性區分，更能讓讀者親自確認該句型之正確使用方式。同時。屬「脫落、不規則活用」、「合併、簡化」及「特殊用法」之部分亦以「＊」清楚標示，能更輕鬆地掌握韓語中之「例外」。

用法

以條列式明示該句型之實際用法，極為詳盡之用法解說，讓讀者能更準確地使用句型，且一次到位；既彌補在自學韓語時句型講解之缺乏，亦補強坊間書中模糊且大略式之說明。

例句解說

針對例句內容中需加以解釋之部分單獨說明，預先解說讀者可能提出之問題。詳盡且獨一無二之附加說明，協助讀者更能理解助詞之實際操作，就像有老師在旁細心講述、提點。

<table>
<tr><th colspan="4">與「名詞이다」結合時</th></tr>
<tr><td>학생이다</td><td>학생인가 보다</td><td>학교이다</td><td>학교인가 보다</td></tr>
</table>

用　法：

1. 表達就當下事實、現象之觀察，對導致其發生的原因進行推斷、推測；即話者根據觀察到之客觀根據，對背後之原因、背景進行推測；一般狀況下，通常以陳述句呈現。

- 제가 거짓말을 한 것을 선생님이 아시나 봐요.
  我說了謊這件事情，看樣子老師知道了呢。

  （根據「老師的行為、講話中帶有暗示」等由話者觀察到之事實，推測「내가 거짓말을 한 것을 선생님이 아시다」（老師知道我說了謊）為導致老師行動之背後原因。）

延伸補充

句型之使用規則上雖然可列出大方向之脈絡，卻仍可能含有屬於特例之非廣泛用法。此部分專為「深度學習者」設計，供學習有餘力之高級學習者使用；透過提高複雜度、深度之延伸法，讓讀者在韓語之使用更為自然、流暢。

3. 此句型僅以陳述句、疑問句呈現，不使用於共動句、命令句。

- 그때 경찰에게 사실대로 말했더라면 좋았을걸.
  如果當時對警察實話實說就好了。

- 컴퓨터가 없었더라면 세계는 어떻게 됐을까요?
  要是當時沒有電腦的話，世界會成為什麼樣子呢？

延伸補充：

1. 由於是利用「-았/었/였더라면」對過去已發生之事進行假設，即針對不可改變之狀況進行假設，因此常作為表達「惋惜」、「懊悔」、「怪罪」、「幸虧」等語氣使用。

- 천천히 운전을 했더라면 사고가 나지 않았을 텐데요.
  如果當時慢慢開車的話，也許就不會發生事故了。

  （此時作為表達「懊悔」之語氣使用。）

標色反黑

與一般內容有所區別之清楚標示，能讓讀者透過第一眼就可以辨識出句子中之重點部分，同時可再次確認句型之實際使用情形。此外，讀者可將其與「結合用例」相互對照，藉此更清楚句型與單字間之結合方式。

- 그 당시 바로 병원에 가지 않았더라면 큰일이 날 뻔했어요.
  當時要不是馬上去醫院，就差點出大事了。

  （此時作為表達「幸虧、萬幸」之語氣使用。）

句型結合實例

在韓語學習中除句型之單獨演練，句型間之相互結合亦為不容忽視之處，也是在以韓語談話時不可或缺之重點。讀者可視情況對書中其他句型進行預先理解，藉以豐富韓語句型使用。同時，收錄於初級程度系列書籍中之內容，則以灰底標示之方式處理，提醒讀者。

句型結合實例：

1. -아/어/여 놓다 + -았/었/였더라면

- 재테크를 어느 정도해 놓았더라면 어느 정도의 목돈이 되었을 텐데.
  當時做了一定程度的理財的話，應該存了一大筆錢了呢。

目次

目次

基本概念

在實際運用韓語時，常常會因基本概念的不足而影響動詞、形容詞等與句型之順利結合，這也意味著直接影響了溝通之順暢性。因為基本概念的建構，就像大樓的地基一般，具有無可取代之重要性。

專有名詞的解釋，可協助釐清較為複雜之文法概念；脫落現象與不規則活用，則可協助熟稔韓語中詞性之變化。學習者若能將本章內容烙印於腦海中，必定能對韓語之掌握更為輕鬆，在基礎上較他人更勝一籌。

X1 專有名詞解釋

X1-1 體言、格與助詞

· 體言（체언）：不與語尾活用結合，透過助詞之協助，得以發揮其在句子中之作用，包含名詞、代名詞、數詞。

· 格（격）：句子中之體言（名詞、代名詞、數詞）在對應於動詞、形容詞、敘述格助詞（이다）時，在句子中所具備之資格、所扮演之角色。

· 助詞（조사）：添加於名詞、代名詞、數詞、副詞後方，用以表示與其他句子成分之間文法關係的一種詞性，同時具有協助釐清、增添句子含意之功用。

用　例：

① 친구가 커피를 마셔요. 朋友喝咖啡。

→ 對應於動詞「마시다」（喝）時，體言「커피」（咖啡）所具備之資格為受格，後方添加受格助詞「을/를」形成受語，為句子的成分之一，表示其為接受動詞動作之對象。

② 날씨가 좋아요. 天氣好。

→ 在對應於形容詞「좋다」（好）時，體言「날씨」（天氣）所具備之資格為主格，後方添加主格助詞「이/가」形成主語，為句子的成分之一，是呈現詞彙之動作、狀態的主體。

X1-2 用言、語幹與語尾

- 用言（용언）：需要另外加以活用變化之詞彙，包含動詞、形容詞；與此同時，「이다」（是）雖並未被納入用言之中，但亦需要加以活用變化。

- 語幹（어간）：動詞、形容詞、「이다」之核心基幹。與語尾結合時，原則上不會改變「다」前面之部分，便稱其為「語幹」。

- 語尾（어미）：動詞、形容詞、「이다」加以活用變化時改變之部分，即語幹除外之部分。依據位置、功能，可細分為「終結語尾」、「先語末語尾」、「轉成語尾」等。

用　例：

① 저는 선생님이에요. 我是老師。

　→ 字典形（出現在字典、單字書上之基本型態）「이다」透過與終結語尾結合後會變成「이에요」，但其語幹中的「이」並無變化。

② 식사하고 가요. 吃完飯後去。

　→ 字典形「식사하다」透過與連結語尾結合後會變成「식사하고」，但其語幹「식사하」並無變化。

X1-3 用言活用方式

- 「-아/어/여」：視語幹最後一字決定。若最後一字母音為「ㅏ、ㅗ」（陽性母音）時，要與「아」結合；若最後一字母音為「ㅏ、ㅗ」以外之母音（陰性母音）時，要與「어」結合；若語幹最後一字為「하」時，則要與「여」結合，且另常作「해」。

- 「-(으)」：視語幹最後一字收尾音之有無決定。若有收尾音時，則需要添加「으」；若無收尾音，或語幹最後一字以「ㄹ」結尾時，則不需要添加「으」。

用　例：

① 만들다 + -아/어/여요 → 만들어요　製作

　　→ 語幹「만들」之最後一字為「들」，其母音為「ㅏ、ㅗ」以外之母音即為陰性母音，所以與「어」結合。

② 먹다 + -(으)ㄹ 것이다 → 먹을 것이다　要吃

　　→ 語幹「먹」之最後一字為「먹」，具收尾音，因此必須連同「으」一併與後方之句型結合。

X1-4 尊待法（敬語體制）

• 相對尊待法（**상대높임법**）：與聽者相關之尊待，需要考量話者與聽者之間的關係；以終結語尾呈現。

• 主體尊待法（**주체높임법**）：與主語、行為者相關之尊待，需要考量主語與話者之間的關係；以特定詞彙、助詞、先語末語尾（緊接於用言、이다語幹後方）呈現。

• 客體尊待法（**객체높임법**）：與對方、受行為影響者相關之尊待，需要考量主語與受行為影響者之間的關係；以助詞、特定詞彙呈現。

用　例：

① 어디에 갑니까? 去哪裡？

　→ 以終結語尾「–ㅂ니까?」呈現相對尊待，表達對聽者之尊敬。

② 교수님께서 식사하셨어? 教授用餐了嗎？

　→ 以助詞「께서」、先語末語尾「–(으)시–」呈現主體尊待，表達對主語、行為者之尊敬。

③ 처음 뵙겠습니다. 初次見面。

　→ 以特定詞彙「뵙다」呈現客體尊待，表達對對方、受行為影響者之尊敬。

X1-5 時制與動作相

- 時制（시제）：表示事件、事實發生在時間軸上之位置，可分為現在、過去、未來；在韓語中，未來發生之事件、事實可以現在時制表達，若選擇使用未來時制，則基本上亦同時具有意志或推測之含意，因此在本書中亦以相同方式處理未來時制。

- 動作相（상）：動詞具備之動作樣態、特性，可分為進行、完了、預定。這點和英語不同，在英語中是將時態、動作相並稱為「時態」。

用　　例：

① 내일 학교에 가요. 明天去學校。

　→ 在時間上為未來，但實際上以現在時制表示；添加表示未來時間之名詞、副詞，即可以現在時制表達未來發生之事件、事實。

② 공부하고 있었어요. 當時正在讀書。

　→ 在時制上為過去，動作相上為進行，即表示過去進行之事件、事實。韓語中之動作相，是利用句型另外加以表示。

X1-6 終結語尾

- 終結語尾（종결어미）：使一句子終結、完整之語末語尾。所有句子需要藉由終結語尾來完成句子。依據語氣，可分為陳述句、疑問句、命令句、共動（共同行動）句。

- 格式體終結語尾（격식체）：具禮儀、正式性之終結語尾，具有直接、斷定、客觀性等特徵。「-ㅂ니다./습니다.」、「-ㅂ니까?/습니까?」等即屬其中。

- 非格式體終結語尾（비격식체）：語氣較為柔和之終結語尾，較具主觀性，也因此可表達較為豐富之內心情感。「-아/어/여요」（敬語）、「-아/어/여」（半語）等即屬其中。

用　例：

① 언제 오셨습니까? 什麼時候蒞臨的呢？

　→ 格式體終結語尾「-ㅂ니까?/습니다?」置於句末，較為正式、莊嚴。

② 언제 왔어요? 什麼時候來的？

　→ 非格式體終結語尾「-아/어/여요」置於句末，廣泛使用於日常口語中。

X2 | 脫落現象與不規則活用

X2-1 「ㄹ」脫落現象（'ㄹ' 탈락 현상）

規　　則：

① 當動詞、形容詞語幹最後一字以「ㄹ」作為收尾音時，若語尾以「ㄴ、ㅂ、ㅅ」開頭，或緊接收尾音「ㄹ」，則「ㄹ」必須脫落。

用　　例：

- 살다 + -는 → 사는

  > 「살」以「ㄹ」結尾，後方語尾以「ㄴ、ㅂ、ㅅ」開頭時，則「ㄹ」脫落。

- 놀다 + -(으)ㄹ래요 → 놀래요

  > 「놀」以「ㄹ」結尾，視為無收尾音，此時後方「으」脫落；去除「으」之後，當後方緊接收尾音「ㄹ」，則前方「ㄹ」脫落。

- 팔다 + -(으)러 → 팔러

  > 「팔」以「ㄹ」結尾，視為無收尾音，此時後方「으」脫落；去除「으」之後，此時後方並非緊接收尾音「ㄹ」，則前方「ㄹ」不需脫落。

常見之適用詞彙				
가늘다（細）	갈다（磨）	걸다（掛）	길다（長）	깔다（鋪墊）
끌다（拖拉）	날다（飛）	놀다（玩）	늘다（增加）	달다（掛）
들다（提）	만들다（製作）	멀다（遠）	밀다（推）	벌다（賺）
불다（吹）	살다（生活）	썰다（切）	알다（知道）	얼다（凍）
열다（開）	울다（哭）	졸다（打瞌睡）	팔다（賣）	풀다（解開）

補　充：

此脫落現象為韓語中廣泛出現之規律，具普遍性。除因適用「不規則活用」而發生之特例之外，其他絕大部分之情形皆需要按照此脫落現象之規則進行變化。

X

基本概念

X2-2 「一」脫落現象（'一' 탈락 현상）

規　則：

① 當動詞、形容詞語幹最後一字以「一」結尾時，若語尾以「-아/어」開頭，則「一」必須脫落，並依據語幹最後一字之前一字的母音填補其空缺，若前一字之母音為「ㅏ、ㅗ」，則以「ㅏ」填補；前一字之母音為「ㅏ、ㅗ以外之母音」，則以「ㅓ」填補。

② 承上規則，但當動詞、形容詞語幹本身僅有一字，則「一」必須脫落，並以「ㅓ」填補其空缺。

③ 當動詞、形容詞語幹最後一字以「ㄹ」結尾時，視為無收尾音，後方在與語尾結合時，若語尾以媒介母音「으」開頭，則「一」脫落。

用　例：

- 아프다 + -아/어/여요 → 아파요

  > 「아」之母音為「ㅏ、ㅗ」，則以「ㅏ」取代「프」中的母音「一」。

- 예쁘다 + -았-/-었-/-였- → 예뻤-

  > 「예」之母音為「ㅏ、ㅗ以外之母音」，則以「ㅓ」取代「쁘」中的母音「一」。

- 쓰다 + -아/어/여요 → 써요

  > 「쓰」前並無字，則以「ㅓ」取代「쓰」中的母音「一」。

- 끄다 + -아/어/여 버리다 → 꺼 버리다

  > 「끄」前並無字，則以「ㅓ」取代「끄」中的母音「一」。

- 울다 + -(으)면 → 울면

  「울」以「ㄹ」結尾，視為無收尾音，後方語尾以「으」開頭時，則「ㅡ」脫落。

- 벌다 + -(으)려고 → 벌려고

  「벌」以「ㄹ」結尾，視為無收尾音，後方語尾以「으」開頭時，則「ㅡ」脫落。

常見之適用詞彙

고프다（餓）	끄다（關）	나쁘다（壞）	담그다（盛裝）
들르다（順道去）	따르다（遵照）	뜨다（飄浮）	모으다（收集）
바쁘다（忙）	쓰다（寫）	아프다（痛）	예쁘다（漂亮）
잠그다（鎖）	치르다（舉辦）	크다（大）	

補　充：

此脫落現象為韓語中廣泛出現之規律，具普遍性。除因適用「不規則活用」而發生之特例之外，其他絕大部分之情形皆需要按照此脫落現象之規則進行變化。

X2-3 「ㅂ」不規則活用（'ㅂ' 불규칙 활용）

規　　則：

① 當動詞、形容詞語幹最後一字以「ㅂ」結尾時，若語尾以「母音」開頭，則「ㅂ」必須脫落，添加「우」於後，同時將語幹視為無收尾音，再與語尾結合。

② 同上規則，但在「곱다、돕다」與「아」開頭之語尾結合時，「ㅂ」必須脫落，添加「오」於後，再與語尾結合，屬特例用法。

用　　例：

- 춥다 + -아/어/여서 → 추우어서 → 추워서

  > 「춥다」屬不規則用言，且後方語尾以「母音」開頭時，則「ㅂ」脫落並添加「우」於後，再與語尾結合。

- 어렵다 + -(으)니까 → 어려우니까

  > 「어렵다」屬不規則用言，且後方語尾以「母音」開頭時，則「ㅂ」脫落並添加「우」於後；同時視語幹為無收尾音，因此不需添加「으」。

- 돕다 + -아/어/여 → 도오아 → 도와

  > 「돕다」屬不規則用言，且後方語尾以「아」開頭，則「ㅂ」脫落並添加「오」於後再與語尾結合。

- 곱다 + -(으)니까 → 고우니까

> 「곱다」屬不規則用言，但後方語尾以「非아之母音」開頭，不屬特例用法，則「ㅂ」脫落並添加「우」於後；同時視語幹為無收尾音，此時不需添加「으」。

屬於「不規則」活用之常見詞彙

가깝다 (近)	가볍다 (輕)	고맙다 (感謝)
굽다 (烤)	귀엽다 (可愛)	더럽다 (髒)
덥다 (熱)	맵다 (辣)	무겁다 (重)
반갑다 (愉快)	쉽다 (容易)	아깝다 (可惜)
아름답다 (美)	아쉽다 (惋惜)	어렵다 (困難)
여쭙다 (請教)	우습다 (滑稽)	조심스럽다 (小心翼翼)
줍다 (撿)	춥다 (冷)	평화롭다 (和平)
곱다 (美) *	돕다 (幫助) *	

補　充：

屬規則活用之用言，即使符合上述條件，亦依照一般活用之規則進行結合即可。

- 입다 + -(으)니까 → 입으니까

- 잡다 + -아/어/여 주다 → 잡아 주다

屬於「規則」活用之常見詞彙

굽다 (烤)	꼽다 (屈指)	뽑다 (拔)	씹다 (嚼)
업다 (揹)	입다 (穿)	잡다 (抓)	접다 (折疊)
좁다 (窄)	집다 (夾)		

X2-4 「ㄷ」不規則活用（'ㄷ' 불규칙 활용）

規　則：

① 當動詞語幹最後一字以「ㄷ」結尾時，若語尾以「母音」開頭，則「ㄷ」會替換成「ㄹ」。

用　例：

- 듣다 + -(으)ㄹ까요? → 들을까요?

  > 「듣다」屬不規則用言，且後方語尾以「母音」開頭時，則「ㄷ」會替換成「ㄹ」於後；且不再適用「『ㅡ』脫落現象」、「『ㄹ』脫落現象」。

- 묻다 + -아/어/여 보다 → 물어 보다

  > 「묻다」屬不規則用言，且後方語尾以「母音」開頭時，則「ㄷ」會替換成「ㄹ」。

屬於「不規則」活用之常見詞彙				
걷다（行走）	깨닫다（醒悟）	듣다（聽）	묻다（問）	싣다（裝載）

補　充：

屬規則活用之用言，即使符合上述條件，亦依照一般活用之規則進行結合即可。

- 믿다 + -(으)ㄹ까요? → 믿을까요?

- 닫다 + -아/어/여 보다 → 닫아 보다

屬於「規則」活用之常見詞彙			
걷다（捲起）	닫다（關）	뜯다（撕扯）	묻다（埋）
믿다（相信）	받다（接收）	쏟다（傾倒）	얻다（獲得）

X2-5 「르」不規則活用（'르' 불규칙 활용）

規　則：

① 當動詞、形容詞語幹最後一字以「르」結尾時，若語尾以「-아/어」開頭，則「ㅡ」必須脫落，並依據前一字之母音填補其空缺，若前一字之母音為「ㅏ、ㅗ」，則以「ㅏ」填補；前一字之母音為「ㅏ、ㅗ以外之母音」，則以「ㅓ」填補。同時，需在語幹最後一字之前一字上添加收尾音「ㄹ」。

用　例：

* 빠르다 + −아/어/여서 → 빨라서

  > 「빠르다」屬不規則用言，且後方語尾以「-아/어」開頭；又「빠」之母音為「ㅏ、ㅗ」，則以「ㅏ」取代「르」中的母音「ㅡ」，同時在「빠」下方添加「ㄹ」。

* 기르다 + −아/어/여도 → 길러도

  > 「기르다」屬不規則用言，且後方語尾以「-아/어」開頭；又「기」之母音為「ㅏ、ㅗ以外之母音」，以「ㅓ」取代「르」中的母音「ㅡ」，同時在「기」下方添加「ㄹ」。

屬於「不規則」活用之常見詞彙

가르다（劃分）	게으르다（懶惰）	고르다（選擇）	기르다（飼養）
나르다（搬運）	누르다（按壓）	다르다（不同）	머무르다（停留）
모르다（不知道）	바르다（塗抹）	부르다（呼喊）	빠르다（快）
서두르다（趕忙）	서투르다（生疏）	오르다（登上）	자르다（剪）
찌르다（刺）	흐르다（流淌）		

補　　充：

屬規則活用之用言，即使符合上述條件，亦依照一般活用之規則進行結合即可；惟仍適用「『ㅡ』脫落現象」。

- 따르다 + -아/어/여서 → 따라서

- 치르다 + -아/어/여도 → 치러도

屬於「規則」活用之常見詞彙		
들르다（順道去）	따르다（遵照）	치르다（舉辦）

X2-6 「ㅅ」不規則活用（'ㅅ'불규칙 활용）

規　　則：

①當動詞、形容詞語幹最後一字以「ㅅ」結尾時，若語尾以「母音」開頭，則「ㅅ」必須脫落，同時將語幹視為有收尾音，再與語尾結合。

用　　例：

- 낫다 + -(으)니까 → 나으니까

  > 「낫다」屬不規則用言，且後方語尾以「母音」開頭時，則「ㅅ」脫落；同時視語幹為有收尾音，因此需添加「으」。

- 짓다 + -아/어/여요 → 지어요

  > 「짓다」屬不規則用言，且後方語尾以「母音」開頭時，則「ㅅ」脫落；視語幹為有收尾音，因此不將「지」與「어」合併為一字。

屬於「不規則」活用之常見詞彙		
긋다（劃）	낫다（痊癒）	붓다（腫）
잇다（接上）	젓다（攪拌）	짓다（建）

補　充：

屬規則活用之用言，即使符合上述條件，亦依照一般活用之規則進行結合即可。

- 씻다 + -(으)니까 → 씻으니까

- 벗다 + -아/어/여요 → 벗어요

屬於「規則」活用之常見詞彙		
벗다（脫）	빼앗다（搶奪）	뺏다（搶奪）
솟다（冒出）	씻다（洗）	웃다（笑）

X2-7 「ㅎ」不規則活用（'ㅎ'불규칙 활용）

規　　則：

① 當形容詞語幹最後一字以「ㅎ」結尾時，若語尾以「으」開頭，則「ㅎ」必須脫落，語尾之「으」亦同時脫落。

② 當形容詞語幹最後一字以「ㅎ」結尾時，若語尾以「-아/어」開頭，則「ㅎ」必須脫落，語尾亦同時依據語幹最後一字之母音而有所變化；若該母音為「ㅏ、ㅓ」，則語尾之母音變作「ㅐ」；若該母音為「ㅑ」，則語尾之母音變作「ㅒ」。

用　　例：

- 그렇다 + -(으)ㄴ → 그런

  > 「그렇다」屬不規則用言，且後方語尾以「으」開頭時，則「ㅎ」脫落，「으」亦脫落。

- 이렇다 + -(으)ㄹ 것이다 → 이럴 것이다

  > 「이렇다」屬不規則用言，且後方語尾以「으」開頭時，則「ㅎ」脫落，「으」亦脫落。

- 하얗다 + -았-/-었-/-였- → 하얬-

  > 「하얗다」屬不規則用言，且後方語尾以「-아/어」開頭時，則「ㅎ」脫落；又「얗」之母音為「ㅑ」，語尾之母音變作「ㅒ」。

- 까맣다 + –아/어/여서 → 까매서

> 「까맣다」屬不規則用言，且後方語尾以「–아/어」開頭時，則「ㅎ」脫落；又「맣」之母音為「ㅏ、ㅓ」，語尾之母音變作「ㅐ」。

屬於「不規則」活用之常見詞彙		
그렇다（那樣的）	까맣다（黑）	노랗다（黃）
빨갛다（紅）	어떻다（怎麼樣）	이렇다（這樣的）
저렇다（那樣的）	파랗다（藍）	하얗다（白）

補　充：

屬規則活用之用言，即使符合上述條件，亦依照一般活用之規則進行結合即可。

- 넣다 + –았–/–었–/–였– → 넣었–

- 좋다 + –(으)ㄴ → 좋은

屬於「規則」活用之常見詞彙		
낳다（生）	넣다（放入）	놓다（放下）
닿다（觸及）	쌓다（堆疊）	좋다（好）

語氣與語感

在韓語中，語氣與語感之使用極為細緻，不僅可左右一句話的含意，亦可呈現話者多樣之態度，進而影響聽者的回答。因此，說語氣與語感為一句話之靈魂也毫不為過。

與語氣、語感相關之句型，常置於句子之末端，透過小部分的差異，便能將話者所持有之態度傳達予對方。學習者若能將本章內容應用於實際對話，必定能將韓語之使用更為順暢，與他人之溝通更為融洽。

A1-1 -는/(으)ㄴ/(으)ㄹ 모양이다

解　　釋：表達站在客觀的立場上觀察，並對某事件、狀態進行之推測。

中文翻譯：似乎……、好像……、……的樣子

結構形態：由冠形詞形語尾「-는/(으)ㄴ/(으)ㄹ」、具推測意義之依存名
詞「모양」，與具有「是」含義之「이다」結合而成。

結合用例：

與「動詞」結合時			
공부하다	공부하는 모양이다 공부한 모양이다 공부할 모양이다	돕다	돕는 모양이다 도운 모양이다* 도울 모양이다*
읽다	읽는 모양이다 읽은 모양이다 읽을 모양이다	웃다	웃는 모양이다 웃은 모양이다 웃을 모양이다
만들다	만드는 모양이다* 만든 모양이다* 만들 모양이다*	짓다	짓는 모양이다 지은 모양이다* 지을 모양이다*
닫다	닫는 모양이다 닫은 모양이다 닫을 모양이다	쓰다	쓰는 모양이다 쓴 모양이다 쓸 모양이다
듣다	듣는 모양이다 들은 모양이다* 들을 모양이다*	자르다	자르는 모양이다 자른 모양이다 자를 모양이다

| 입다 | 입는 모양이다
입은 모양이다
입을 모양이다 | 놓다 | 놓는 모양이다
놓은 모양이다
놓을 모양이다 |

與「形容詞」結合時

따뜻하다	따뜻한 모양이다	좁다	좁은 모양이다
시다	신 모양이다	춥다	추운 모양이다*
아니다	아닌 모양이다	낫다	나은 모양이다*
좋다	좋은 모양이다	바쁘다	바쁜 모양이다
없다	없는 모양이다*	빠르다	빠른 모양이다
길다	긴 모양이다*	그렇다	그런 모양이다*

與「名詞이다」結合時

학생이다	학생인 모양이다	학교이다	학교인 모양이다

用　法：

1. 表達話者以當下所觀察到之狀況作為根據，對事件、狀態進行客觀之推測；
   一般狀況下，通常以陳述句呈現。

   - 사람들이 우산을 쓰고 있는 걸 보니 지금 밖에 비가 오고 있
     는 모양입니다.
     看到人們都在撐傘，現在外面好像正在下雨的樣子。

   - 시험을 잘 못 봐서 기분이 안 좋은 모양이었어.
     當時似乎是因為考砸了所以心情不好。

2. 與動詞結合時，若對現在、常態之事件加以推斷，必須使用「-는 모양이다」作「動詞語幹-는 모양이다」；若對過去、已發生之動作加以推斷，必須使用「-(으)ㄴ 모양이다」，作「動詞語幹-(으)ㄴ 모양이다」；而若對未來尚未發生之事件加以推斷、推測，則必須使用「-(으)ㄹ 모양이다」作「動詞語幹-(으)ㄹ 모양이다」。

- 이렇게 조용한 것을 보니까 공부를 열심히 하는 모양이에요.
  看著如此安靜的樣子，似乎是在認真地讀書。

  （對現在之事實加以推斷。）

- 둘이 어젯밤에 크게 싸운 모양이에요.
  兩人昨天好像吵得很兇的樣子。

  （對過去、已發生之動作加以推斷。）

- 앞으로는 주4일 근무제가 일반화될 모양입니다.
  今後，每週4天工作制似乎將普遍化。

  （對未來尚未發生之狀況加以推測、推斷。）

3. 與形容詞、名詞이다結合時，常對現在、常態之狀態或性質加以推斷，必須使用「-(으)ㄴ 모양이다」作「形容詞語幹-(으)ㄴ 모양이다」、「名詞인 모양이다」。

- 숙취 때문에 머리가 아프신 모양입니다.
  似乎是因為宿醉，頭很痛的樣子。

  （對現在之狀態加以推斷。）

- 군대도 사회와 마찬가지인 모양입니다.
  軍隊似乎也和社會一樣。

  （對身為常態、事實之性質加以推斷。）

4. 相較於語氣輕鬆之口語對話，「-는/(으)ㄴ/(으)ㄹ 모양이다」更常使用於較正式之場合，或在敍述較為嚴肅、嚴謹正經之話題時使用。

延伸補充:

1. 由於利用「-는/(으)ㄴ/(으)ㄹ 모양이다」推測之根據,是由話者在當下親自觀察所獲得,因此句中主語通常為第三人稱;然若推測之根據,是先前不清楚而在之後才得知、意識到,主語則可為第一人稱、第二人稱。

- 제가 어제 파일을 잘못 보낸 모양이네요.
  我昨天好像寄錯檔案了。

  (主語為第一人稱「我」(나);「파일을 잘못 보냈다」(檔案寄送錯誤)一事為原先不知道,後來才發現之事。)

- 네가 어제 술을 너무 많이 마셔서 실수를 좀 한 모양이야.
  你昨天似乎因為喝太多酒而有些失態了。

  (主語為第二人稱「你」(너);「실수를 좀 했다」(犯了錯)一事為原先不知道,後來才發現之事。)

2. 利用此句型推測時,必須基於有根據之客觀性事實,因此常與「-는/(으)ㄴ 것을 보니까」、「-는/(으)ㄴ 것을 보면」等與「親自觀察」之相關用法一同使用;然而,儘管句中並未明示推測之根據,仍存在話者實際觀察到某一狀況之前提。

- 날씨가 흐린 것을 보니 비가 올 모양이야.
  看天空陰陰的,似乎要下雨了。

  (利用「-는/(으)ㄴ 것을 보니까」,在句中明示用以推測之根據,是來自話者觀察到之狀況。)

- 제 친구는 타이베이 사람이 아닌 모양이네요.
  我的朋友好像不是臺北人呢。

  (句中雖並未說明用來推測之根據,但仍存在話者觀察到某現象之前提,通常因可在對話當下得知而予以省略。)

句型結合實例：

1. -던 + -는/(으)ㄴ/(으)ㄹ 모양이다

   - 둘 사이에 뭔가 오해가 있었던 모양이에요.
     兩人之間似乎曾有過什麼誤會。

2. -는/(으)ㄴ/(으)ㄹ 모양이다 + -는/(으)ㄴ데

   - 할 얘기가 있는 모양인데 나가서 할까?
     （你）有話要說的樣子，要出去說嗎？

A1-2 -나 보다 ; -(으)ㄴ가 보다

解　　釋：表示透過對當下事實、現象之觀察，對導致其發生的原因進行
　　　　　推斷。

中文翻譯：看樣子……呢、好像……呢

結構形態：由疑問形終結語尾「-나 ; -(으)ㄴ가」，與表示「推測」之補
　　　　　助形容詞「보다」結合而成。

結合用例：

與「動詞」結合時			
공부하다	공부하나 보다	돕다	돕나 보다
읽다	읽나 보다	웃다	웃나 보다
만들다	만드나 보다*	짓다	짓나 보다
닫다	닫나 보다	쓰다	쓰나 보다
듣다	듣나 보다	자르다	자르나 보다
입다	입나 보다	놓다	놓나 보다

與「形容詞」結合時			
따뜻하다	따뜻한가 보다	좁다	좁은가 보다
시다	신가 보다	춥다	추운가 보다*
아니다	아닌가 보다	낫다	나은가 보다*
좋다	좋은가 보다	바쁘다	바쁜가 보다
없다	없나 보다*	빠르다	빠른가 보다
길다	긴가 보다*	그렇다	그런가 보다*

| 학생이다 | 학생인가 보다 | 학교이다 | 학교인가 보다 |

用　法：

1. 表達就當下事實、現象之觀察，對導致其發生的原因進行推斷、推測；即話者根據觀察到之客觀根據，對背後之原因、背景進行推測；一般狀況下，通常以陳述句呈現。

   - 제가 거짓말을 한 것을 선생님이 아시나 봐요.
     我說了謊這件事情，看樣子老師知道了呢。

     （根據「老師的行為、講話中帶有暗示」等可由話者觀察到之事實，推測「내가 거짓말을 한 것을 선생님이 아시다」（老師知道我說了謊）為導致老師行動之背後原因。）

   - 많이 더운가 본데 괜찮아?
     （你）看起來很熱呢，還好嗎？

     （根據「對方汗流浹背」等可由話者觀察到之事實，推測「많이 덥다」（很熱）為導致對方呈現如此狀態之背景。）

2. 與動詞結合時作「動詞語幹-나 보다」；與形容詞結合時作「形容詞語幹-(으)ㄴ가 보다」；與名詞이다結合則時作「名詞인가 보다」。同時，「있다」及「없다」須同動詞般與句型結合，分別作「있나 보다」、「없나 보다」。

   - 헬스장에 매일 가나 봐.
     看樣子每天去健身房呢。

   - 이번의 중간시험 문제는 굉장히 어려운가 봅니다.
     看樣子這次期中考試的題目非常地難呢。

   - 여기는 여성전용차량인가 봐요.
     看樣子這裡是女性專用車廂呢。

- 오후에 중요한 약속이 있나 봐.
  看樣子下午有重要的約會呢。

3. 若推測得出之背景、原因，所對應之時間為過去，或是已完成，可在前文添加先語末語尾「-았-/-었-/-였-」，且無論句型前方之語幹詞性為何，皆作「-았/었/였나 보다」。

- 벌써 다 먹었어요? 배가 많이 고팠나 보네요.
  全部都已經吃完了？看樣子很餓呢。

- 버스에서 잘못 내렸나 봐.
  看樣子公車下錯站了呢。

4. 相較於較為嚴謹正經之場合，「-나 보다 ; -(으)ㄴ가 보다」更常使用於語氣輕鬆之口語對話中，是一對話性較強之句型。

延伸補充：

1. 在利用「-나 보다 ; -(으)ㄴ가 보다」推測背後原因、背景時，句中主語通常為第二、三人稱；然若經推測得出之原因、背景，是連話者自己也不太確定時，主語則可為第一人稱。

- 제가 사랑에 빠졌나 봐요.
  我好像墜入愛河了呢。

- 나는 정말 천재인가 봐.
  看樣子我真的是一位天才呢。

2. 利用此句型推測時，必須基於有根據之客觀性事實，因此常與「-는/(으)ㄴ 것을 보니까」、「-는/(으)ㄴ 것을 보면」等與「親自觀察」之相關用法一同使用；然而，儘管句中並未明示推測之根據，仍存在話者實際觀察到某一狀況之前提。

- 명품 옷을 이렇게 많이 사는 것을 보면 돈을 많이 버나 봅니다.
  從買這麼多名牌衣服來看的話，看樣子賺很多錢呢。

  （利用「-는/(으)ㄴ 것을 보면」，在句中明示用以推測之根據，是來自話者觀察到之狀況。）

- 이 식당은 내가 말한 맛집이 아닌가 봐.
  這間餐廳好像不是我說的（那間）有名的餐廳呢。

  （句中雖並未說明用來推測之根據，但仍存在話者觀察到某現象之前提，通常因可在對話當下得知而予以省略。）

3. 話者在使用「-나 보다 ; -(으)ㄴ가 보다」進行敘述時，常帶有感嘆、驚嘆之語氣，同時亦期待藉此引出聽者之回應。

- A: 내가 점심에 밥을 너무 급하게 먹었나 봐.
  我中午好像吃飯吃得太急了呢。

  B: 아, 배 아파? 약 줄까?
  啊，肚子痛嗎？要給你藥嗎？

  （話者藉由感嘆之語氣，引出與其相應之回答。）

4. 使用時，原則上動詞語幹必須與「-나 보다」結合，作「動詞語幹-나 보다」；形容詞語幹、名詞이다語幹必須與「-(으)ㄴ가 보다」結合，作「形容詞語幹-(으)ㄴ가 보다」、「名詞인가 보다」。然而，實際上在使用時，可能有混用之情形發生。

句型結合實例：

1. -고 있다 + -나 보다 ; -(으)ㄴ가 보다

   - 벌써 저녁 무렵이 다 되어가고 있나 봅니다.
     看樣子已經快接近傍晚時分了呢。

2. -(으)ㄹ 것이다 + -나 보다 ; -(으)ㄴ가 보다

   - 짐을 싸고 있는 걸 보니 여행을 갈 건가 봐요.
     從打包行李一事來看，好像是要去旅行呢。

A1-3 -는/(으)ㄴ/(으)ㄹ 듯하다

解　　釋：表達對某事件、狀態進行確信度較低之推測。

中文翻譯：貌似……、好像……

結構形態：由冠形詞形語尾「-는/(으)ㄴ/(으)ㄹ」，與具推測意義之補助形容詞「듯하다」結合而成。

結合用例：

與「動詞」結合時			
공부하다	공부하는 듯하다 공부한 듯하다 공부할 듯하다	돕다	돕는 듯하다 도운 듯하다* 도울 듯하다*
읽다	읽는 듯하다 읽은 듯하다 읽을 듯하다	웃다	웃는 듯하다 웃은 듯하다 웃을 듯하다
만들다	만드는 듯하다* 만든 듯하다* 만들 듯하다*	짓다	짓는 듯하다 지은 듯하다* 지을 듯하다*
닫다	닫는 듯하다 닫은 듯하다 닫을 듯하다	쓰다	쓰는 듯하다 쓴 듯하다 쓸 듯하다
듣다	듣는 듯하다 들은 듯하다* 들을 듯하다*	자르다	자르는 듯하다 자른 듯하다 자를 듯하다
입다	입는 듯하다 입은 듯하다 입을 듯하다	놓다	놓는 듯하다 놓은 듯하다 놓을 듯하다

	與「形容詞」結合時		
따뜻하다	따뜻한 듯하다 따뜻할 듯하다	좁다	좁은 듯하다 좁을 듯하다
시다	신 듯하다 실 듯하다	춥다	추운 듯하다* 추울 듯하다*
아니다	아닌 듯하다 아닐 듯하다	낫다	나은 듯하다* 나을 듯하다*
좋다	좋은 듯하다 좋을 듯하다	바쁘다	바쁜 듯하다 바쁠 듯하다
없다	없는 듯하다* 없을 듯하다	빠르다	빠른 듯하다 빠를 듯하다
길다	긴 듯하다 길 듯하다	그렇다	그런 듯하다* 그럴 듯하다*

	與「名詞이다」結合時		
학생이다	학생인 듯하다 학생일 듯하다	학교이다	학교인 듯하다 학교일 듯하다

用　法：

1. 表達話者並未有明確依據，或依據較為主觀性之判斷，對某事件、狀態進行確信度較低之推測、推斷。

- 그는 걸음을 멈추고 무엇을 생각하는 듯했어요.
  當時他停下了腳步，貌似在思考著什麼。

- 이 셔츠는 나한테는 작을 듯해.
  這件襯衫對我來說好像會太小。

2. 與動詞結合時，若對現在、常態之事件加以推斷，必須使用「-는 듯하다」作「動詞語幹-는 듯하다」；若對過去、已發生之動作加以推斷，必須使用「-(으)ㄴ 듯하다」，作「動詞語幹-(으)ㄴ 듯하다」；而若對未來尚未發生之事件加以推斷、推測，則必須使用「-(으)ㄹ 듯하다」作「動詞語幹-(으)ㄹ 듯하다」。

- 다들 주무시는 듯해서 저는 그냥 집으로 돌아갔어요.
  大家好像都在睡覺，所以我就回家了。

  （對當下之事實加以推斷。）

- 벌써 이 책을 다 읽은 듯해요.
  好像早已將這本書全部讀完了。

  （對過去、已發生之動作加以推斷。）

- 내일쯤이면 일이 끝날 듯하니까, 그때 만나서 회의를 합시다.
  明天左右事情貌似就會結束，到時候見面開個會吧。

  （對未來尚未發生之狀況加以推測、推斷。）

3. 與形容詞、名詞이다結合時，若對現在、常態之狀態或性質加以推斷，必須使用「-(으)ㄴ 듯하다」作「形容詞語幹-(으)ㄴ 듯하다」、「名詞인 듯하다」；若對尚未體驗、確定之狀態加以推斷、推測，則必須使用「-(으)ㄹ 듯하다」作「形容詞語幹-(으)ㄹ 듯하다」、「名詞일 듯하다」。

- 전화를 안 받는 걸 보니 요새 많이 바쁜 듯하네요.
  從不接電話的樣子來看，最近貌似很忙碌呢。

  （對現在之狀態加以推斷。）

- 저 사람이 경찰인 듯해요.
  那個人貌似是位警察。

  （對身為常態、事實之性質加以推斷。）

- 다음 주 날씨가 좀 추울 듯합니다.

  下週的天氣貌似會有點冷。

  （對尚未體驗、確定之狀況加以推測、預測。）

4. 相較於語氣輕鬆之口語對話，「-는/(으)ㄴ/(으)ㄹ 듯하다」更常使用於書面訊息、嚴謹場合中，但由於其常作為缺乏客觀性依據之推測，因此不於涉及專業判斷時使用。同時，在實際使用時，有時亦會將「하다」予以省略，作「-는/(으)ㄴ/(으)ㄹ 듯」。

延伸補充：

1. 「-는/(으)ㄴ/(으)ㄹ 듯하다」適用於主觀性較強之推斷、推測，可僅憑藉話者自身的感覺做出判斷，即與依據、證據之有無並無絕對關聯。同時，此句型在用於回答他人問題，或針對他人之意見給予評價時，是一種以模糊、推測之說話方式以表示委婉、謙恭之態度。

   - 죄송합니다만, 제가 분명히 말씀드린 듯한데요.

     雖然很不好意思，但是我應該有跟您說過了呢。

   - 일단 아는 대로 다 말하는 게 좋을 듯합니다.

     先把知道的全都說出來應該會比較好。

2. 「-(으)ㄹ 듯하다」除了使用於「未來尚未發生之事件、狀態」外，亦可較單純地表示「推測」，可用於「對已經發生事件之推測」、「對現在事實之推測」、「確定度較低之推測」等情況。

   - 이 사실을 알고 엄청난 충격을 받았을 듯합니다.

     在瞭解到事實後，好像受到了非常大的衝擊。

   - 창문이 열려 있을 듯해요.

     窗戶貌似是開著的。

3. 在實際使用時，亦常以「싶다」取代「하다」，作「-는/(으)ㄴ/(으)ㄹ 듯싶다」，此時介入了更多話者的主觀判斷。

- 시험 결과는 아직 나오지 않았지만 왠지 잘 본 듯싶습니다.
  雖然考試結果尚未出來，但不知為何，我覺得應該考得不錯。

- 바다라도 보고 오면 가슴이 좀 후련할 듯싶어요.
  看完大海回來，我覺得心情應該會舒暢一些。

句型結合實例：

1. -는/(으)ㄴ/(으)ㄹ 듯하다 + -다가

- 할머니가 무슨 말씀을 하실 듯하다가 그만두셨어요.
  奶奶貌似想說些什麼，但又停了下來。

2. -아/어/여지다 + -는/(으)ㄴ/(으)ㄹ 듯하다

- 오랜만에 만나니까 한국어가 많이 서툴러진 듯하군요.
  好久沒見了，韓語好像變得很生疏了呢。

A1-4 -(으)ㄹ지도 모르다

解　　釋： 表示在某事件、狀況發生之可能性較小的情況下，對其所做出
之推測。

中文翻譯： 也許……、也說不定……

結構形態： 由連結語尾「-(으)ㄹ지」、助詞「도」，與具有「不知道」之
含義的動詞「모르다」結合而成。

結合用例：

與「動詞」結合時			
공부하다	공부할지도 모르다	돕다	도울지도 모르다*
읽다	읽을지도 모르다	웃다	웃을지도 모르다
만들다	만들지도 모르다*	짓다	지을지도 모르다*
닫다	닫을지도 모르다	쓰다	쓸지도 모르다
듣다	들을지도 모르다*	자르다	자를지도 모르다
입다	입을지도 모르다	놓다	놓을지도 모르다

與「形容詞」結合時			
따뜻하다	따뜻할지도 모르다	좁다	좁을지도 모르다
시다	실지도 모르다	춥다	추울지도 모르다*
아니다	아닐지도 모르다	낫다	나을지도 모르다*
좋다	좋을지도 모르다	바쁘다	바쁠지도 모르다
없다	없을지도 모르다	빠르다	빠를지도 모르다
길다	길지도 모르다*	그렇다	그럴지도 모르다*

與「名詞이다」結合時			
학생이다	학생일지도 모르다	학교이다	학교일지도 모르다

用　法：

1. 表達即便話者認為發生某事件、狀況之機率較小，仍然做出其有發生之可能性的推測。

   - 의학 기술이 발달하면 평균수명이 100 세가 될지도 모릅니다.
     醫學技術發達的話，也許平均壽命能達到 100 歲。

   - 지구 어딘가에서 인류보다 뛰어난 생물이 진화하고 있을지도 몰라요.
     也許在地球的某個地方，有比人類更優秀的生物正在進化著。

2. 可與動詞、形容詞、名詞이다結合，可對任何時間之動作、狀態進行推測。若欲對過去或已完成之行為、狀態作推斷時，可於「-(으)ㄹ지도 모르다」前方加上先語末語尾「-았-/-었-/-였-」，作「-았/었/였을지도 모르다」；至於其他情形，則需倚賴前後文、當時狀況，或添加「時間」予以補充說明。

   - 어쩌면 네가 힘들게 찾고 있는 사람이 이미 죽었을지도 몰라.
     你正苦苦尋找的人，說不定已經死了。
     （對過去、已完成之動作、狀況進行推測。）

   - 저 사람이 간호사일지도 몰라요.
     那個人也許是位護理師。
     （對現在之性質進行推測。）

   - 여행을 가면 갑자기 아플지도 모르니까 약을 챙겨 가세요.
     去旅行時說不定會突然身體不舒服，請準備藥帶過去。
     （對未來之狀態進行推測。）

3. 由於利用「-(으)ㄹ지도 모르다」所做之推測為可能性較小之情形，因此若該推測內容是聽者引頸期盼、期待之事，則應謹慎使用，以免造成誤解、失禮。

延伸補充：

1. 「-(으)ㄹ지도 모르다」作為一個「對話性」較強之句型，通常用於回覆他人話語；同時，話者所做出之推測，常與聽者原先之想法有所對立、抵觸。

   - A: 오늘은 날씨가 엄청 좋네요.
     今天天氣真的很好呢。
     B: 그래도 장마철이니까 오후에 갑자기 비가 올지도 몰라.
     但因為是梅雨季，也說不定下午會突然下雨。

   - A: 제임스 씨가 결혼할 때가 되지 않았어요?
     詹姆士先生不是到了該結婚的年紀了嗎？
     B: 글쎄요. 벌써 결혼했을지도 몰라.
     這個嘛，也說不定早就結婚了。

2. 在使用此句型時，亦常伴隨著「提醒對方應有所防範」、「給予對方希望」等語感，此時話者往往持有促使聽者實行某行為之目的。

   - 지금 이 순간을 붙잡지 않으면 언젠가는 후회하게 돼 버릴지도 몰라요.
     如果不緊抓住現在這一刻，也許總有一天會後悔的。
     （此時提醒對方應有所防範、小心；同時，話者抱有「要求對方抓住現在這一刻」等目的、想法。）

   - 한 단계 더 발전할 수 있는 또 다른 기회가 기다리고 있을지도 몰라.
     說不定還有另一個可以進一步發展的機會在等著（你）。
     （此時給予對方希望、動力；同時，話者抱有「要求對方勿因失敗而灰心」等目的、想法。）

句型結合實例：

1. -(으)ㄹ지도 모르다 + -(으)니까

   - 산에 가면 배가 고플지도 모르니까 음식을 가지고 가세요.
     去山上的話也說不定會肚子餓，請帶著食物去。

2. -아/어/여야 하다 + -(으)ㄹ지도 모르다

   - 신분증을 보여 줘야 할지도 모르니까 주민등록증을 챙겨 가.
     也許會需要出示身分證件，把身分證帶去吧。

A1-5 -(으)ㄹ걸(요)

解　　釋：表達以事實或過去經驗作為根據，對某事件、狀態進行確信度
較強之推測。

中文翻譯：應該……吧

結構形態：終結語尾；屬口語用法，無法與格式體終結語尾結合。當聽者
是需要被尊敬的對象時，必須在後方加上「요」。

結合用例：

與「動詞」結合時			
공부하다	공부할걸(요)	돕다	도울걸(요)*
읽다	읽을걸(요)	웃다	웃을걸(요)
만들다	만들걸(요)*	짓다	지을걸(요)*
닫다	닫을걸(요)	쓰다	쓸걸(요)
듣다	들을걸(요)*	자르다	자를걸(요)
입다	입을걸(요)	놓다	놓을걸(요)

與「形容詞」結合時			
따뜻하다	따뜻할걸(요)	좁다	좁을걸(요)
시다	실걸(요)	춥다	추울걸(요)*
아니다	아닐걸(요)	낫다	나을걸(요)*
좋다	좋을걸(요)	바쁘다	바쁠걸(요)
없다	없을걸(요)	빠르다	빠를걸(요)
길다	길걸(요)*	그렇다	그럴걸(요)*

與「名詞이다」結合時			
학생이다	학생일걸(요)	학교이다	학교일걸(요)

用　法：

1. 表達話者以僅有話者自身知道之事實、過去經驗作為判斷根據，對於某事件、狀態進行主觀性較強的推測。

   - 내가 회의에 참석해도 끝까지는 못 있을걸.
     就算我參加了會議，應該也沒辦法待到最後吧。
     （話者以「之後另外有事」等僅自己知道之事實，作為推測之根據。）

   - 이 날씨에는 먹다 남은 음식을 냉장고에 안 넣으면 금방 상할걸요.
     在這種天氣，不將吃剩的食物放進冰箱的話，應該馬上就餿掉了吧。
     （話者以「之前的食物都餿掉了」等僅自己清楚之過去經驗，作為推測之根據。）

2. 可與動詞、形容詞、名詞이다結合，可對任何時間之動作、狀態進行推測。若欲對過去或已完成之行為、狀態作推斷時，可於「-(으)ㄹ걸(요)」前方加上先語末語尾「-았-/-었-/-였-」，作「-았/었/였을걸(요)」；至於其他情形，則需倚賴前後文、當時狀況，或添加「時間」予以補充說明。

   - 이 정도면 최선을 다 했을걸요.
     （從）這種程度（來看）的話，應該已經盡全力了吧。
     （對過去、已完成之動作、狀況進行推測。）

   - 그 아이는 이제 대학생일걸.
     那個小孩現在應該是大學生（了）吧。
     （對現在之性質進行推測。）

- 내일은 주말이라 영화관에 사람들이 많을걸요.
  因為明天是週末，電影院應該會很多人吧。

  （對未來之狀態進行推測。）

3. 由於此句型呈現出話者較為主觀性之推測，因此聽者亦知曉的事實、真理等不可作為推測之根據、依據。

- 린다 씨는 요즘 몸이 안 좋아서 못 올걸.
  琳達小姐最近因為身體不好，應該不能來吧。

  （「린다 씨는 요즘 몸이 안 좋다」（琳達小姐最近身體不好）一事，應只有話者知道，而非對方亦知道之事實；話者將其作為「못 오다」（無法前來）一推測之根據。）

- 저 카페에서 공부하면 집중이 안 될걸요. 시끄러우니까요.
  在那間咖啡廳讀書的話，應該沒有辦法專注吧。因為很吵。

  （「시끄럽다」（嘈雜）一事，應是話者體驗、經歷過之過去經驗，而對方並不知道；話者將其作為「집중이 안 되다」（無法集中專心）一推測之根據。）

4. 「-(으)ㄹ걸(요)」僅使用於非正式之口語對話中，且常用於類似自言自語之形式；且一般來說，位於最後方之語調會稍微上揚。

延伸補充：

1. 「-(으)ㄹ걸(요)」作為一個「對話性」較強之句型，通常用於回覆他人話語；同時，話者所做出之推測，亦常與聽者所知的事實、期待有所對立，帶有輕微「反駁」的語感。

- A: 내일 친구들 불러서 집에서 놀까요?
  （你覺得）明天要不要叫朋友們來家裡玩啊？
- B: 애들 아르바이트 때문에 바쁠걸요.
  大家因為要打工，應該很忙吧。

- A: 아휴, 우산 쓰는 거 귀찮은데...

  哎呦，撐雨傘好麻煩喔……

  B: 비가 그렇게 많이 내리는데 그냥 나가면 다 젖을걸.

  雨下得那麼大，就那樣出去的話應該會全濕掉吧。

2. 另表示後悔、遺憾之「-(으)ㄹ걸 그랬다」，在使用時亦常省略「그랬다」作「-(으)ㄹ걸」。此用法與表示「推測」意義之本句型不同，應注意避免混淆。

- 친구가 올 줄 알았으면 밥은 안 먹고 기다릴걸 (그랬어).

  早知道朋友會來的話，就會先等（他）而不吃飯了。

- 그때 화를 내지 말걸 (그랬어).

  早知道當時應該不要發脾氣的。

句型結合實例：

1. -게 되다 + -(으)ㄹ걸(요)

- 꾸준히 연습을 하면 금방 잘하게 될걸.

  如果堅持不懈地練習，應該很快就能變得很厲害了吧。

2. -는 중이다 + -(으)ㄹ걸(요)

- 이 시간에 전화를 안 받는 걸 보면 회의하는 중일걸요.

  從在這個時間不接電話的樣子來看，應該是正在開會吧。

A1-6 -(으)ㄹ 텐데

解　　釋： 表示對前文內容之推測，且同時其為後文動作、狀態發生之背景、提示。

中文翻譯： 應該……呢……、應該……吧……

結構形態： 由表示「推測」之「-(으)ㄹ 터이다」，與具表示「背景、提示、補充說明」之連結語尾「-는/(으)ㄴ데」結合而成。

結合用例：

與「動詞」結合時			
공부하다	공부할 텐데	돕다	도울 텐데*
읽다	읽을 텐데	웃다	웃을 텐데
만들다	만들 텐데*	짓다	지을 텐데*
닫다	닫을 텐데	쓰다	쓸 텐데
듣다	들을 텐데*	자르다	자를 텐데
입다	입을 텐데	놓다	놓을 텐데

與「形容詞」結合時			
따뜻하다	따뜻할 텐데	좁다	좁을 텐데
시다	실 텐데	춥다	추울 텐데*
아니다	아닐 텐데	낫다	나을 텐데*
좋다	좋을 텐데	바쁘다	바쁠 텐데
없다	없을 텐데	빠르다	빠를 텐데
길다	길 텐데*	그렇다	그럴 텐데*

與「名詞이다」結合時			
학생이다	학생일 텐데	학교이다	학교일 텐데

用　法：

1. 表示首先對前文內容進行推測，同時前文作為「背景說明」、「提示導入」、「附加補充」之功能，後文則藉前方之說明、引導而托出；也因此，前後文內容具高度相關性。

   - 아이가 피망을 싫어해서 안 먹을 텐데 다른 음식을 만들어 줄까요?
     孩子討厭吃青椒所以應該不會吃呢，要不要做其他的菜呢？

     （用「아이가 피망을 싫어해서 안 먹다」（孩子因為討厭青椒所以不會吃）一推測內容作為背景說明，接著敘述句子之核心部分。）

   - 오후에는 내가 좀 바쁠 텐데 내일 만나면 안 돼요?
     下午我應該會有點忙呢，不行明天見面嗎？

     （用「오후에는 내가 좀 바쁘다」（我下午有點忙）一推測內容作為提示導入，緊接著切入主題。）

2. 可與動詞、形容詞、名詞이다結合，可對任何時間之動作、狀態進行推測。若欲對過去或已完成之行為、狀態作推斷時，可於「-(으)ㄹ 텐데」前方加上先語末語尾「-았-/-었-/-였-」，作「-았/었/였을 텐데」；至於其他情形，則需倚賴前後文、當時狀況，或添加「時間」予以補充說明。

   - 지금쯤이면 도착했을 텐데 왜 아직 연락이 없는 거지요?
     現在這時候應該已經到了吧，怎麼還沒消息呢？

     （對過去、已完成之動作、狀況進行推測。）

   - 저 이모티콘이 유료일 텐데 네가 산 거야?
     那個表情貼圖應該是要付費的吧，是你買的嗎？

     （對現在之性質進行推測。）

- 일요일에는 집에 혼자 있으면 심심할 텐데 우리 집에 놀러 오세요.
  星期日一個人在家的話應該會很無聊呢，請來我們家玩。

  （對未來之狀態進行推測。）

3. 此句型常在話者為聽者設想、表達體貼時使用；此時先利用「-(으)ㄹ 텐데」將對方困難、不適之處以推測、委婉的語氣呈現後，再接著說明為對方設想之內容，或表達感謝。

- 모두 바쁘실 텐데 대회에 참석해 주셔서 감사합니다.
  大家應該都很忙呢，感謝大家仍出席大會。

- 어제 야근을 해서 피곤했을 텐데 더 자도 돼.
  昨天加班應該很累吧，再多睡一下也沒關係。

延伸補充：

1. 若以此句型連結具因果關係之前後文，此時利用「-(으)ㄹ 텐데」表達之命令句、共動句，往往含有更為「柔和、委婉」之語感，降低強制性。

- 옆집에서 시끄럽다고 할 텐데 좀 조용히 합시다.
  鄰居一定會說很吵，安靜一點吧。

- 진한 차를 마시면 밤에 잠이 안 올 텐데 그냥 물을 마셔.
  喝濃茶的話晚上應該會睡不著，就喝水吧。

2. 將此句型置於句末，作「-(으)ㄹ 텐데(요)」時；此時為省略直接性的話語，僅暗示性地說明與真實想法相關之背景、情況，藉以誘導聽者做出反應。與此同時，常用來表示委婉地對聽者行為、話語的輕微質疑與反對。

- A: 멀지 않으니까 우리 천천히 가도 되지?
  因為不遠，我們慢慢去應該也沒關係吧？
  B: 흠... 퇴근 시간이라 차가 많이 막힐 텐데.
  嗯…… 因為是下班時間，路上應該會很塞呢。

- 우체국에 잠깐 들렀다 가려고요? 가족들이 우리를 기다릴 텐데요...

  要先去郵局再過去嗎？家人們應該都在等我們耶……

> 🔍 「-(으)ㄹ 텐데(요)」作為句子的終結表現時，屬口語用法，無法與格式體終結語尾結合；當聽者是需要被尊敬的對象時，則在後方加上「요」。

句型結合實例：

1. -아/어/여 있다 + -(으)ㄹ 텐데

- 문이 열려 있을 텐데 왜 못 들어가게 하는 거지?

  門應該開著啊，為什麼不讓人進去呢？

2. -아/어/여야 하다 + -(으)ㄹ 텐데

- 약속이 있어서 나가야 할 텐데 집 볼 사람이 없네요.

  因為有約會好像得出門，但沒有人能幫忙看家呢。

A2 判斷

A2-1 -기 마련이다

解　　釋：表示達到某一情況之自然而然、理所當然

中文翻譯：……終究……、……自然……、……總是……、……必然……

結構形態：由名詞形轉成語尾「-기」、具「理所當然」意義之依存名詞「마련」，與具有「是」含義之「이다」結合而成。

結合用例：

與「動詞」結合時			
공부하다	공부하기 마련이다	돕다	돕기 마련이다
읽다	읽기 마련이다	웃다	웃기 마련이다
만들다	만들기 마련이다	짓다	짓기 마련이다
닫다	닫기 마련이다	쓰다	쓰기 마련이다
듣다	듣기 마련이다	자르다	자르기 마련이다
입다	입기 마련이다	놓다	놓기 마련이다

與「形容詞」結合時			
따뜻하다	따뜻하기 마련이다	좁다	좁기 마련이다
시다	시기 마련이다	춥다	춥기 마련이다
아니다	아니기 마련이다	낮다	낮기 마련이다
좋다	좋기 마련이다	바쁘다	바쁘기 마련이다
없다	없기 마련이다	빠르다	빠르기 마련이다
길다	길기 마련이다	그렇다	그렇기 마련이다

與「名詞이다」結合時			
학생이다	학생이기 마련이다	학교이다	학교이기 마련이다

用　法：

1. 表示某一情況發生之自然而然、理所當然；其中，所提及之內容通常為普遍、大眾皆知的觀念或事實。一般狀況下，通常以陳述句呈現。

   - 겨울이 아무리 추워도 봄은 오기 마련입니다.
     冬天就算再怎麼冷，春天終究會來。

     （「겨울이 아무리 추워도 봄은 오다」（冬天就算再怎麼冷，春天會來）一情況為自然而然，且為普遍之事實。）

   - 매일 운동하는 사람이 안 하는 사람보다 건강하기 마련이야.
     比起不運動的人，每天運動的人自然比較健康。

     （「매일 운동하는 사람이 안 하는 사람보다 건강하다」（每天運動的人比不運動的人健康）一情況為理所當然，且為大眾皆知之觀念。）

2. 由於所提及之狀況，普遍出現於話者之一般認知、過去所見所聞中，因此不用於解釋較為特殊或單一之現象中；同時，「-기 마련이다」前方不與過去形先語末語尾「-았-/-었-/-였-」結合。

   - 초기증상이라고 해도 파킨슨병은 이미 상당히 진행된 상태이기 마련입니다.
     即使是初期症狀，帕金森氏症也必然是已經相當嚴重了。

     （此時為根據醫學研究、觀察所獲得之「絕大多數」情形，並非單一特例。）

   - 그런 광고는 흔히 아이들의 시선부터 끌기 마련이었습니다.
     那樣的廣告在當時總是先吸引了孩子們的目光。

     （「그런 광고」（那樣的廣告）為一大範圍之集合，並非少數特殊、單一之現象。）

🔍 於「어제」（昨日）、「오늘」（今日）、「내일」（明日）等
特定時間發生之現象，屬較具局限性之特殊例子，因此亦不常與
此句型搭配使用。

3. 此句型常用於講述道理，且較易呈現予他人「理所應當」、「說教」等語感，因此不常對長輩、社會地位較高的人使用。

- 물건이란 오래 쓰면 닳기 마련이잖아요.
  東西用久了總是會耗損的吧。

- 뭐든지 처음에는 어렵기 마련이지요.
  不管是什麼，剛開始總是很難吧。

延伸補充：

1. 除常用於講述道理之外，「-기 마련이다」亦常用於勸告、安慰聽者，此時藉由說明某一現象發生之必然以給予警惕，或解釋對方所遇之情形為正常之事以給予理解。

- 말을 많이 하면 실수하기 마련이니까 항상 조심해야 돼.
  話說多了總是會出錯，因此要時時小心。

  （藉由說明「말을 많이 하면 실수하다」（話說多了會犯錯）一現象發生之必然，給予聽者警惕。）

- 사람은 누구나 늙기 마련이니까 너무 슬퍼하지 마.
  人終究會老，不要太難過。

  （藉由解釋「사람은 누구나 늙다」（人不管是誰都會老）一對方所遇之情形為正常之事，給予聽者同理、理解。）

2. 此句型在使用時可將「-기」替換成副詞形語尾「-게」作「-게 마련이다」；且句型前方不另與表示「實現行動、狀態之必要性」的「-아/어/여야 하다」結合使用。

- 오랫동안 함께 일하면 정이 들게 마련이에요.
  長期在一起工作，總是會產生感情的。

- 교통 규칙을 어기면 범칙금을 내게 마련이야.
  違反交通規則的話，終究是要繳納罰鍰的。

A2-2 -(으)ㄹ 수밖에 없다

解　　釋：表示除了所提及之內容以外，並無其他可能性、方法。

中文翻譯：必然……、當然只會……、只能……、不得不……

結構形態：由冠形詞形語尾「-(으)ㄹ」、具「能力之具備、事情發生之可能性」意義之依存名詞「수」、助詞「밖에」，與表示「無」意義之「없다」結合而成。

結合用例：

與「動詞」結合時			
공부하다	공부할 수밖에 없다	돕다	도울 수밖에 없다*
읽다	읽을 수밖에 없다	웃다	웃을 수밖에 없다
만들다	만들 수밖에 없다*	짓다	지을 수밖에 없다*
닫다	닫을 수밖에 없다	쓰다	쓸 수밖에 없다
듣다	들을 수밖에 없다*	자르다	자를 수밖에 없다
입다	입을 수밖에 없다	놓다	놓을 수밖에 없다

與「形容詞」結合時			
따뜻하다	따뜻할 수밖에 없다	좁다	좁을 수밖에 없다
시다	실 수밖에 없다	춥다	추울 수밖에 없다*
아니다	아닐 수밖에 없다	낫다	나을 수밖에 없다*
좋다	좋을 수밖에 없다	바쁘다	바쁠 수밖에 없다
없다	없을 수밖에 없다	빠르다	빠를 수밖에 없다
길다	길 수밖에 없다*	그렇다	그럴 수밖에 없다*

학생이다	학생일 수밖에 없다	학교이다	학교일 수밖에 없다

用　　法：

1. 表示除了所提及之狀況之外，並無其他的可能性存在，即其狀況之發生或存在為必然、當然；用作此用法時，可與動詞、形容詞、名詞 結合，若欲對過去或已完成之行為、狀態作判斷時，可於「-(으)ㄹ 수밖에 없다」前方加上先語末語尾「-았-/-었-/-였-」，作「-았/었/였을 수밖에 없다」。

- 사랑 없는 결혼은 파탄날 수밖에 없습니다.
  沒有愛情的婚姻必然會破碎。

  （表示「사랑 없는 결혼」（沒有愛情的婚姻）一原因導致「파탄나다」（破裂、失敗）一結果之當然。）

- 그렇게 쉬지 않고 일했으니까 몸이 상했을 수밖에 없어.
  由於不停地工作，當然只會把身體搞壞。

  （此時由於「몸이 상했다」（身體毀壞）一狀況為過去，因此前方加上先語末語尾「-았-/-었-/-였-」。）

- 모두 환호하는 걸 보면 좋은 결과일 수밖에 없지요.
  從大家歡呼的樣子來看，必然是個不錯的結果。

  （表示「모두 환호하다」（大家歡呼）一結果出自於「좋은 결과이다」（是好的結果）一原因之必然。）

2. 表示除了所提及之狀況之外，並無其他可行的辦法、選擇，即其狀況之發生、進行為逼不得已；用作此用法時，主要與動詞結合。同時，「-(으)ㄹ 수밖에 없다」前方不另與過去形先語末語尾「-았-/-었-/-였-」結合。

- 요즘 돈이 없어서 이렇게 매일 김밥만 먹을 수밖에 없네요.
  最近因為沒錢，只能這樣每天只吃海苔飯捲了呢。

  （表示除「매일 김밥만 먹다」（每天僅吃海苔飯捲）一狀況之外，並無其他選擇、方法。）

- 어제는 지하철이 끊겨서 택시를 탈 수밖에 없었어요.

  昨天因為地鐵停駛，不得不搭了計程車。

  （表示身為過去時間之「當時」並無其他辦法，時制僅需置於句尾即可。）

> 🔍 此時主語常是被迫從事某動作，或不得已接受某情形，因此常含有「無奈」、「失望」等語感。

3. 用於「無其他可能性」之用法時，其可能性由於屬話者之推測、判斷，因此使用於第一人稱時，通常不與具「意志」意義之相關用法搭配使用；另一方面，用於「無其他可行方法」之用法時，基本上並無人稱之限制。

- 수강생이 많으면 교사가 처리해야 할 일도 많을 수밖에 없어요.

  如果修課學生多，教師要處理的事情必然也會很多。

- 지금은 그렇게 할 수밖에 없지 뭐.

  現在也就只能那樣做吧。

延伸補充：

1. 此句型在與動詞結合時，亦可將「-(으)ㄹ」替換成冠形詞形語尾「-는」作「-는 수밖에 없다」，意義不變；與此同時，在口語、非正式場合中使用時，有時會將「-(으)ㄹ 수밖에 없다」中之「없다」省略，作「-(으)ㄹ 수밖에」。

- 마음이 안 맞으면 헤어지는 수밖에 없어요.

  相處不來的話，必然會分手。

- 환경을 보호하지 않으면 인류는 멸망할 수밖에.

  不保護環境的話，人類必然會滅亡。

A
語氣與語感

句型結合實例：

1. -아/어/여 보이다 + -(으)ㄹ 수밖에 없다

   - 마음이 건강하면 외모도 젊어 보일 수밖에 없습니다.
     心理若健康，外表當然也會看起來很年輕。

2. -(으)ㄹ 수밖에 없다 + -(으)므로

   - 군중들의 활기찬 모습에 매료될 수밖에 없으므로 방문객에게 이것은 좋은 문화 체험이 될 것입니다.
     由於群眾們必然會被充滿活力的樣子所吸引，因此對遊客來說，這將會是一個很好的文化體驗。

A2-3 -(으)ㄹ 만하다

解　　釋： 表達某動作具有進行之價值，或某狀況的發生具充分之可能性。

中文翻譯： 值得……、可以……、確實會……確實足以……

結構形態： 由冠形詞形語尾「-(으)ㄹ」，與表示「行動具實行價值、狀況具發生可能性」意義之補助形容詞「만하다」結合而成。

結合用例：

與「動詞」結合時			
공부하다	공부할 만하다	돕다	도울 만하다*
읽다	읽을 만하다	웃다	웃을 만하다
만들다	만들 만하다*	짓다	지을 만하다*
닫다	닫을 만하다	쓰다	쓸 만하다
듣다	들을 만하다*	자르다	자를 만하다
입다	입을 만하다	놓다	놓을 만하다

與「形容詞」結合時			
따뜻하다	따뜻할 만하다	좁다	좁을 만하다
시다	실 만하다	춥다	추울 만하다*
아니다	아닐 만하다	낫다	나을 만하다*
좋다	좋을 만하다	바쁘다	바쁠 만하다
없다	없을 만하다	빠르다	빠를 만하다
길다	길 만하다*	그렇다	그럴 만하다*

與「名詞이다」結合時			
학생이다	학생일 만하다	학교이다	학교일 만하다

用　　法：

1. 表示某行為具有進行、從事之價值；用作此用法時，主要與動詞結合。同時，「-(으)ㄹ 만하다」前方不與過去形先語末語尾「-았-/-었-/-였-」結合。

   - 요즘 서울에서 구경할 만한 축제가 있습니까?
     最近在首爾有什麼值得一看的慶典活動嗎？

     （表示詢問「축제」（慶典）是否具有「구경하다」（觀賞）之價值。）

   - 어제 먹은 음식들 중에서 특히 불고기는 정말 먹을 만했어.
     昨天吃的食物中，尤其是韓式炒肉真的很值得一試。

     （表示身為過去時間之「當時」具從事行為的價值，時制僅需置於句尾即可。）

2. 表示某狀況之發生、達成具充分的理由、正當性，即對狀況之發生表示理解、無庸置疑；用作此用法時，可與動詞、形容詞、名詞이다結合，若欲對過去或已完成之行為、狀態作判斷時，可於「-(으)ㄹ 만하다」前方加上先語末語尾「-았-/-었-/-였-」，作「-았/었/였을 만하다」。

   - 그 꽃은 무궁화와 매우 닮아 무궁화라고 해도 충분히 속을 만해요.
     那朵花與無窮花非常相似，就算說是無窮花也確實足以讓人上當。

     （表示「속다」（受騙）一狀況發生，具有充分之正當性，可以被理解。）

   - 하긴 어제 야근을 했으면 힘들었을 만해.
     也是啦，昨天加了班的話，確實會很累。

     （此時由於「힘들다」（累）一狀況為過去，因此前方加上先語末語尾「-았-/-었-/-였-」。）

- 이렇게 박학다식한 지식을 갖추고 있다니, 역시 학자일 만하네요.

  具備如此博學多聞的知識，確實是學者呢。

  （表示「학자이다」（是學者）一性質之具備，具有充分、合理之理由。）

3. 用於「行為具進行價值」之用法時，常於邀請、建議對方從事某動作時，作為描述、說服之背景內容，但「-(으)ㄹ 만하다」本身無法使用於命令句、共動句作為句尾；另一方面，用於「狀況的發生具充分正當性」之用法時，在一般狀況下，通常以陳述句呈現。

  - 요즘은 볼 만한 영화가 많이 있으니까 극장에 가자.

    最近有很多可以看的電影，我們去電影院吧。

  - 그 사람은 믿을 만하니까 안심하십시오.

    那個人足以信任，請放心。

  > 🔍 此時之「-(으)니까」為一連結語尾，僅是將原先可完全獨立的前後兩句，合併成一句子，因此與上述限制並無衝突。

延伸補充：

1. 「-(으)ㄹ 만하다」尚可用來表示「雖不令話者滿意，但還能接受、忍受」、「雖有不甚完美之處，但仍具實行價值」；此時是作為「行為具進行價值」用法的延伸，主要與動詞結合。

  - 그는 돈이 없어서 값싸고 아직 쓸 만한 중고차를 샀어요.

    他因為沒錢，買了便宜且尚堪用的中古車。

    （表示「雖不滿意，但還能接受」。）

- A: 한국어가 어려워요?

  韓語很難嗎？

  B: 발음이 좀 어렵지만 그래도 배울 만해요.

  發音是有點難，不過學起來還行。

  （表示「雖有不完美之處，但仍具進行價值」。）

> 🔍 此時雖仍表示某行為具有進行、從事之價值，但同時伴隨著些許「負面」之含義，往往是經過話者權衡後，對其所做出之妥協、包容；至於是否為此用法與否，則需倚賴前後文、當時狀況、說話語氣，或搭配「아직」（尚）、「그냥」（就那樣）、「그럭저럭」（就那樣）、「그래도」（僅管⋯⋯還是⋯⋯）等詞彙使用。

句型結合實例：

1. -(으)ㄹ 만하다 + -(는)군(요)

- 처음 만든 음식치고는 꽤 먹을 만하군요.

  以第一次做的食物來說，吃起來可行呢。

2. -(으)ㄹ 만하다 + -겠- + -지(요)?

- 베스트셀러이니까 읽을 만하겠지?

  因為是暢銷書，肯定值得一看吧？

A2-4 -(으)ㄹ 리가 없다

解　　釋：表示並無所提及狀況發生之可能性。

中文翻譯：不可能……、沒有……的道理

結構形態：由冠形詞形語尾「-(으)ㄹ」、具「理由、道理」意義之依存名詞「리」、助詞「가」，與表示「無」意義之「없다」結合而成。

結合用例：

與「動詞」結合時			
공부하다	공부할 리가 없다	돕다	도울 리가 없다*
읽다	읽을 리가 없다	웃다	웃을 리가 없다
만들다	만들 리가 없다*	짓다	지을 리가 없다*
닫다	닫을 리가 없다	쓰다	쓸 리가 없다
듣다	들을 리가 없다*	자르다	자를 리가 없다
입다	입을 리가 없다	놓다	놓을 리가 없다

與「形容詞」結合時			
따뜻하다	따뜻할 리가 없다	좁다	좁을 리가 없다
시다	실 리가 없다	춥다	추울 리가 없다*
아니다	아닐 리가 없다	낫다	나을 리가 없다*
좋다	좋을 리가 없다	바쁘다	바쁠 리가 없다
없다	없을 리가 없다	빠르다	빠를 리가 없다
길다	길 리가 없다*	그렇다	그럴 리가 없다*

用　法：

1. 表示話者認為所提及狀況之發生，按照一般常理、慣例來說，並無可能性；在一般狀況下，通常以陳述句呈現。

   - 지금은 겨울이라서 꽃이 필 리가 없습니다.

     因為現在是冬天，不可能會開花。

     （表示按照常理來說，並無「겨울에 꽃이 피다」（冬天開花）之可能性發生。）

   - 그렇게 성적이 좋은 제임스는 시험에 떨어질 리가 없어요.

     成績那麼好的詹姆士，沒有理由考不上。

     （表示按照慣例來看，並無「제임스가 시험에 떨어지다」（詹姆士考試落榜）之可能性發生。）

2. 可與動詞、形容詞、名詞이다結合，可對任何時間之動作、狀態進行判斷。若欲對過去或已完成之行為、狀態作判斷時，可於「-(으)ㄹ 리가 없다」前方加上先語末語尾「-았-/-었-/-였-」，作「-았/었/였을 리가 없다」；至於其他情形，則需倚賴前後文、當時狀況，或添加「時間」予以補充說明。

   - 내 친구는 정직한 사람이니까 거짓말을 했을 리가 없어.

     我的朋友是一位正直的人，不可能說了謊話。

     （對過去、已完成之動作、狀況進行判斷。）

   - 저렇게 발음이 이상한 사람이 선생님일 리가 없을 텐데...

     發音那麼奇怪的人，應該不可能是老師吧……

     （對現在之性質進行判斷。）

- 같이 영화를 보기로 했는데 설마 내일 안 올 리가 없겠지?

  約好了要一起看電影，明天應該不可能不來吧？

  （對未來之狀態進行判斷。）

3. 在使用時，另可將「-(으)ㄹ 리가 없다」中之「없다」置換成「있다」，並以疑問句呈現；同時，可再與用於反問法之「-겠-」結合作「-(으)ㄹ 리가 있겠-」，是以反問之方式加強其「懷疑」、「不可能」之語氣。

  - 그 애가 그런 말도 안 되는 일을 했을 리가 있나?

    那孩子怎麼可能會做出那種不像話的事情呢？

    （以疑問句之方式，加強句中「懷疑」之語氣。）

  - 평소 모습이 저런 사람이 책임감이 있을 리가 있겠어?

    平時就那樣子的人，怎麼可能會有責任感呢？

    （以反問之方式，加強句中「不可能」之語氣。）

延伸補充：

1. 在實際使用於口語時，為了對對方所説之內容表示吃驚，訝異等反射性的感嘆，有時會將「-(으)ㄹ 리가 없다」中之「없다」省略，作「-(으)ㄹ 리가」；當聽者是需要被尊敬的對象時，則在後方加上「요」。

   - A: 나 어제 이걸 10만원에 주고 샀거든. 너무 비싼 거 아냐?

     我昨天買這個花了 10 萬元耶，（不覺得）太貴了嗎？

     B: 그렇지. 그게 그렇게 비쌀 리가.

     就是説啊，那個沒道理那麼貴啊。

   - A: 그거 알아요? 둘이 이혼했대요.

     你知道（那件事）嗎？聽説兩人離婚了。

     B: 에이, 그럴 리가요.

     別亂説了，怎麼可能。

句型結合實例：

1. -아/어/여지다 + -(으)ㄹ 리가 없다 + -지(요)?

   - 아침에 여기에 있었던 물건이 갑자기 없어질 리가 없지?
     早上還在這裡的東西，沒道理突然消失吧？

2. -(으)ㄹ 리가 없다 + -는/(으)ㄴ데(요)

   - 휴일인데 학생들이 학교에 올 리가 없는데요.
     是放假日耶，學生沒有理由來學校吧。

A2-5 -잖아(요)

解　　釋：表達話者針對聽者已知曉的內容，向聽者進行之反問。

中文翻譯：不是……嘛、不是……嗎？

結構形態：由否定用法「-지 않다」，與非格式體終結語尾「-아/어/여(요)」結合後縮約而成。屬口語用法，無法與格式體終結語尾結合；當聽者是需要被尊敬的對象時，必須在後方加上「요」。

結合用例：

與「動詞」結合時			
공부하다	공부하잖아(요)	돕다	돕잖아(요)
읽다	읽잖아(요)	웃다	웃잖아(요)
만들다	만들잖아(요)	짓다	짓잖아(요)
닫다	닫잖아(요)	쓰다	쓰잖아(요)
들다	들잖아(요)	자르다	자르잖아(요)
입다	입잖아(요)	놓다	놓잖아(요)

與「形容詞」結合時			
따뜻하다	따뜻하잖아(요)	좁다	좁잖아(요)
시다	시잖아(요)	춥다	춥잖아(요)
아니다	아니잖아(요)	낫다	낫잖아(요)
좋다	좋잖아(요)	바쁘다	바쁘잖아(요)
없다	없잖아(요)	빠르다	빠르잖아(요)
길다	길잖아(요)	그렇다	그렇잖아(요)

與「名詞이다」結合時

학생이다	학생이잖아(요)	학교이다	학교(이)잖아(요)

用　法：

1. 表示就事物的動作、狀態、性質，話者向聽者進行反問。而在進行反問前，話者清楚知道其亦為聽者所知曉的內容；話者藉著向聽者進行之反問，常用於「提醒、告知」、「說明理由、原因」、「糾正對方」。

   - 이렇게 쓰면 되잖아요. 지난 수업 시간에 얘기했는데 기억이 안 나요?
     這樣子寫不就可以了嘛。上次上課時有說過，不記得了嗎？
     （藉向聽者進行之反問，用以提醒、告知對方，讓對方回想事件。）

   - 오늘 점심은 맛있는 걸 먹자. 요즘 일 때문에 밥도 제대로 못 먹잖아.
     今天中午來吃好吃的吧。最近不是因為工作，連飯都沒辦法好好地吃嘛？
     （藉向聽者進行之反問，用以說明理由、原因，使對方清楚前因後果、事件脈絡。）

   - 아니, 이거 가짜잖아. 공항 면세점에서 산 거 맞아?
     天哪，這不是假貨嘛。確定是在機場免稅店買的嗎？
     （藉向聽者進行之反問，用以糾正對方，同時表達話者自身之看法。）

2. 可與動詞、形容詞、名詞이다結合；當名詞이다直接與句型結合，且名詞最後一字無收尾音，則通常省略「이」。若欲反問之狀態、行為的時間為過去，或是已完成時，可於「-잖아(요)」前方加上先語末語尾「-았-/-었-/-였-」，作「-았/었/였잖아(요)」。

   - 제가 요즘 시험 준비를 하고 있잖아요. 집안일은 안 하면 안 될까요?
     我最近不是在準備考試嘛，不能不做家事嗎？

- 술을 더 마신다고? 이미 소주를 5병이나 마셨잖아.

  你說還要喝酒嗎？不是已經喝了5瓶燒酒了嘛。

- 오? 방금 지나간 사람이 네 남자친구(이)잖아.

  喔？剛才經過的人不是你的男朋友嘛？

3. 由於「-잖아(요)」屬反問用法，不免帶有質問對方之語氣，因此不適合用於正式、較為嚴謹正經之場合。

延伸補充：

1. 「-잖아(요)」亦可用於「譴責對方」、「怪罪對方」等表示不滿之情況，此時常與間接引用文搭配使用。

- 다쳤지? 내가 분명히 하지 말라고 했잖아.

  受傷了吧？我明明說了不要做，不是嗎？

  （話者藉提醒聽者先前說過的話，譴責對方並未聽從勸告。）

- 그러니까 내가 일찍 출발하자고 했잖아요. 늦으면 안 되는데...

  所以我不是說了要早點出發嘛。不行遲到呢……

  （話者藉提醒聽者先前說過的話，怪罪對方並未聽從提議。）

> 🔍 韓語中的間接引用文，用來將話語、想法、文章內容等訊息傳達給對方，且隨著傳達內容種類之不同，用法亦有所差異。陳述句以「-다고 하다」，疑問句以「-냐고 하다」，命令句以「-(으)라고 하다」，共動句以「-자고 하다」之形態呈現；其中，另可根據傳達內容種類之不同，分別將「하다」（說）置換成其他動詞。

2. 此句型亦常作為開啟話題之用途，藉喚醒聽者之記憶，營造出話者與聽者具備共同話題之氛圍，增添親近感。

- A: 학교 근처에 카페 하나 생겼잖아요. 우리 거기 가 볼까요?
  學校附近不是新開了一間咖啡廳嘛，我們要不要一起去看看？
  B: 그래요. 저는 커피를 아주 좋아해요.
  可以啊，我很喜歡咖啡。

- A: 우리 팀장님, 너도 알잖아. 얼마 전에 승진하셨어.
  你不是也知道我們組長嘛，不久之前升遷了。
  B: 아, 너한테 잘해 주시는 그 팀장님? 잘 됐네.
  啊，對你很好的那位組長嗎？太好了呢。

句型結合實例：

1. -아/어/여하다 + -잖아(요)

- 창문을 왜 안 열어요? 에어컨도 고장이 났는데 다들 더워하잖아요.
  為什麼不開窗戶呢？冷氣也壞了，大家不是都覺得很熱嘛。

2. -고 있다 + -잖아(요)

- 잔소리를 제발 그만 좀 하세요. 하고 있잖아요.
  拜託請你不要再嘮叨了，我不是正在做嘛。

A2-6 -(으)ㄹ 뻔하다

解　　釋：表示雖然具有高度發生的可能性，實際上卻並未發生之情況。

中文翻譯：差一點就……了

結構形態：由冠形詞形語尾「-(으)ㄹ」，與表示「表示雖然並未發生，但卻具有高度發生可能性」意義之補助形容詞「뻔하다」結合而成。

結合用例：

與「動詞」結合時			
실수하다	실수할 뻔하다	굽다	구울 뻔하다*
읽다	읽을 뻔하다	웃다	웃을 뻔하다
만들다	만들 뻔하다*	짓다	지을 뻔하다*
닫다	닫을 뻔하다	쓰다	쓸 뻔하다
듣다	들을 뻔하다*	자르다	자를 뻔하다
입다	입을 뻔하다	놓다	놓을 뻔하다

用　　法：

1. 表示某狀況雖然在實際上並未發生，但發生之可能性很高。

   - 공항에 가는데 길이 너무 막혀서 비행기를 놓칠 뻔했어요.
     去機場的路上路實在是太塞了，差一點就錯過了飛機。

   - 너 왜 이렇게 많이 변했어? 거의 못 알아볼 뻔했잖아.
     你怎麼變了這麼多？幾乎差一點就認不出來了欸。

2. 前方通常與動詞結合使用，且由於是敘述過去、已完成之狀況，因此常於「-(으)ㄹ 뻔하다」後方添加過去形先語末語尾「-았-/-었-/-였-」，作「-(으)ㄹ 뻔했다」。

- 늦을 것 같아 정신이 없어서 버스에 가방을 두고 내릴 뻔했어요.
  因為快遲到而手忙腳亂，差一點就把包包落在公車上了。

- 그 말에 너무 감동해서 나는 왈칵 눈물을 쏟을 뻔했어.
  因為那句話太感動，我差一點就大哭了出來。

3. 在利用「-(으)ㄹ 뻔하다」進行敘述時，陳述之狀況雖然亦可具正面性，但在實際使用時，陳述之狀況更常為具負面性之內容。

- 어제 그 선수가 조금 더 힘을 냈다면 새 기록이 나올 뻔했어요.
  如果昨天那位選手再努力一點，差一點就可以創新紀錄了。

  (「새 기록이 나오다」（創下新紀錄）一狀況為正面性內容，此時包含「可惜沒有發生、差一點就可以達成」之語感。)

- 횡단보도에서 고개를 숙이고 걷다가 하마터면 사고를 당할 뻔했어.
  在斑馬線上低著頭走路，差一點就出了事故。

  (「사고를 당하다」（出事故）一狀況為負面性內容，此時包含「幸虧沒有發生」之語感。)

> 🔍 「-(으)ㄹ 뻔하다」作為不期望負面狀況發生時，另常與「하마터면」（險些……）、「자칫하면」（一不小心就……），「까딱하면」（差一點就……）等表現搭配使用，用以加強「幸虧沒有發生」之語氣。

延伸補充：

1. 此句型常與對過去、當時狀況假設之「-았/었/였으면」、「-았/었/였다면」、「-았/었/였더라면」搭配使用，此時將針對過去之假設條件一併列出，使聽者更清楚整件事情之脈絡。

- 조금만 늦<mark>었으면</mark> 기차를 못 탈 뻔했어요.
  當時再慢一點的話，就差一點搭不上火車了。
  （詳細說明事件之背景，同時表達「幸虧沒有再慢一些」。）

- 친구가 깨워 주지 않<mark>았더라면</mark> 시험에 지각할 뻔했어.
  如果朋友沒有叫醒我，就差一點考試遲到了。
  （詳細說明事件之背景，同時表達「幸虧朋友叫醒了我」。）

2. 「-(으)ㄹ 뻔하다」亦可作為誇張表現，此時則表示狀況程度之甚，常與「죽다」（死）結合使用，作「죽을 뻔하다」。

- 에어컨이 고장이 났는데 더워 죽을 뻔했어요.
  冷氣故障了，真的差一點就熱死了。

- 혼자 이삿짐을 다 옮기느라 힘들어서 죽을 뻔했네.
  一個人搬完全部的搬家行李，真的是累到差一點死掉了呢。

句型結合實例：

1. <mark>-아/어/여 버리다</mark> + <mark>-(으)ㄹ 뻔하다</mark>

- 아무 생각 없이 과자 한 봉지를 다 먹어 버릴 뻔했어요.
  差點不經意地就把整包餅乾都吃掉了。

2. <mark>-(으)ㄹ 뻔하다</mark> + <mark>-는/(으)ㄴ/(으)ㄹ</mark>

- 어제 제가 차에 치일 뻔한 강아지를 구했습니다.
  昨天我救了一隻差一點被車輾到的狗。

A2-7 -는/(으)ㄴ 셈이다

解　　釋： 表達儘管與事實有所差異，但仍將其歸納、歸類作某一較為近似之結論或判斷。

中文翻譯： 算是……、可以說是……

結構形態： 由冠形詞形語尾「-는/(으)ㄴ」、具「情況、結果」含義之依存名詞「셈」，與具有「是」含義之「이다」結合而成。

結合用例：

與「動詞」結合時			
공부하다	공부하는 셈이다 공부한 셈이다	돕다	돕는 셈이다 도운 셈이다*
읽다	읽는 셈이다 읽은 셈이다	웃다	웃는 셈이다 웃은 셈이다
만들다	만드는 셈이다* 만든 셈이다*	짓다	짓는 셈이다 지은 셈이다*
닫다	닫는 셈이다 닫은 셈이다	쓰다	쓰는 셈이다 쓴 셈이다
듣다	듣는 셈이다 들은 셈이다*	자르다	자르는 셈이다 자른 셈이다
입다	입는 셈이다 입은 셈이다	놓다	놓는 셈이다 놓은 셈이다

與「形容詞」結合時			
따뜻하다	따뜻한 셈이다	좁다	좁은 셈이다
시다	신 셈이다	춥다	추운 셈이다*
아니다	아닌 셈이다	낫다	나은 셈이다*

좋다	좋은 셈이다	바쁘다	바쁜 셈이다
없다	없는 셈이다*	빠르다	빠른 셈이다
길다	긴 셈이다*	그렇다	그런 셈이다*

與「名詞이다」結合時			
추억이다	추억인 셈이다	무료이다	무료인 셈이다

用　法：

1. 表示儘管與事實、實際情形有些差異，但在經過話者的考慮、權衡之後，仍將其歸納、歸類作某一較為近似之結論或判斷。

- 일주일에 술을 다섯 번이나 마시면 매일 마시는 셈이겠지요?
  一週喝了多達五次酒的話，算是每天都喝酒了吧？

  （「매일 술을 마시다」（每天喝酒）與「일주일에 술을 다섯 번이나 마시다」（一週喝了多達五次酒）一實際情形存在差異，話者為說話需要而做出此結論。）

- 시간이 없어서 두유만 마셨으니까 아침을 안 먹은 셈이에요.
  因為沒有時間只喝了豆漿，可以說是幾乎沒吃早餐。

  （「아침을 안 먹었다」（沒吃早餐）與「두유만 마셨다」（只喝了豆漿）一實際情形存在差異，話者為說話需要而做出此結論。）

2. 此句型與動詞一起使用時作「動詞語幹-는 셈이다」；與形容詞、名詞이다一起使用時則作「形容詞語幹-(으)ㄴ 셈이다」、「名詞인 셈이다」。同時，「있다」、「없다」在此時，必須同動詞一樣與句型結合成「있는 셈이다」、「없는 셈이다」。

- 가격은 비슷해도 이 집이 양이 많으니까 더 저렴한 셈인 것 같아요.
  即便價格差不多，但由於這家店的量比較多，應該算是比較便宜。

- 30년 이상 여기에서 살았으면 인천이 고향인 셈이야.

  既然已經在這裡生活了 30 年以上，仁川也算是故鄉。

- 그거까지 안 해도 되는 걸 보니 책임질 일은 전혀 없는 셈이 었어요.

  就連那個都不用做，可以說完全沒有需要負責的事情。

3. 與動詞結合時，若句中之判斷內容為過去、已完成之動作，則以「動詞語幹-(으)ㄴ 셈이다」方式呈現。

- 18살 때 이사를 왔으니까 타이베이에서 12년을 산 셈이에요.

  18 歲的時候搬來這裡，因此可以說是在臺北生活 12 年了。

- 이 도시는 크지 않은데 그 정도면 구경은 다 한 셈이지.

  由於這個都市不大，那種程度的話算是全逛完了吧。

延伸補充：

1. 在使用此句型時，常用於將狀況極端化；此時是為使事實更為明確鮮明、容易理解，且同時傳達出話者個人對該狀況之看法、認知。

- 20점만 받았다고? 그러면 공부를 전혀 안 한 셈이네.

  你說只拿到了 20 分？那樣的話，可以算是完全沒有讀書呢。

  （僅管獲得20分之成績，多少讀了些許內容，但話者將此歸作「공부를 전혀 안 했다」（完全沒有讀書）一極端化之判斷，使「不夠努力」一事實更為明確；同時，句中亦傳達出話者「考20分與沒讀書並沒有差別」之看法。）

- 이제는 마지막 부분만 남았는데 다 끝난 셈입니다.

  現在僅剩下最後的部分，可以算是全部都完成了。

  （僅管仍剩下部分之進度，尚未全數完成，但話者仍將此歸作「다 끝났다」（全部結束了）一極端化之結論，使「事情解決在即」一事實更為鮮明；同時，句中亦傳達出話者「剩下的部分並不怎麼花費時間」之想法。）

2. 由於利用「-는/(으)ㄴ 셈이다」做出之結論、判斷，僅是與事實、實際狀況較為「接近」，並非全然相同，因此在句中常另添加副詞等可用來限制意義之詞彙或表現，以使句意通順。

- 이 방은 값에 비해 넓은 셈이에요.
  這個房間就價格來說，算是大的。

  （使用此句型時，「實際情形」須與「判斷」存在差異，即房間本身應該不大；此時若不添加額外可限制意義的表現、用法，則會產生「房間在實際上是大的」而「可以算是大」之句子，成為一語病。）

- 10명 중 9명이 반대했으니까 거의 다 반대한 셈이네요.
  因為 10 位中有 9 位反對，所以可以說是全部人都反對了呢。

  （此時若不添加額外可限制意義的表現、用法，則會產生「實際上並非全數反對」而「可以算是有人反對」之句子，成為一語病。）

A3-1 -아/어/여야지(요)

解　　釋：表達話者自身之意志，或對聽者進行勸誘。

中文翻譯：一定要……、應該要……吧

結構形態：終結語尾。屬口語用法，無法與格式體終結語尾結合；當聽者是需要被尊敬的對象時，必須在後方加上「요」。

結合用例：

與「動詞」結合時			
공부하다	공부해야지(요)	돕다	도와야지(요)*
읽다	읽어야지(요)	웃다	웃어야지(요)
만들다	만들어야지(요)	짓다	지어야지(요)*
닫다	닫아야지(요)	쓰다	써야지(요)*
듣다	들어야지(요)*	자르다	잘라야지(요)*
입다	입어야지(요)	놓다	놓아야지(요)

與「形容詞」結合時			
따뜻하다	따뜻해야지(요)*	좁다	좁아야지(요)
시다	셔야지(요)*	춥다	추워야지(요)*
아니다	아니어야지(요)	낫다	나아야지(요)*
좋다	좋아야지(요)	바쁘다	바빠야지(요)*
없다	없어야지(요)	빠르다	빨라야지(요)*
길다	길어야지(요)	그렇다	그래야지(요)*

與「名詞이다」結合時			
학생이다	학생이어야지(요)	학교이다	학교여야지(요)

用　法：

1. 表示話者自身之決心、意志。此時主要與動詞結合，且僅使用於第一人稱；
   用作此用法時，話者常於類似自言自語時使用。

   * 친구가 성공적으로 담배를 끊었는데 나도 빨리 끊어야지.
     朋友已經成功戒菸了，我也一定要快點戒掉。

   * 올해는 꼭 열심히 돈을 벌어 빚을 다 갚아야지요.
     今年一定要努力賺錢，還完全部的債。

2. 表示對聽者進行勸誘，即勸告、建議聽者進行某動作。此時主要與動詞結
   合，且較常使用於第二人稱；此時由於帶有「強制」、「指導」之語感，因
   此不常對長輩、社會地位較高的人使用。

   * 밤이 늦었는데 집에 들어 가야지요. 오늘은 여기서 헤어지지요.
     已經很晚了，應該要回家了吧。今天就在這裡解散吧。

   * 고기만 먹지 말고 채소도 먹어야지.
     不要只吃肉，也應該要吃菜吧。

3. 若欲對動作之「不應、不該實行」進行第一人稱意志、第二人稱勸誘上之使
   用，此時在「-아/어/여야지(요)」前方添加否定表現「-지 말다」，作「-지
   말아야지(요)」。

   * 나는 절대 저렇게 추하게 늙지 말아야지.
     我絕對不要那樣醜陋地變老。

     （主語為第一人稱，表示不應進行某動作之決心、意志。）

- 엄마가 안 된다고 말했으면 너는 그러지 말아야지.

  既然媽媽已經説了不行，你就不應該那樣子做。

  （主語為第二人稱，表示勸告、建議聽者不應進行某行為。）

4. 在實際使用時，基本上將「-아/어/여야지요」發音作「-아/어/여야죠」，在日常中亦常以如此簡化之形態書寫。

延伸補充：

1. 「-아/어/여야지(요)」亦可表示為了達成某特定目的、目標，首先必須滿足某條件，且話者認為該條件之滿足為理所當然。用作此用法時，可與動詞、形容詞、名詞이다結合；若名詞最後一字有收尾音作「名詞이어야지(요)」，無收尾音則作「名詞여야지(요)」。

   - 남에게 존중을 받으려면 네 스스로 먼저 자기 자신 존중해야지.

     想從他人那裡獲得尊重的話，你必須先尊重自己吧。

     （話者認為為了達成「남에게 존중을 받다」（從他人那裡獲得尊重）一目的，首先必須滿足「네 스스로 먼저 자기 자신 존중하다」（尊重自己）一條件。）

   - 복수전공을 하고 싶으면 점수가 최소한 85점이어야지요.

     想要雙主修的話，成績最少要 85 分以上啊。

     （話者認為為了達成「복수전공을 하다」（修讀雙主修）一目標，首先必須滿足「점수가 최소한 85점이다」（成績最少是85分）一條件）

2. 若欲對已發生、結果已定，即無法改變之過去事實表示感慨，可於「-아/어/여야지(요)」前方添加過去形先語末語尾「-았-/-었-/-였-」，作「-았/었/였어야지(요)」。

- 너 잠이 안 와? 그니까 오후에 커피를 마시지 말았어야지.

  你睡不著嗎？所以啊，下午就不應該喝咖啡的啊。

  （「오후에 커피를 마셨다」（下午喝了咖啡）一事實已發生，此時藉對其表示之感慨，用以責備對方。）

- 야단을 맞고 싶지 않으면 숙제를 해 왔어야지.

  不想挨罵的話，當初就應該寫好作業再來啊。

  （「숙제를 해 오지 않았다」（沒有做完作業就來了）一事實，事到如今已無法改變，此時藉對其表示之感慨，用以傳達無奈之感。）

A3-2 -(으)ㄹ 생각이다

解　　釋：表達進行某動作之意志。

中文翻譯：想要……、想……

結構形態：由冠形詞形語尾「-(으)ㄹ」、具「想法」含義之名詞「생각」，與具有「是」含義之「이다」結合而成。

結合用例：

與「動詞」結合時			
공부하다	공부할 생각이다	돕다	도울 생각이다*
읽다	읽을 생각이다	벗다	벗을 생각이다
만들다	만들 생각이다*	짓다	지을 생각이다*
닫다	닫을 생각이다	쓰다	쓸 생각이다
듣다	들을 생각이다*	자르다	자를 생각이다
입다	입을 생각이다	놓다	놓을 생각이다

用　　法：

1. 表示話者具有進行某行為之意志。由於涉及主語之意志，因此前方僅能與動詞結合。主語若為第一人稱時，以陳述句呈現；若為第二人稱時，則會以疑問句呈現。

   - 오늘은 몸이 안 좋아서 집에 일찍 갈 생각이야.
     （我）今天因為身體不舒服，想要早點回家。

   - 수업이 끝나고 무엇을 할 생각이에요?
     下課後（你）想做什麼事情呢？

2. 「-(으)ㄹ 생각이다」後方若與過去形先語末語尾「-았-/-었-/-였-」結合時，常表示雖曾有進行某動作之想法，但該行動並未實現；或亦可單純表示於過去當下之想法。

- 생일에 친구한테 선물을 줄 생각이었는데 깜빡 잊어버렸어요.
  原本想要在生日的時候送朋友禮物，卻一時忘記了。
  （原本預計送朋友禮物之時間已過，但並未達成。）

- 학교를 졸업하고 서점에 취직을 했을 때는 돈을 모을 생각이었어요.
  大學畢業之後在書店找到工作的時候，當時是想要存點錢。
  （單純表示在過去當下時，曾有實行某動作之想法。）

延伸補充：

1. 此句型後方不僅能與「이다」結合，亦常與「있다」（有）、「없다」（無）搭配使用。當與「있다」搭配使用時作「-(으)ㄹ 생각이 있다」，表示具有進行某行為之念頭；與「없다」搭配使用時則作「-(으)ㄹ 생각이 없다」，表示不具有進行某行為之念頭。

- 내년에 한국으로 유학을 갈 생각이 있습니다.
  明年（我）有去韓國留學的打算。

- 둘이 사귄 지 5년이 넘었는데 정말로 결혼할 생각은 없어?
  （你們）兩人交往也超過 5 年了，真的沒有結婚的打算嗎？

2. 若另欲表示具有實行某動作之計畫、預定，則可將「-(으)ㄹ 생각이다」中之「생각」，以「계획」（計畫、規劃）、「예정」（預定、預計）取代，作「-(으)ㄹ 계획이다」及「-(으)ㄹ 예정이다」。

- 대학을 졸업하면 바로 취직할 계획이에요.
  計畫大學畢業後就馬上就業。

  （表示具有實行某動作規劃、計畫。）

- 건강관리교육은 내년부터 실시될 예정입니다.
  健康管理教育預計於明年開始實施。

  （表示具有施行某動作之預定、預計。）

A3-3 -(으)ㄹ 테니까

解　　　釋：表達話者自身之意志，或對某事件、狀態進行之推測，同時其為導致後文出現之理由。

中文翻譯：會……、應該……、一定……、✕

結構形態：由表示「推測、計畫」之「-(으)ㄹ 터이다」，與具表示「理由、根據」之連結語尾「-(으)니까」結合而成。

結合用例：

與「動詞」結合時			
공부하다	공부할 테니까	돕다	도울 테니까*
읽다	읽을 테니까	웃다	웃을 테니까
만들다	만들 테니까*	짓다	지을 테니까*
닫다	닫을 테니까	쓰다	쓸 테니까
듣다	들을 테니까*	자르다	자를 테니까
입다	입을 테니까	놓다	놓을 테니까

與「形容詞」結合時			
따뜻하다	따뜻할 테니까	좁다	좁을 테니까
시다	실 테니까	춥다	추울 테니까*
아니다	아닐 테니까	낫다	나을 테니까*
좋다	좋을 테니까	바쁘다	바쁠 테니까
없다	없을 테니까	빠르다	빠를 테니까
길다	길 테니까*	그렇다	그럴 테니까*

用　法：

1. 表示話者首先於前文表達進行某動作之意志，使其成為後文之理由。用於此
   用法時，僅使用於第一人稱；同時，由於牽涉主語之意志，因此前方僅與動
   詞結合，且前方不另與過去形先語末語尾「-았-/-었-/-였-」結合使用。

   - 단어를 2번씩 읽을 테니까 잘 들으십시오.
     每個單字都會唸 2 遍，請仔細聽。

     （「단어를 2번씩 읽다」（每個單字都唸2遍）一話者之意志，是為後文
     之理由。）

   - 내가 금방 갈 테니까 조금만 더 기다려라.
     我馬上就會到，再等我一下子。

     （「내가 금방 가다」（我馬上到）一話者之意志，是為後文之理由。）

2. 表示首先對前文內容進行推測，使其成為後文之理由。用於此用法時，並未
   有人稱上之限制；可與動詞、形容詞、名詞이다結合，亦可對任何時間之
   動作、狀態進行推測。若欲對過去或已完成之行為、狀態作推斷時，可於
   「-(으)ㄹ 테니까」前方加上先語末語尾「-았-/-었-/-였-」，作「-았/었/였을
   테니까」。

   - 시험은 잘 봤을 테니까 걱정 안 하셔도 돼요.
     考試應該考得不錯，不需要太擔心。

     （對過去、已發生之動作加以推測，並使其成為後文之理由。）

   - 연휴라 요즘 놀이공원에 사람이 많을 테니까 아침 일찍 출발
     합시다.
     因為是連假，最近遊樂園應該很多人，一大早就出發吧。

     （對現在之狀況加以推測，並使其成為後文之理由。）

- 면접관이 우리 선생님일 테니까 너무 긴장하지 마세요.

  面試官應該會是我們老師，請不要太緊張。

  （對未來尚未確定之性質加以推測，並使其成為後文之理由。）

3. 在實際使用時，有時會將「까」予以省略，作「-(으)ㄹ 테니」。

- 이제 답안지를 걷을 테니 답안 작성을 마무리해 주세요.

  現在要回收答案卷了，請完成答案的填寫。

- 내일은 바쁠 테니 미리 숙제를 해 놓는 게 좋을 것 같아.

  明天應該會很忙，事先做好作業似乎比較好。

4. 「-(으)ㄹ 테니까」不與「고맙다」（感謝）、「감사하다」（感謝）、「미안하다」（對不起）、「죄송하다」（對不起）等詞彙並用。

延伸補充：

1. 當前文內容為「話者之意志」時，後文主要以命令句呈現，常於「分配、分擔事情」或「承諾對方進行某事情」時使用。

- 내가 청소를 할 테니까 너는 설거지를 좀 해 줄 수 있어?

  我來打掃，你可以幫我洗碗嗎？

  （用於「分配、分擔事情」，此時雖然句型後方在形態上並非命令句，但在意義上確實為「幫我洗碗」一命令內容。）

- 그 일은 제가 알아서 할 테니까 걱정하지 마세요.

  那件事情我會自己看著辦的，請不要擔心。

  （用於「承諾對方進行某事情」，此時後方為命令句。）

> 🔍 韓語中存在在形態上雖然非命令句，但在意義上確實為命令之情形，此乃為降低強制語氣所使用之委婉用法。

2. 當前文內容為「推測」時，後文則常以共動句、命令句呈現，此時僅是將推測內容作為後續發話之理由。

- 차가 막힐 테니까 지하철을 타는 게 어떨까요?

  應該會塞車，要不搭地下鐵如何？

  （此時雖然句型後方在形態上並非共動句，但在意義上確實為「一起搭地下鐵」一共動內容。）

- 선생님께서 회의 중이실 테니까 이따가 전화하세요.

  老師應該是正在開會，請等一下再打電話。

  （此時後方為命令句。）

  🔍 韓語中存在在形態上雖然非共動句，但在意義上確實為共動之情形，此乃為尊重對方意願所使用之委婉用法。

A3-4 -(으)려던 참이다

解　　釋：表達在其他事件、狀態發生的當下，話者同時具有欲進行某動作之意圖。

中文翻譯：正想……呢、剛好要……

結構形態：由表示意圖之「-(으)려고 하다」，與冠形詞形語尾「던」結合經縮約後，再與具「行動時候」含義之依存名詞「참」及具有「是」含義之「이다」結合而成。

結合用例：

與「動詞」結合時			
공부하다	공부하려던 참이다	돕다	도우려던 참이다*
읽다	읽으려던 참이다	벗다	벗으려던 참이다
만들다	만들려던 참이다*	짓다	지으려던 참이다*
닫다	닫으려던 참이다	쓰다	쓰려던 참이다
들다	들으려던 참이다까*	자르다	자르려던 참이다
입다	입으려던 참이다	넣다	넣으려던 참이다

用　　法：

1. 表示在其他事情、狀況發生當下，話者正持有進行某行為之意圖；由於涉及做某事之意圖，因此前方僅與動詞結合。

   • 지금 막 자려던 참인데 이 시간에는 무슨 일이에요?

   現在正好要睡覺呢，這時間有什麼事嗎？

   （在對方打電話、找來房間等狀況發生之同時，話者當下正持有進行「자다」（睡覺）一行為的意圖。）

- 그래? 내가 지금 편의점에 가려던 참이야. 사다 줄까?

  是嗎？我現在剛好要去便利商店呢，要幫你買回來嗎？

  （在對方說出「東西用盡了」等話語之前，話者當下正持有進行「편의점에 가다」（去便利商店）一行為的意圖。）

2. 話者利用此句型，表示當下正持有進行某行為之意圖，而行動之時間可為當下、距現在不久之未來，且不於「-(으)려던 참이다」後方另添加與未來時間相關之表現。

- 아파서 지금 병원에 가려던 참인데 좀 태워다 줄래?

  因為不舒服，現在正想去醫院呢，可以載我去嗎？

  （行動之時間為「지금」（現在），即話者說話之當下。）

- 조금 이따가 라면 끓이려던 참인데 네 것도 끓여 줄까?

  正想等一下煮泡麵吃呢，要幫忙煮你的份嗎？

  （行動之時間為「조금 이따가」（待會兒）一距現在不遠之未來。）

3. 「-(으)려던 참이다」後方可與過去形先語末語尾「-았-/-었-/-였-」結合，此時表示在其他事情、狀況發生之前，話者早就已持有進行某行為之意圖。

- 새로 나온 영화를 보려던 참이었어요. 내일 몇 시에 만날까요?

  早就想看新上映的電影了呢，明天幾點見呢？

  （在對方說出「要不要看電影呢？」等話語之前，話者早就已經持有進行「새로 나온 영화를 보다」（看新上映的電影）一行為的意圖。）

- 마침 우체국에 가서 물어 보려던 참이었는데 소포가 도착했네.

  剛好早就想去郵局問問了，（結果）包裹就到了呢。

  （在包裹寄達之前，話者早就已經持有進行「우체국에 가서 물어 보다」（去郵局問問看）一行為的意圖。）

  🔍 為加強其他狀況之發生，與話者意圖、目的之一致、時機巧合，常與「마침」（恰好）、「막」（正好）等詞彙搭配使用。

延伸補充：

1. 作為一個「對話性」較強之句型，通常用於回覆他人話語；若在話者原先就持有行動意圖之同時，對方恰好同時提出進行同動作之提議，此時常與「그 렇지 않아도」、「안 그래도」搭配使用。

- A: 왜 거기에 서 있어요? 어서 앉으세요.
  為什麼要站在那裡呢？趕快請坐。

  B: 안 그래도 앉으려던 참이었어요.
  就算你不說，我也早就想坐下了呢。

- A: 우리 만나서 커피 한잔이나 마실래?
  要不要見面喝杯咖啡呢？

  B: 그렇지 않아도 할 얘기가 많아서 만나려던 참이었어.
  就算你不講我也有很多想説的話，早就想見你了呢。

2. 在實際使用時，亦可將「이다」替換成表示「時間點」的助詞「에」，作「-(으)려던 참에」，此時可使話者得以利用一句子，完整地敍述事件脈絡。

- 잠깐 쉬려던 참에 사장님이 들어오셨어요.
  正當想稍作休息的時候，社長就進來了。

- 버스를 타려던 참에 그를 만났어.
  正當要搭上公車的時候，見到了他。

A3-5 -(으)ㄹ 겸

解　　釋：表達同時具有進行兩個以上動作的目的，且為了實現該目的而做出相關行動。

中文翻譯：既想……又想……、既能夠……又能夠……、╳

結構形態：由冠形詞形語尾「-(으)ㄹ」，與具有「動作、行為之同時進行」含義之依存名詞「겸」結合而成。

結合用例：

與「動詞」結合時			
공부하다	공부할 겸	돕다	도울 겸*
읽다	읽을 겸	씻다	씻을 겸
만들다	만들 겸*	짓다	지을 겸*
받다	받을 겸	쓰다	쓸 겸
듣다	들을 겸*	자르다	자를 겸
입다	입을 겸	놓다	놓을 겸

用　　法：

1. 表示為了同時達成兩種以上行為之目的，而為實現該目的，進而做出其他相關行動；由於牽涉做某事之意圖，因此前方僅與動詞結合。

   • 태권도도 배울 겸 한국말도 배울 겸 한국에 왔습니다.
   既想學跆拳道又想學韓語，便來到了韓國。

   （表示為了同時達成「태권도를 배우다」（學跆拳道）、「한국말을 배우다」（學韓語）兩目的，進而做出「한국에 오다」（來韓國）一相關行動。）

- 노래도 부를 겸 스트레스도 풀 겸 어제 노래방에 갔다 왔어.

  既想唱歌又想紓解壓力，昨天就去了一趟 KTV。

  （表示為了同時達成「노래를 부르다」（唱歌）、「스트레스를 풀다」（紓解壓力）兩目的，進而做出「노래방에 갔다 오다」（去KTV一趟）一相關行動。）

  > 🔍 作為目的之內容敘述中，名詞之後方通常加上助詞「도」，使句意更為流暢。

2. 在使用此句型時，前後文之主語必須一致，且後文之主語常予以省略。

- 저는 운동도 할 겸 여가 시간도 채울 겸 헬스장에 등록했어요.

  我既想運動又想填滿閒暇時間，就報名了健身房。

  （此時主語為第一人稱「저」（我），同時後文主語因相同而被省略。）

- 기분 전환도 할 겸 쇼핑도 할 겸 백화점에 가는 게 어떨까?

  既能夠轉換心情又能夠逛街，要不要去百貨公司呢？

  （此時主語為第二人稱「너」（你），此時於句中皆被省略。）

3. 「-(으)ㄹ 겸」後方亦可添加「해서」，作「-(으)ㄹ 겸 해서」，意思不變；惟日常對話中常予以省略。

- 용돈도 벌 겸 경험도 쌓을 겸 해서 학교에서 아르바이트하고 있어요.

  既想賺零用錢又想累積經驗，就在學校裡打工了。

- 바람도 쐴 겸 생각도 정리할 겸 해서 강변 공원에 자주 가요.

  既能夠透透氣又能夠整理思緒，便常常去河濱公園。

延伸補充：

1. 由於是利用此句型同時表達兩種以上之目的，因此「-(으)ㄹ 겸」往往會反覆出現，且接於每一目的之後方；惟儘管句中僅出現一次的「-(으)ㄹ 겸」，仍表示主語做出其他之相關行動，是為了達成兩種以上之目的而實行。

- 머리도 식힐 겸 여행을 다녀오는 게 어때요?
  要不要去旅行呢？也能讓頭腦放鬆一下。

  （儘管於句中只出現一次「-(으)ㄹ 겸」，即僅出現一種目的，此時仍表示主語做出「여행을 다녀오다」（去一趟旅行）一行動，是為了同時達成兩種以上之目的而實行；此時雖並未明示另一目的，但聽者仍可知道尚有其他目的之存在。）

- 그는 여자친구와 책도 읽고 데이트도 할 겸 도서관에 갔어.
  既想約會又想讀書，他便和女朋友去了圖書館。

  （儘管於句中只出現一次「-(으)ㄹ 겸」，但句型前文中出現之「-고」由於具「並列、列舉」之功能，因此意義不變。）

2. 若與名詞一同使用，則是以「名詞 겸 名詞」之形式呈現，此時則表示同時具備兩名詞之性質、功能。

- 여기는 사무실 겸 연구실로 사용하고 있습니다.
  這裡用作辦公室兼研究室。

- 오늘은 주말이라 아침 겸 점심을 먹었어요.
  今天是週末，所以吃了早餐兼午餐。

句型結合實例：

1. -아/어/여 보다 + -(으)ㄹ 겸

   • 한국의 전통문화도 체험해 볼 겸 김치를 만들었어요.
   也想體驗韓國的傳統文化，就製作了辛奇（韓國泡菜）。

2. -아/어/여 보이다 + -(으)ㄹ 겸

   • 젊어 보일 겸 염색과 커트를 진행하기로 했습니다.
   也想看起來年輕點，便決定了要染髮和剪髮。

A3-6 -고자

解　　釋：表達進行某動作之意圖、目的，為達成該意圖、目的進而做出其他相關行動。

中文翻譯：為了⋯⋯而⋯⋯、希望可以⋯⋯而⋯⋯

結構形態：連結語尾。

結合用例：

與「動詞」結合時			
공부하다	공부하고자	돕다	돕고자
읽다	읽고자	웃다	웃고자
만들다	만들고자	짓다	짓고자
닫다	닫고자	쓰다	쓰고자
듣다	듣고자	자르다	자르고자
입다	입고자	놓다	놓고자

用　　法：

1. 表示主語有做某事的意圖、目的，為達成該意圖、目的進而做出其他相關行動。

- 제가 추석 때 친척들에게 드리고자 이 선물을 구매했습니다.
  我為了在中秋節時給親戚們而購買了這個禮物。

  （表示為達成「추석 때 친척들에게 드리다」（在中秋節時給親戚們）一意圖，進而做出「이 선물을 구매하다」（購買這個禮物）一相關行動。）

- 더 넓은 세상을 경험하고자 다음 학기에 교환학생을 가기로 했습니다.

  為了體驗更寬廣的世界而決定下學期去（當）交換學生。

  （表示為達成「더 넓은 세상을 경험하다」（體驗更寬廣的世界）一目 的，進而做出「다음 학기에 교환학생을 가다」（下學期去當交換學 生）一相關行動。）

2. 由於「-고자」牽涉做某事之意圖，因此前方僅與動詞結合，且不以命令 句、共動句呈現；同時，前後文之主語必須一致。

- 부모님의 기대를 저버리지 않는 아들이 되고자 많은 노력을 했습니다.

  為了成為一個不辜負父母期望的兒子而做了許多的努力。

  （主語於此時被省略，但前後文主語一致。）

- 정부에서는 새로운 일자리를 창출하고자 최선을 다하고 있습 니다.

  政府為了創造出新的就業機會，而正在盡最大的努力。

  （主語為「정부」（政府），由於前後文主語相同，僅需保留前文主語 即可。）

延伸補充：

1. 此句型通常用於正式場合中，且所敘述之行為通常較為重大，或為較嚴肅之 議題、話題。

- 한국에 대한 이해를 넓히고자 이 전공을 선택하였습니다.

  為了加深對韓國的了解而選擇了這個主修。

- 진심으로 피해를 입은 사람들을 돕고자 이 바자회를 열게 되 었습니다.

  真心希望能幫助受災的人們，而舉辦了這個義賣會。

2. 「-고자」亦可與補助動詞「하다」結合使用，作「-고자 하다」，是為一句子之終結表現，可置於句子最後方；此時單純表示主語有進行某行為之意圖。

- 도대체 무슨 말을 하고자 하는 겁니까?
  到底想說什麼話呢？

- 이 시간에는 민주주의의 발전에 대하여 이야기하고자 합니다.
  在這個時間，我想談談有關民主主義的發展。

句型結合實例：

1. -아/어/여지다 + -고자

- 영어에 익숙해지고자 이 인터넷 강의를 수강하게 되었습니다.
  為了熟悉英語而上了這個線上課程。

2. -아/어/여 보다 + -고자

- 젊은 날에 품었던 꿈을 다시 한번 펼쳐 보고자 시도하는 것입니다.
  為了再次實現年輕時懷抱的夢想而嘗試。

A4 後悔與建議

A4-1 -(으)ㄹ걸 그랬다

解　　釋：表示話者因並未實踐某行為而感到後悔，同時表達怨嘆。

中文翻譯：早知道就……了

結構形態：由終結語尾「-(으)ㄹ걸」，與具有「那樣子做了」含義之「그랬다」結合而成。

結合用例：

與「動詞」結合時			
공부하다	공부할걸 그랬다	돕다	도울걸 그랬다*
읽다	읽을걸 그랬다	벗다	벗을걸 그랬다
만들다	만들걸 그랬다*	짓다	지을걸 그랬다*
닫다	닫을걸 그랬다	쓰다	쓸걸 그랬다
듣다	들을걸 그랬다*	자르다	자를걸 그랬다
입다	입을걸 그랬다	놓다	놓을걸 그랬다

用　　法：

1. 表示話者對自己未實踐某行為感到後悔，同時以怨嘆的口氣呈現出來；由於是用於「抱怨」之用法，因此需視場合、聽者使用，且較不適用於討論嚴肅、十分正經之事。

- 이 영화는 너무 재미없었어요. 다른 영화를 볼걸 그랬어요.

  這部電影真的是太無聊了，早知道就看其他部電影了。

  （表示話者對並未實踐「다른 영화를 보다」（看其他電影）一行為感到後悔，同時是以怨嘆之口氣呈現。）

- 짧은 치마가 불편하네. 바지를 입을걸 그랬어.

  （穿）短裙不方便呢。早知道就穿褲子了。

  （表示話者對並未實踐「바지를 입다」（穿褲子）一行為感到後悔，同時是以怨嘆之口氣呈現。）

2. 由於「-(으)ㄹ걸 그랬다」包含話者個人情感，因此僅使用於第一人稱，且常於句中被省略；同時，由於是對未進行動作表達之後悔，因此前方僅與動詞結合使用。

   - 시험이 이렇게 어려울 줄 알았으면 더 열심히 공부할걸 그랬어.

     早知道考試這麼難的話，就會再認真點讀書了。

   - 벌써 배가 고픈데 아까 저녁을 좀 더 많이 먹을걸 그랬어요.

     居然這麼快就餓了，早知道剛才晚餐就吃多一點了。

延伸補充：

1. 若欲表達對已實踐某行為而感到之後悔、惋惜，此時則可與表示否定意義之「-지 말다」結合，作「-지 말걸 그랬다」，是為「早知道就不……了」之意。

   - 커피를 마시지 말걸 그랬어. 잠이 안 오잖아!

     早知道就不要喝咖啡了，睡不著了啦！

     （表示話者對已實踐「커피를 마시다」（喝咖啡）一行為感到後悔，同時是以怨嘆之口氣呈現。）

- 또 비가 온다고요? 세차를 하지 말걸 그랬어요.
  （你說）又下雨了嗎？早知道就不要洗車了。

  （表示話者對已實踐「세차를 하다」（洗車）一行為感到後悔，同時是以怨嘆之口氣呈現。）

  > 🔍 在實際使用時，確實存在「-(으)ㄹ걸 그랬다」可與否定用法「안」搭配使用之情形，但絕大多數之情形皆屬不自然。

2. 作為一對話性強之句型，在實際使用時，往往會將「그랬다」予以省略，僅保留「-(으)ㄹ걸」；此時常用於話者之自言自語，且一般來說，位於最後方之語調會稍微下降。

   - 준다고 할 때 받을걸.
     說給（我）的時候早知道就收下了。

   - A: 너 또 주식에 투자했다가 많은 돈을 잃었지?
     你又投資股票賠了不少錢嗎？
     B: 어, 주식에 발을 들여놓지 말걸.
     對啊，早知道就不要踏入股票（這一塊）了。

句型結合實例：

1. -아/어/여 주다 + -(으)ㄹ걸 그랬다

   - 이렇게 일찍 떠날 줄 알았으면 좀 더 잘해 줄걸 그랬어요.
     早知道他會這麼早離開，就會對他好一點了。

2. -아/어/여 버리다 + -(으)ㄹ걸 그랬다

   - 동생이 다 먹을 줄 알았으면 내가 먼저 다 먹어 버릴걸 그랬어.
     早知道弟弟會全都吃完，我就會先把它都吃光了。

A4-2 -지 그래(요)?

解　　釋：表示向聽者提出應當進行某動作之勸告、建議。

中文翻譯：就……嘛、怎麼不……呢？

結構形態：由終結語尾「-지」，與具有「那樣做」含義之「그래(요)」結合而成。

結合用例：

與「動詞」結合時			
공부하다	공부하지 그래(요)?	돕다	돕지 그래(요)?
읽다	읽지 그래(요)?	웃다	웃지 그래(요)?
만들다	만들지 그래(요)?	짓다	짓지 그래(요)?
닫다	닫지 그래(요)?	쓰다	쓰지 그래(요)?
들다	들지 그래(요)?	자르다	자르지 그래(요)?
입다	입지 그래(요)?	놓다	놓지 그래(요)?

用　　法：

1. 話者對聽者之建議、勸告，認為聽者應當進行某行為；由於牽涉行為之進行，因此前方僅與動詞表示結合。

   - 하기 싫으면 상대방에게 직접 말하지 그래요?
     不想做的話，怎麼不直接跟對方説呢？

   - 지금 사는 곳이 마음에 들지 않으면 다른 집을 구하지 그래?
     對現在住的地方不滿意的話，就找其他的房子嘛。

2. 由於話者是利用「-지 그래(요)?」以規勸聽者，意圖使聽者按照話者所說之內容行事，因此在意義之判斷上需將此句型視為命令句，且句子主語為第二人稱。

- 밖이 추우니까 창문을 닫지 그래요?

  外面很冷，怎麼不關個窗呢？

  （在意義上類似「請關窗戶」，可視為命令句，前方在與表示「原因、理由」的句型搭配時，不使用「-아/어/여서」，而是使用「-(으)니까」；「-아/어/여서」一句型本身無法與命令句、共動句搭配使用。）

- 너는 항상 급한 일이 많다고 하는데 일을 좀 일찍 시작하지 그래?

  你每次都說有很多急事，就早點開始做嘛。

  （主語為第二人稱「너」（你），且前後文主語相同，僅需保留前文主語即可。）

延伸補充：

1. 若欲對聽者過去應當實行某行為，實際上卻並未實行一事表達苛責、心疼，可於「-지 그래(요)?」後方添加先語末語尾「-았-/-었-/-였-」，作「-지 그랬어(요)?」。

- 아무도 도와주지 않았는데 너는 반장이니까 좀 나서지 그랬어?

  沒有任何人幫忙，你是班長，就（應該）站出來嘛。

  （聽者並未實行「나서다」（站出來）一行為，話者認為其為應當實行之行為，並對此狀況表示苛責。）

- 계속 여기에 서 있었어요? 먼저 카페에 들어가서 기다리지 그랬어요?

  （你）一直站在這裡嗎？怎麼不先進去咖啡廳等呢？

  （聽者並未實行「카페에 들어가서 기다리다」（進到咖啡廳裡等待）一行為，話者認為其為應當實行之行為，並對此狀況表示心疼。）

2. 作為一對話性強之句型，常用以回覆他人話語；同時，在實際使用時，由於此句型含有些許之「……就好了啊，為什麼不……呢？」一語氣，且帶有「指責」、「指揮」之語感，因此通常不對長輩、社會地位較高的人使用。

- A: 핸드폰이 또 고장이 났네.
  手機又故障了呢。

  B: 얼마 전에 새로운 핸드폰이 나왔잖아. 바꾸지 그래?
  不久前不是出了新手機嗎？怎麼不換呢？

- A: 지난 수업 시간에 못 와서 이 문법을 어떻게 사용하는지 몰라요.
  （我）上次上課時間沒來，所以不知道這個文法該怎麼使用。

  B: 그럼 선생님께 여쭈어 보지 그래요?
  那麼怎麼不請教老師呢？

句子連結

在韓語中，句子之間的連結方式十分多樣，其不僅表示了前後文之間的關係，更是使用者展現其文法能力的重要指標。相同的前後文內容，透過不同之方式加以連結，表現出之意義也隨之改變。

與句子連結之相關句型，顧名思義常置於句子之中間，而多樣的連結方式，則需依據實際之場景選擇使用。學習者若能將本章內容活用於對話、文章，相信必能向他人展現出自己最成熟、完善之韓語能力。

B1-1 -(으)며

解　　釋：表達兩種以上動作、狀態之並列、列舉。

中文翻譯：既⋯⋯又⋯⋯、⋯⋯而⋯⋯、⋯⋯且⋯⋯

結構形態：連結語尾。

結合用例：

與「動詞」結合時			
공부하다	공부하며	돕다	도우며*
읽다	읽으며	웃다	웃으며
만들다	만들며*	짓다	지으며*
닫다	닫으며	쓰다	쓰며
듣다	들으며*	자르다	자르며
입다	입으며	놓다	놓으며

與「形容詞」結合時			
따뜻하다	따뜻하며	좁다	좁으며
시다	시며	춥다	추우며*
아니다	아니며	낫다	나으며*
좋다	좋으며	바쁘다	바쁘며
없다	없으며	빠르다	빠르며
길다	길며*	그렇다	그러며*

與「名詞이다」結合時			
학생이다	학생이며	학교이다	학교(이)며

用　法：

1. 具有並列、羅列、列舉之功能，前後文間無先後關係，可與動詞、形容詞、名詞이다結合；惟若名詞이다直接與句型結合，且名詞最後一字無收尾音時，則常省略「이」。

   - 나는 내 친구를 믿으며 내 친구도 나를 굳게 믿고 있습니다.
     我信任著我的朋友，而我的朋友也十分信任著我。

   - 서울은 대도시이니까 사람이 많으며 길이 복잡합니다.
     首爾是個大都市，因此人多且交通壅塞。

   - 수필은 개성적이며 고백적인 문학이어서 작가의 개성이 짙게 드러납니다.
     隨筆是既具個性又具告白性的文學，因此（能夠）深刻地顯現出作家的個性。

2. 由於此句型具列舉之功能，若前後文的主語、主題相同，則通常表示狀態、性質之同時具備；另一方面，若前後文的主語不同，為使其對立、對照之語感更為明顯，常在主語後方加上具對照意味之補助詞「은/는」。

   - 박 교수님께서는 우리의 선생님이시며 우리 학회의 이사장이십니다.
     朴教授是我們的老師，也是我們學會的理事長。

     （此時前後文主語相同，表示性質之同時具備。）

   - 저는 한국어를 공부하며 남동생은 일본어를 공부합니다.
     我讀韓語，而弟弟則是讀日語。

     （此時前後文主語不同，於各主語之後方加上「은/는」，以加強前後文內容間之對立、對照語感。）

3. 在利用此句型表達狀態、性質之同時具備時，時制等表現僅置於句末；然若僅是利用此句型將「-(으)며」前、後方之內容連結，此時則需視動作、狀態之完成、過去與否，適時添加先語末語尾「-았-/-었-/-였-」。

- 어제는 강한 바람이 불며 많이 추웠습니다.
  昨天既颳大風又很冷。

  （此時表示「강한 바람이 불다」（颳強風）、「많이 춥다」（很冷）兩狀況之同時具備，時制置於句末即可。）

- 올해 많은 범죄가 발생했으며, 그 중 몇 가지는 혐오 범죄였습니다.
  今年發生了很多犯罪（事件），而其中有一些是仇恨犯罪。

  （此時是利用句型將「올해 많은 범죄가 발생했다」（今年發生了很多犯罪）、「그 중 몇 가지를 혐오 범죄였다」（在那些當中有些是仇恨犯罪）兩內容連結，且由於句型前方內容已發生，因此添加先語末語尾「-았-/-었-/-였-」。）

延伸補充：

1. 「-(으)며」較常用於正式場合中，或作書面用語使用；同時，作為一個與表示「並列、列舉」功能之「-고」功能相同之句型，在實際使用時可與「-고」交錯使用，避免相同內容之過度重複

- 우리는 무엇을 했고, 무엇을 하고 있으며, 또 무엇을 해야 하는가?
  我們做了什麼，又正在做什麼，又應該要做什麼？

- 나는 대만에 살고 누나는 일본에 살며, 부모님께서는 한국에 사십니다.
  我住在臺灣，姊姊住在日本，而父母則是住在韓國。

2. 「-(으)며」在搭配動詞使用時，有時可表示前後文動作之同時進行；此時前後句之主語須一致，且由於為同時，因此時制、狀態等，通常僅需置於句尾即可。

- 입을 벌리고 음식을 씹으며 쩝쩝거리는 버릇은 고쳐야 합니다.
  一邊張著嘴咀嚼食物一邊發出咂嘴聲的這種壞習慣必須要改。

- 그 차가 중앙선을 넘으며 맞은편 차와 부딪쳤습니다.
  那輛車在超越馬路中央線的同時與對向車相撞。

句型結合實例：

1. -아/어/여 주다 + -(으)며

- 나는 그녀의 손가락에 반지를 끼워 주며 사랑을 고백했습니다.
  我在她的手指上戴上了戒指的同時表白了愛意。

2. -겠- + -(으)며

- 내일은 맑은 날씨를 보이겠으며, 야외 활동에 좋은 날씨가 되겠습니다.
  明天是晴朗的天氣，會是個適合戶外活動的好天氣。

B1-2 -는 길에

解　　釋： 表示在移動的途中，另有其他動作、狀況發生。

中文翻譯： ……的路上

結構形態： 由冠形詞形語尾「-는」、具「路途」含義之名詞「길」，與助詞「에」結合而成。

結合用例：

與「動詞」結合時			
가다	가는 길에	퇴근하다	퇴근하는 길에
나오다	나오는 길에	출근하다	출근하는 길에
올라가다	올라가는 길에	외출하다	외출하는 길에
떠나다	떠나는 길에	귀국하다	귀국하는 길에
퇴원하다	퇴원하는 길에	귀가하다	귀가하는 길에
하교하다	하교하는 길에	방문하다	방문하는 길에

用　　法：

1. 表示主語於移動之過程中進行其他動作，句型前方僅可添加移動動詞，如「오다」（來）、「가다」（去）、「올라오다」（上來）、「내려가다」（下去）、「들어가다」（進去）等與移動相關之動詞。

   - 퇴근하는 길에 버스에서 우연히 고등학교 동창을 만났어.
     在下班的路上，偶然在公車上遇到了高中同學。

   - 서울로 올라가는 길에 시댁으로 먼저 가는 게 어떨까요?
     上來首爾的路上，先去婆家（一趟）如何？

> 🔍 此處泛指之移動動詞，除了由「가다」（去）、「오다」（來），以及利用其衍生之合成語之外，尚包含「떠나다」（離開）、「하교하다」（放學）、「퇴근하다」（下班）、「귀국하다」（歸國）、「방문하다」（拜訪）、「외출하다」（外出）等與移動相關之動詞。

2. 利用此句型作事件描述時，移動與另一動作之進行人為同一人，即前後文之主語必須一致，且通常僅需保留前文之主語即可；此外，「-는 길에」前方不另外添加過去形先語末語尾「-았-/-었-/-였-」。

- 집에 오는 길에 마트에 들러 우유를 좀 사 오세요.
  請在回家的路上順便去超市買牛奶回來。

  （此時主語為第二人稱，在句中前後文中皆予以省略。）

- 이 지갑은 제가 어제 하교하는 길에 계단에서 주운 거예요.
  這個皮夾是我昨天放學的路上，在樓梯上撿到的。

  （此時主語為第一人稱「저」（我），省略後文之主語，僅保留前文之主語。）

延伸補充：

1. 若欲表達「正在……的路上」，即敘述某移動動作之正在進行，此時將原句型中之「에」替換成含有「是」含義之「이다」，作「-는 길이다」。

- 어디 가는 길이야?
  是在去哪裡的路上嗎？

- 지금 출근하는 길이니까 나중에 다시 연락할게요.
  因為現在在上班的路上，之後會再聯絡（你）的。

2. 「-는 길에」亦可替換成「-는 도중에」，而「-는 도중에」之用法更為廣泛，可與之結合的動詞不限於移動動詞，而是可與大部分動詞結合使用；惟在利用「-는 도중에」進行敍述時，亦常將焦點置於「某行為之進行尚未結束、完成」或「進行某行為的過程當下、當時」。

- 애기하시는 도중에 자꾸 말을 끊어서 죄송해요.
  不斷在說話途中打斷（您），真是抱歉。

  （此時將焦點置於「애기하시다」（說話）一行為之進行尚未結束、完成。）

- 아이들은 학교에 가는 도중에 이것을 화제로 재잘거리겠어요.
  在孩子們去學校的途中，肯定會將這個作為話題嚷嚷著。

  （此時將焦點置於進行「학교에 가다」（去學校）一行為之過程當下。）

B1-3 -는/(으)ㄴ 김에

解　　釋：表示以實行某行為作為機會、契機，額外進行其他之動作。

中文翻譯：趁著……的時候，順便……、既然……那……

結構形態：由冠形詞形語尾「-는/(으)ㄴ」、具「機會、契機」含義之依
　　　　　存名詞「김」，與助詞「에」結合而成。

結合用例：

與「動詞」結合時			
공부하다	공부하는 김에 공부한 김에	돕다	돕는 김에 도운 김에*
읽다	읽는 김에 읽은 김에	벗다	벗는 김에 벗은 김에
만들다	만드는 김에* 만든 김에*	짓다	짓는 김에 지은 김에*
닫다	닫는 김에 닫은 김에	쓰다	쓰는 김에 쓴 김에
듣다	듣는 김에 들은 김에*	자르다	자르는 김에 자른 김에
입다	입는 김에 입은 김에	놓다	놓는 김에 놓은 김에

用　　法：

1. 表示主語在實行某行為的同時，以其為機會、契機，額外進行其他之動作，
   此時以「-는 김에」之形態呈現；其中，額外進行之動作並非為當初所預
   期，或不在原先之計劃中。

- 방을 정리하는 김에 유리창도 깨끗이 닦았어요.

  趁著整理房間的時候，順便將玻璃窗也擦了乾淨。

  （表示利用實行「방을 정리하다」（整理房間）一行為之契機，同時進行「유리창을 깨끗이 닦다」（將玻璃窗擦乾淨）一不在原先計畫中之行動。）

- 도서관에 가는 김에 제가 지난 번에 빌린 책도 좀 반납해 주시겠어요?

  既然（你）要去圖書館，那可以順便幫忙歸還我上次借的書嗎？

  （表示利用實行「도서관에 가다」（去圖書館）一行為之機會，同時進行「제가 지난 번에 빌린 책도 좀 반납해 주다」（幫忙歸還我上次借的書）一非當初所預期之行動。）

2. 若欲表示主語在實行某行為之後，即該動作已完成、結束，並以其為機會、契機，額外進行其他之動作，則以「-(으)ㄴ 김에」之形態呈現；此時，後文動作必須在前文動作結束後始可進行。

- 이왕 일을 하기로 마음을 먹은 김에 당장 시작합시다.

  既然已經下定決心要做，那就馬上開始吧。

  （表示主語在實行「일을 하기로 마음을 먹다」（下定決心要做）一行為之後，以此為契機，進行「당장 시작하다」（馬上開始）一額外之行動。）

- 이렇게 다 모인 김에 기념사진이나 찍을까요?

  趁著（大家）全都聚在了一起，要來拍張紀念照嗎？

  （後文中之「기념사진을 찍다」（照紀念照）一動作，必須在前文中之「다 모이다」（全都聚在一起）一動作結束後始可進行。）

3. 由於「-는/(으)ㄴ 김에」涉及動作之進行，因此前方主要與動詞結合使用；同時，前後文之主語必須一致，且通常僅需保留前文之主語即可。

- 제가 백화점에 갔다가 내 것을 사는 김에 친구 것도 하나 더 샀어요.

  我趁著去百貨公司買自己的東西的時候，就順便買了一個朋友的。

  （前後主語相同，則後方主語省略。）

- 말이 나온 김에 한마디 더 하겠어요.

  既然話（都）已經說出口了，那（我）就再說一句。

  （此時前後文主語雖看似不一致，但由於主題相同，行為者皆是話者，因此並不與句型之使用原則有所矛盾。）

延伸補充：

1. 當話者在利用「-는/(으)ㄴ 김에」對聽者進行動作實行上之命令、勸告、邀請時，由於是在說明以實行某行為作為「機會、契機」，因此可能帶有「減少對方負擔」、「不實行某動作的話很可惜」、「事不宜遲」等語感；此時透過與此句型之搭配使用，可增加聽者同意、允諾之機率。

- 제주도까지 온 김에 갯벌 조개 캐기 체험이라도 해 보고 가야지.

  既然都來到濟州島了，那至少該體驗一下泥灘挖貝殼吧。

  （話者在對聽者進行「갯벌 조개 캐기 체험이라도 해 보고 가다」（體驗一下泥灘挖貝殼）一動作之邀請時，是以「제주도까지 오다」（都來到濟州島了）一已實行之行為作為契機，含有「不實行某動作的話很可惜」之語感。）

- 회의 자료를 뽑는 김에 제 것도 좀 가져와 주세요.

  既然（你）要去取會議資料，我的也請順便幫忙拿來。

  （話者在對聽者進行「제 것도 좀 가져오다」（我的也順便幫忙拿來）一動作之邀請時，是以「회의 자료를 뽑다」（取會議資料）一行為作為機會，含有「減少對方負擔」之語感。）

B1-4 -자마자

解　　釋：表示前文動作在結束後，後文行為、狀況緊接著發生之先後順序。

中文翻譯：一……就……、一……後馬上……

結構形態：連結語尾。

結合用例：

與「動詞」結合時			
도착하다	도착하자마자	돕다	돕자마자
읽다	읽자마자	웃다	웃자마자
만들다	만들자마자	짓다	짓자마자
닫다	닫자마자	쓰다	쓰자마자
들다	들자마자	자르다	자르자마자
입다	입자마자	놓다	놓자마자

用　　法：

1. 表示先後順序，前文動作在結束後，後文行為、狀況緊接著發生；此時前後文中之兩動作需具備一定之相關性，或為同一話題，且在時間間隔上常相差極小，幾乎不存在時間差。

- 남동생은 집에 들어오자마자 항상 텔레비전부터 켜요.
  弟弟一回到家就總是先開電視。

  （表示「집에 들어오다」（進到家裡）、「텔레비전을 켜다」（打開電視）兩動作間幾乎不存在時間差；此時兩動作為同一話題，強調「兩動作之不中斷」。）

- 멜버른에 도착하자마자 나에게 꼭 연락하세요.

  一到墨爾本後請一定要馬上與我聯繫。

  （表示「멜버른에 도착하다」（抵達墨爾本）、「나에게 연락하다」（聯絡我）兩動作在時間間隔上相差甚小；此時兩動作具相關性，強調「即時」。）

2. 由於此句型表達動作在時間上之先後關係，因此通常僅與動詞搭配使用；且時制僅需置於句尾，句型前方則不另添加先語末語尾「-았-/-었-/-였-」。

- 어제 그가 들어오자마자 악취가 코를 찔렀어.

  昨天他一進來，惡臭就（十分地）刺鼻。

  （由於前文中之「그거 들어오다」（他進來）一動作，是在後文中之「악취가 코를 찌르다」（刺鼻）一狀況之前發生，因此句型前方不需另外加上「-았-/-었-/-였-」。）

- 비행기가 이륙하자마자 펑하는 소리가 났는데?

  飛機一起飛就發出了「嘣」的聲音耶？

  （由於前文中之「비행기가 이륙하다」（飛機離陸）一動作，是在後文中之「펑하는 소리가 나다」（發出嘣聲）一狀況之前發生，因此僅在句末添加時制，就足以得知句中之兩動作、狀況皆已發生。）

3. 「-자마자」為一受使用限制較少之句型，可用於陳述句、疑問句、共動句、命令句，且前後文主語並無必須相同之限制。

- 도대체 얼마나 피곤했길래 침대에 눕자마자 잠이 들었어?

  到底是有多累，以致於一躺到床上就睡著了？

  （此時使用於疑問句。）

- 제가 집에 도착하자마자 비가 막 쏟아지기 시작했습니다.

  我一到家，雨就開始傾盆而下。

  （此時前文之主語為「저」（我），而後文之主語為「비」（雨），互為不相同。）

延伸補充：

1. 「-자마자」作為表達動作先後順序之一句型，原則上可與常用於書面語之「-자」互換使用；惟在實際使用「-자」時，前後文中之兩動作，在時間間隔上之長短並無特別要求，且不使用於命令句、共動句。

- 해가 떠오르**자** 바다는 붉게 물들었습니다.

  太陽升起後，大海就被染上了紅色。

  （「-자」一句型，對前後文中兩動作間隔時間之長短，並無特別要求。）

- 그는 취재진에게 노출되**자** 즉시 어디론가 사라졌습니다.

  他被記者們曝光後，隨即消失至了某處。

  （此時句中之「立即」語意，是根據副詞「즉시」（即刻）一詞彙而來。）

B2 | 對比與比較

B2-1 -(으)나

解　　釋：表示前文與後文內容間之對照、對立。

中文翻譯：儘管……但卻……、雖然……但……

結構形態：連結語尾。

結合用例：

與「動詞」結合時			
공부하다	공부하나	돕다	도우나*
읽다	읽으나	웃다	웃으나
만들다	만드나*	짓다	지으나*
닫다	닫으나	쓰다	쓰나
듣다	들으나*	자르다	자르나
입다	입으나	놓다	놓으나

與「形容詞」結合時			
따뜻하다	따뜻하나	좁다	좁으나
시다	시나	춥다	추우나*
아니다	아니나	낫다	나으나*
좋다	좋으나	바쁘다	바쁘나
없다	없으나	빠르다	빠르나
길다	기나*	그렇다	그러나*

與「名詞이다」結合時			
학생이다	학생이나	학교이다	학교이나

用　法：

1. 表示前文與後文內容之轉折，且前後文通常具對照性、相反性；首先承認、認同前文提及之內容，接著再提出與前文對立之內容。

   - 백화점 물건은 값은 비싼 편이나 품질이 보통 좋습니다.
     百貨公司的東西價格雖然比較貴，但品質通常都很好。

   - 색과 크기는 잘 맞으나 디자인이 마음에 들지 않습니다.
     雖然顏色和大小很合適，但（我）不喜歡這個設計。

2. 「-(으)나」可與動詞、形容詞、名詞이다結合。同時，若欲陳述之狀態、行為之時間為過去，或是已完成時，可在前文添加先語末語尾「-았-/-었-/-였-」，作「-았/었/였으나」。

   - 지역 기업의 채용이 늘었으나, 임금 수준은 크게 개선되지 않았습니다.
     地方企業的徵才雖然增加了，但平均薪資卻並沒有明顯的改善。

   - 이상은 높으나 현실은 항상 그렇지 않습니다.
     儘管理想很高，但現實卻總是並非如此。

   - 내 친구는 재수생이나 매일 놀기만 하는 거예요.
     我的朋友雖然是個重考生，但是每天只顧著玩。

3. 以「-(으)나」連結之前後文，可拆解成兩個獨立句子，但為保留原先「但是」之含意，需在兩句子中間添加副詞「그러나」。

   - 날씨는 그렇게 따뜻하지 않았으나 공기는 깨끗했어요.
     儘管天氣不是很暖和，但空氣卻很清新。

- 날씨는 그렇게 따뜻하지 않았어요. 그러나 공기는 깨끗했어요.

  天氣不是很暖和。但是，空氣卻很清新。

4. 此句型較常用於正式場合中，或作書面用語使用；與此同時，前後文在外觀上雖具對等性，但在意義上往往著重於後文之內容。

- 형식은 잘 갖추어져 있으나 내용이 불충실하니까 다시 해 오세요.

  儘管格式完整，但內容卻是不充實，請重新製作後再來。

  （前後文外觀具對等性；雖對前文之事實給予承認，但此時在意義上著重於後文之內容。）

- 매운 음식을 못 먹지는 않으나 좋아하지는 않습니다.

  雖然不是不能吃辣的食物，但也不太喜歡。

  （由於前後文主語相同，因此僅保留位於前文的主語；此時在意義上著重於後文之內容。）

延伸補充：

1. 「-(으)나」亦可另外用於表示「無論⋯⋯還是⋯⋯都⋯⋯」，即處於任何情況下，皆不會對某事實產生影響，或某事實不會有所改變；此時「-(으)나」常會反覆出現，作「-(으)나 -(으)나」。

- 죽으나 사나 결국 같은 운명이구나.

  無論是生還是死，終究是同樣的命運啊。

  （此時利用「죽다」（死）、「살다」（生）兩意義呈現相反、極端之狀況，強調狀況的「皆是」、「任何」之意。）

- 부모님은 비가 오나 눈이 오나 자식 걱정만 하십니다.

父母無論下雨還是下雪（無論遇到什麼困難都始終如一）都只牽掛著子女。

（此時藉「비가 오다」（下雨）、「눈이 오다」（下雪）兩意義相近之負面狀況，表示儘管父母自身處於困境，但其對子女的牽掛仍永不改變。）

句型結合實例：

1. -기는 하다 + -(으)나

- 화려하기는 하나 사치스럽지 않고, 검소하기는 하나 누추하지 않습니다.

儘管華麗卻不奢侈，雖簡樸但不簡陋（奢未及侈，儉而不陋）。

2. -고 싶다 + -(으)나

- 이 세상에는 하고 싶으나 할 수 없는 일이 참 많지요.

在這世界上，想做卻做不到的事情真的很多吧。

B2-2 -는/(으)ㄴ 반면에

解　　釋：表示前文與後文內容間之對立、相反。

中文翻譯：⋯⋯但另一方面⋯⋯、⋯⋯而⋯⋯、與⋯⋯相反⋯⋯

結構形態：由冠形詞形語尾「-는/(으)ㄴ」、具「相反」含義之名詞「反面」，與助詞「에」結合而成。

結合用例：

與「動詞」結合時			
공부하다	공부하는 반면에 공부한 반면에	돕다	돕는 반면에 도운 반면에*
읽다	읽는 반면에 읽은 반면에	웃다	웃는 반면에 웃은 반면에
만들다	만드는 반면에* 만든 반면에*	짓다	짓는 반면에 지은 반면에*
닫다	닫는 반면에 닫은 반면에	쓰다	쓰는 반면에 쓴 반면에
듣다	듣는 반면에 들은 반면에*	자르다	자르는 반면에 자른 반면에
입다	입는 반면에 입은 반면에	놓다	놓는 반면에 놓은 반면에

與「形容詞」結合時			
따뜻하다	따뜻한 반면에	좁다	좁은 반면에
시다	신 반면에	춥다	추운 반면에*
아니다	아닌 반면에	낫다	나은 반면에*
좋다	좋은 반면에	바쁘다	바쁜 반면에

| 없다 | 없는 반면에* | 빠르다 | 빠른 반면에 |
| 길다 | 긴 반면에* | 그렇다 | 그런 반면에* |

| 與「名詞이다」結合時 | | | |
| 학생이다 | 학생인 반면에 | 학교이다 | 학교인 반면에 |

用　法：

1. 表示話者欲針對某人、事、物之狀況、狀態，將其正、反面或兩截然不同之客觀性事實一次性地傳達，此時前後文之內容呈現對立、相反的關係；且由於是將正、反面事實同時呈現，因此前後文的主題、話題相同。

- 그는 말은 빠른 반면에 동작은 무척 느려요.
  他說話是快，而在動作上卻很慢。
  （此時前後文之主題相同，是在討論「그」（他）一人在表達上之特徵。）

- 이 학생은 말하기는 잘하는 반면에 쓰기는 잘 못해요.
  這位學生擅長口說，但另一方面並不擅長寫作。
  （此時將「말하기는 잘하다」（擅長口說）、「쓰기는 잘 못하다」（不擅長寫作）一正面一反面之客觀性事實一次性地傳達。）

2. 與動詞結合時，有「-는 반면에」、「-(으)ㄴ 반면에」共兩種使用情形。若對現在、常態之前文狀況加以描述，必須使用「-는 반면에」；若對過去、已完成之前文狀況加以描述，則必須使用「-(으)ㄴ 반면에」。

- 봉사 활동은 힘이 드는 반면에 보람이 있어요.
  志工活動很辛苦，但另一方面卻很有意義。
  （「힘이 들다」（費力）一狀況為常態，因此與「-는 반면에」結合使用。）

- 다른 국가의 청년 실업률이 떨어진 반면에 우리나라는 오른
  것으로 나타났습니다.

  據調查顯示，與其他國家的青年失業率下降相反，我國卻是上升了。

  （「청년 실업률이 떨어졌다」（青年失業率下降了）一狀況為過去、已
  完成，因此與「-(으)ㄴ 반면에」結合使用。）

3. 與形容詞、名詞**이다**結合時，常對現在、常態之前文敘述加以描述，使用
   「**-(으)ㄴ 반면에**」；同時，「**있다**」及「**없다**」必須同動詞般地與「**-는 반
   면에**」結合，作「**있는 반면에**」、「**없는 반면에**」，且不與「**-(으)ㄴ 반면
   에**」一同使用。

- 제가 다니는 회사는 월급이 많은 반면에 근무 시간도 길어요.

  我上班的公司月薪高，但另一方面工作時間卻也長。

- 어떤 국가에서는 성에 대하여 지극히 개방적인 반면에 어떤
  국가에서는 성에 대하여 폐쇄적일 수도 있습니다.

  有些國家對性極為開放，而另一方面有些國家則對性可能十分封閉。

- 한국 드라마가 기성세대들에 인기 있는 반면, 케이팝은 젊은
  세대에 특히 인기를 끌고 있습니다.

  韓國電視劇受上一代人的歡迎，而 K-POP 則特別受年輕一代的歡迎。

延伸補充：

1. 此句型較常用於正式場合中，或作書面用語使用；與此同時，由於是利用
   「**-는/(으)ㄴ 반면에**」進行客觀性之敘述，因此前後文在意義上通常具對等
   性。

- 우리나라는 천연자원이 적은 반면에 인적 자원이 우수해요.

  我國天然資源較少，但另一方面人力資源卻很優秀。

- 출생아 수가 줄어드는 반면에 노령화 사회는 예상보다 빠르
  게 진행됩니다.

  與新生兒數減少相反，高齡化社會則比預測中進行還要來得快速。

2. 在實際使用時，有時會將「에」予以省略，作「-는/(으)ㄴ 반면」。

- 버스는 요금이 저렴한 반면 출퇴근 시간에는 사람이 너무 많아요.
  公車費用低廉，但另一方面上下班時間人太多。

- 이 신용카드는 연회비가 비싼 반면, 혜택이 많습니다.
  這張信用卡年費高，但另一方面，優惠卻很多。

句型結合實例：

1. -아/어/여지다 + -는/(으)ㄴ 반면에

- 현대인은 지방의 섭취가 많아지는 반면에 활동량은 감소되고 있습니다.
  現代人脂肪攝取量增加，而活動量卻正在減少。

2. -던 + -는/(으)ㄴ 반면에

- 백성의 옷감으로는 주로 면이 쓰였던 반면에 궁중에서는 비단이 애용되었습니다.
  百姓的衣料主要使用棉，而宮中則喜歡用絲綢。

B2-3 -느니

解　　釋：表示在皆不滿意之選擇內容中，後文內容較前文可被接受。

中文翻譯：與其……倒不如……、與其……寧願……

結構形態：連結語尾。

結合用例：

與「動詞」結合時			
공부하다	공부하느니	돕다	돕느니
읽다	읽느니	웃다	웃느니
만들다	만드느니*	짓다	짓느니
닫다	닫느니	쓰다	쓰느니
듣다	듣느니	자르다	자르느니
입다	입느니	놓다	놓느니

用　　法：

1. 表示相較於前文中提出之狀況、行為，後文之狀況較可被話者接受，即前後文內容雖皆不令話者滿意，但話者從中選擇較佳之內容；由於此句型是將話者內心的選擇、想法表達出，並非實際進行該行動，因此後文原則上不與過去時制搭配使用。

   - 맛없고 비싼 음식을 먹느니 차라리 안 먹을래요.
     與其吃又難吃又貴的食物，寧願不要吃。

     （後文「안 먹다」（不吃）一內容雖亦不令話者滿意，但已經較前文「맛없고 비싼 음식을 먹다」（吃又難吃又貴的食物）一狀況可被接受；此時藉使用此句型，以表達對前文狀況之不能接受。）

- 그런 사람하고 결혼하느니 차라리 평생 혼자 사는 게 낫겠어.

  與其和那種人結婚，倒不如一輩子一個人生活還比較好。

  （此時僅是將話者內心的想法說出，並未實際進行該行動，因此句中不與先語末語尾「-았-/-었-/-였-」搭配使用。）

2. 由於話者是利用此句型表達在兩行為、動作中做出選擇，因此「-느니」前方基本上僅與動詞語幹，或可作為補充動詞意義之句型、用法結合使用。

- 아무것도 안 하고 시간을 때우느니 뭐라도 할 일을 좀 찾자.

  與其什麼都不做（在這裡）打發時間，不如找點可以做的事情吧。

  （句中之「때우다」（打發）一詞彙為動詞。）

- 이렇게 그냥 앉아 있느니 무슨 불만이 있는지 말해 보는 게 어때?

  與其就這樣坐著，倒不如說說看有什麼不滿如何？

  （句中之「앉아 있다」（坐著），為「앉다」（坐）與表示「動作、行為之進行」之句型「-아/어/여 있다」經結合後之結果；且「-아/어/여 있다」中之「있다」為補助動詞，在與其他句型、文法結合時，必須同動詞般地活用。）

延伸補充：

1. 「-느니」作為一對話性較強之句型，常用來回覆他人的話語；此時話者選擇了有違對方想法，且通常不會是個較佳選項之另一狀況，藉以表達對對方所提狀況之厭惡，因此常帶有「反駁」之語氣，需謹慎使用。

- A: 우리 이번 휴가 때 부산에 갈까?

  我們這次休假的時候去釜山好嗎？

  B: 또? 부산에 가느니 차라리 그냥 서울에서 호캉스할래.

  又（去釜山）？與其去釜山，（我）還寧願在首爾的飯店裡度假。

- A: 모르는 게 있으면 반장한테 물어 보지 그래?

  如果有不會的，怎麼不問班長呢？

  B: 싫어. 그 잘난 척하는 반장한테 물어 보느니 F를 받는 게 낫지.

  不要。與其問那自以為是的班長，倒不如（成績）不及格還比較好呢。

2. 此句型常於後文中搭配副詞「**차라리**」（不如）、「**아예**」（索性）使用，使「寧願」之語感更為強烈；同時，在實際使用時，為強調「比較」之語感，可在「-느니」後方添加助詞「**보다**」，作「-느니보다」。

- 모르면서 아는 척하느니 부끄럽지만 아예 모른다고 솔직하게 말할래요.

  與其不知道卻裝作知道，雖然慚愧，還寧願坦白地說根本不知道。

- 여기서 기다리고 있느니보다 얼른 가서 만나고 옵시다.

  與其在這裡等待著，倒不如趕快去見面（後回來）吧。

B2-4 에 비해서

解　　釋：表示將前文之人、事、物作為進行比較時之基準，並同時於後文中加以進行判斷、評價。

中文翻譯：與……相比……、就……來說……

結構形態：由助詞「에」、具「比較」之意的「비하다」，與連結語尾「–아/어/여서」結合而成。

結合用例：

與「名詞」結合時			
학생	학생에 비해서	학교	학교에 비해서

用　　法：

1. 具有「作為比較之對象」或「作為進行比較之判斷基準」之含義，需要依據文句之脈絡、當下之情況判斷、使用。

- 작년에 비해서 올해 여름이 훨씬 더 덥습니다.
  與去年相比，今年的夏天熱了許多。
  （此時具有「作為比較之對象」之含義。）

- 나는 나이에 비해서 젊어 보이는 것 같아요.
  就年紀來說，我應該看起來滿年經的。
  （此時具有「作為進行比較之判斷基準」之含義。）

2. 用於「作為比較之對象」用法時，表示話者持兩個在屬性上具對等地位之人、事、物，進行彼此之間的互相比較。

- 시골은 보통 도시에 비해서 공기가 좋아요.
  與都市相比，鄉下通常空氣較好。

  （此時單純就「시골」（鄉村）、「도시」（都市）在屬性上具對等地位之兩名詞，在「공기」（空氣）之好壞上進行互相之間的比較。）

- 우리 회사는 다른 회사에 비해서 대우가 좋은 편입니다.
  與其他公司相比，我們公司的待遇算是比較好的。

  （此時單純就「우리 회사」（我們公司）、「다른 회사」（其他公司）在屬性上具對等地位之兩名詞，在「대우」（待遇）之優劣上進行互相之間的比較。）

🔍 用於此用法時，在意義上與助詞「보다」相似，惟「에 비해서」前方通常不放置「무엇」（什麼）、「누구」（誰）等不定代名詞，且「에 비해서」前方不可放置「생각」（想法）、「예상」（預料）等屬抽象概念之名詞。同時，「에 비해서」較「보다」常使用於正式場合、書面用語中。

---

3. 用於「作為進行比較之判斷基準」用法時，表示話者持一個可作為客觀性之判斷標準、指標，對某一特定人、事、物進行判斷。

- 그는 몸집에 비해서 다리가 유달리 가늘어요.
  就身軀來説，他的腿十分地纖細。

  （話者持「몸집」（身軀）一判斷標準，對「다리」（腿）之粗細進行判斷。）

- 우리나라는 땅에 비해서, 인구가 많습니다.
  我們國家就土地（面積）來説，人口很多。

  （話者持「땅」（土地）一指標，對「인구」（人口）之多寡進行判斷。）

延伸補充：

1. 利用「에 비해서」所做出之比較、判斷，其得出之結果僅適用於「比較當下」，並非對其在「本質上」之描述、評斷。

- 여기는 주위 다른 곳에 비해서 좀 싼 편이에요.
  與周圍其他地方相比，這裡算是稍微便宜的。

  （在與「주위 다른 곳」（周圍其他地方）一比較對象相比，「여기」（這裡）確實算是便宜；至於是否真的很便宜，此部分則不得而知。）

- 거리에 비해서 이 택시 요금이 너무 많군요.
  就距離來說，這計程車車資太高了呢。

  （在拿「거리」（距離）一判斷標準來看時，「이 택시 요금」（這計程車車資）確實太高；至於是否真的很貴，此部分則不得而知。）

2. 在實際使用時，亦常將「에 비해서」中之「-아/어/여서」替換成表示條件、假設之句型「-(으)면」，作「에 비하면」；此時在意義上並無明顯不同，僅在描述方法上有些許之差。

- 자연의 힘에 비하면 사람이 하는 일이란 잔재주에 불과합니다.
  如果與自然的力量相比，人所做的事情只不過是雕蟲小技而已。

- 이 옷은 가격에 비하면 품질이 좋다.
  就價格來說的話，這件衣服品質很好。

144

B3 | 原因與理由

B3-1 -는 바람에

解　　釋：表示前文內容為導致後文中狀況發生的預料之外、外部性原因。

中文翻譯：因為……所以……、因為……害得……

結構形態：由冠形詞形語尾「-는」、具「根據、原因」含義之依存名詞「바람」，與助詞「에」結合而成。

結合用例：

與「動詞」結合時			
실수하다	실수하는 바람에	돕다	돕는 바람에
읽다	읽는 바람에	벗다	벗는 바람에
만들다	만드는 바람에*	짓다	짓는 바람에
닫다	닫는 바람에	쓰다	쓰는 바람에
듣다	듣는 바람에	자르다	자르는 바람에
입다	입는 바람에	놓다	놓는 바람에

用　　法：

1. 表示前文內容為導致後文狀況發生之原因、理由；此時作為原因、理由之內容，通常為外部性、突發性事件，或為話者意料之外之事件。

- 핸드폰이 갑자기 고장 나는 바람에 연락을 못 했어요.

  因為手機突然故障了，所以（當時）無法聯絡。

  （此時作為突發性事件之「핸드폰이 갑자기 고장 났다」（手機突然故障了）一內容，為導致「연락을 못 했다」（無法聯絡）一狀況發生之理由。）

- 룸메이트가 불을 켜고 책을 읽는 바람에 내가 잠을 잘 수 없었어요.

  因為室友開著燈讀書，害得我無法睡覺。

  （此時作為外部性事件之「룸메이트가 불을 켜고 책을 읽었다」（室友開著燈讀書）一內容，為導致「내가 잠을 잘 수 없었다」（我無法睡覺）一狀況發生之原因。）

2. 前方僅與動詞結合；同時，雖然位於前方之內容通常為過去、已完成之動作，但不需將「-는」替換作「-(으)ㄴ」，原則上仍僅與「-는 바람에」搭配使用。

- 오늘 아침에 늦잠을 자는 바람에 학교에 지각했어요.

  今天早上因為睡過頭，所以上學遲到了。

- 비가 너무 많이 오는 바람에 옷이 다 젖었어.

  因為雨實在是下得太大了，害得衣服全都濕了。

  > 🔍 然而，在實際使用時，確實存在以「-(으)ㄴ 바람에」形態呈現之狀況，此時通常強調作為原因、理由之內容已完全結束；惟現今韓語教育界僅將「-는 바람에」視為唯一標準用法，因此無論句型前方之內容結束與否，學習者僅需使用「-는 바람에」一形態即可。

3. 由於話者是利用「-는 바람에」對過去、已完成之事實進行敘述，因此句尾並不與未來時間搭配使用，且尤其常與「-았-/-었-/-였-」搭配使用。

- 산사태로 길이 막히는 바람에 이 길로는 갈 수 없네.
  因為山崩堵住了路，所以無法以這條路前往呢。

- 담배를 많이 피우는 바람에 구강암에 걸리고 말았군요
  因為抽很多菸，所以罹患口腔癌了啊。

延伸補充：

1. 由於作為原因、理由之內容通常為外部性、突發性事件，或為話者意料之外之事件，因此導致之結果內容亦常具負面性，或為話者不期望發生之狀況；與此同時，「-는 바람에」不用於命令句、共動句。

   - 너무 급히 먹는 바람에 결국 체했어요.
     因為（吃飯）吃得太急，結果消化不良了。

     （「체했다」（消化不良）一結果具負面性。）

   - 친구가 가자고 조르는 바람에 할 수 없이 자리에서 일어났어.
     因為朋友纏著（我）叫（我）一起走，所以我也只能從位子上站起來了。

     （「할 수 없이 자리에서 일어났다」（也只能從位子上站起來了）一結果為話者不期望發生之狀況。）

2. 「-는 바람에」作為一對話性較強之句型，主要使用於口語對話中，且經常伴隨著「辯解」、「埋怨」等情緒與語感。

   - A: 아니, 왜 또 이렇게 늦게 돌아와? 도대체 몇 번이나 말해야 되니?
     真是的，為什麼又那麼晚才回來？到底要（我）說幾次啊？
   - B: 친구가 술에 취해서 넘어지는 바람에 병원에 데려다 주고 온 거예요.
     因為朋友喝醉酒跌倒，所以送（他）去醫院後才回來。

     （此時含有「辯解」之語感。）

- 김 대리가 큰 실수를 하는 바람에 우리 회사에서 엄청난 손해를 입었어.

  因為金代理犯了很大的失誤，害得我們公司蒙受了巨大的損失。

  （此時帶有「埋怨」之情緒。）

句型結合實例：

1. -아/어/여 버리다 + -는 바람에

- 그가 황급히 떠나 버리는 바람에 내가 그에게 주지 못한 물건들이 있어.

  他離開得太匆促，我還有一些東西沒能交給他。

2. -게 되다 + -는 바람에

- 아이 아빠가 아이에게 과자를 먹게 하는 바람에 밥은 조금밖에 안 먹었어요.

  因為孩子爸爸讓孩子吃了餅乾，所以小孩只吃了一點飯而已。

B3-2 -는/(으)ㄴ 탓에

解　　釋：表示前文內容為導致後文中負面狀況、結果發生之原因。

中文翻譯：因為……所以……、……的關係……、因為……害得……

結構形態：由冠形詞形語尾「-는/(으)ㄴ」、具「造成、導致負面現象發生之原因」含義之名詞「탓」，與助詞「에」結合而成。

結合用例：

與「動詞」結合時			
실수하다	실수하는 탓에 실수한 탓에	돕다	돕는 탓에 도운 탓에*
읽다	읽는 탓에 읽은 탓에	벗다	벗는 탓에 벗은 탓에
만들다	만드는 탓에* 만든 탓에*	짓다	짓는 탓에 지은 탓에*
닫다	닫는 탓에 닫은 탓에	쓰다	쓰는 탓에 쓴 탓에
듣다	듣는 탓에 들은 탓에*	자르다	자르는 탓에 자른 탓에
입다	입는 탓에 입은 탓에	놓다	놓는 탓에 놓은 탓에

與「形容詞」結合時			
따뜻하다	따뜻한 탓에	좁다	좁은 탓에
시다	신 탓에	춥다	추운 탓에*
아니다	아닌 탓에	낫다	나은 탓에*
좋다	좋은 탓에	바쁘다	바쁜 탓에

없다	없는 탓에*	빠르다	빠른 탓에
길다	긴 탓에*	그렇다	그런 탓에*

與「名詞이다」結合時			
학생이다	학생인 탓에	학교이다	학교인 탓에

用　法：

1. 表示前文內容為導致後文狀況發生之原因、理由；此時作為原因、理由之內容，必須具負面性，或為話者不期望發生之狀況。

　　• 요즘은 스트레스가 많은 탓에 정신 상태가 별로 좋지 않아요.
　　最近因為壓力大，所以精神狀態不太好。

　　（此時具負面性意義之「스트레스가 많다」（壓力很多）一內容，為導致「정신 상태가 별로 좋지 않다」（精神狀態不太好）一狀況發生之原因。）

　　• 매일 야근을 하는 탓에 아들이랑 이야기를 나눌 시간도 없어.
　　因為每天加班，害得連和兒子聊天的時間都沒有。

　　（此時具負面性意義之「매일 야근을 하다」（每天加班）一內容，為導致「아들이랑 이야기를 나눌 시간도 없다」（連和兒子聊天的時間都沒有）一狀況發生之原因。）

2. 與動詞結合時，有「-는 탓에」、「-(으)ㄴ 탓에」共兩種使用情形。若對現在、常態之前文狀況加以描述，必須使用「-는 탓에」；若對過去、已完成之前文狀況加以描述，則必須使用「-(으)ㄴ 탓에」。

　　• 연일 비가 내리는 탓에 밖에서 운동할 수 없어.
　　因為連日下雨，所以無法在外面運動。

　　（「연일 비가 내리다」（連日下雨）一狀況為現況，因此與「-는 탓에」結合使用。）

- 어제 너무 많이 걸은 탓에 발에 물집이 생겼어요.
  因為昨天走了太多路，所以腳上起了水泡。

  （「너무 많이 걸었다」（昨天走了太多路）一狀況為過去、已完成，因此與「-(으)ㄴ 탓에」結合使用。）

3. 與形容詞、名詞이다結合時，常對現在、常態之前文敘述加以描述，使用「-(으)ㄴ 탓에」；同時，「있다」及「없다」必須同動詞般地與「-는 탓에」結合，作「있는 탓에」、「없는 탓에」，且不與「-(으)ㄴ 탓에」一同使用。

- 그는 성격이 급한 탓에 실수를 자주 해요.
  他因為性格急躁，所以經常失誤。

- 여름 성수기인 탓에 렌터카 가격이 많이 올랐어.
  因為是夏季旺季，所以租車的價格上漲了很多。

- 출장으로 정신없는 탓에 지난주에 올렸어야 할 자료를 이제야 올렸어요.
  因為出差忙得不可開交，所以上週應該要上傳的資料現在才上傳。

延伸補充：

1. 在實際使用時，往往伴隨著「怪罪」、「歸咎於」、「埋怨」等情緒與語感；與此同時，「-는/(으)ㄴ 탓에」不用於命令句、共動句。

- 날씨가 더운 탓에 자켓은 아직도 옷장에 고이 걸려 있네요.
  天氣熱的關係，夾克至今仍好好地掛在衣櫃裡呢。

  （此時含有「怪罪」之語感。）

- 룸메이트가 밤새도록 기침한 탓에 잠을 설쳤어.
  因為室友咳了一整晚，害得（我）沒睡好。

  （此時含有「埋怨」之語感。）

2. 若欲表達「……是因為……」，將句子以「倒裝」之用法呈現，此時將原句型中之「에」替換成含有「是」含義之「이다」，作「-는/(으)ㄴ 탓이다」。

- 그가 회사에서 쫓겨난 것은 공금을 횡령<mark>한 탓이</mark>야.
  他被公司趕出來，是因為侵占了公款。

- 아이가 키가 크지 않은 것은 음식을 골고루 먹지 않<mark>은 탓이</mark>에요.
  孩子身高不高，是因為飲食不均衡而導致。

3. 由於「탓」本身為一具有「造成、導致負面現象發生之原因」含義的名詞，因此亦可直接添加名詞於前方，作「名詞 탓에」；惟此時之名詞本身常具負面意義，或可另於名詞前方添加補充其狀態、性質之敘述。

- <mark>경기 불황 탓에</mark> 연말 상여금을 지급하기로 한 기업이 줄었습니다.
  由於經濟不景氣，決定發放年終獎金的企業減少了。

  （「경기 불황」（經濟不景氣）一詞彙本身具負面意義，可直接使用。）

- <mark>궂은 날씨 탓에</mark> 오후의 축구 경기가 취소됐어요.
  由於惡劣的天氣，下午的足球比賽被取消了。

  （「날씨」（天氣）一詞彙由於本身不具負面意義，因此需另添加「궂다」（惡劣）可補充狀態敘述之詞彙。）

B3-3 -느라고

解　　釋：表示在同一時段上，前文動作為導致後文中負面事件、狀況發生之原因、理由。

中文翻譯：因為在……而……、因為……所以……、為了……而……

結構形態：連結語尾。

結合用例：

與「動詞」結合時			
공부하다	공부하느라고	돕다	돕느라고
읽다	읽느라고	씻다	씻느라고
만들다	만드느라고*	짓다	짓느라고
묻다	묻느라고	쓰다	쓰느라고
듣다	듣느라고	조르다	조르느라고
뽑다	뽑느라고	쌓다	쌓느라고

用　　法：

1. 表示前文動作之實行為導致後文動作無法進行之原因、理由；此時前後文中兩動作可進行之時間段重疊或一致，也因此前方動作通常具「可持續性」。

- 동생을 기다리느라고 밥을 먹지 못했어.

  我因為在等弟弟，所以還沒能吃飯。

  （「동생을 기다리다」（等弟弟）一動作，是導致「밥을 먹지 못했다」（沒能吃飯）一動作無法進行之原因、理由；同時，兩動作原先可進行之時間段重疊。）

- 샤워하느라고 전화를 못 받았어요.
  因為在洗澡而沒接到電話。

  （「샤워하다」（洗澡）一動作具「可持續性」，從開始至結束具一定
  之時間長度。）

  🔍 「졸업하다」（畢業）、「취소하다」（取消）等一次性之詞
  彙，及「벗다」（脫去）、「놓다」（放下）等進行時間較為短
  暫之詞彙，則由於不具可持續性，因此通常不置於「-느라고」
  之前方。

2. 此句型亦可用於表示由於某動作之進行，同時產生、伴隨之負面狀況、心理
   負擔。

   - 어제 재미있는 추리 소설을 읽느라고 시간 가는 줄 몰랐어.
     昨天因為在讀有趣的推理小說，都不知道時間怎麼過去的。

     （在「재미있는 추리 소설을 읽다」（讀有趣的推理小說）一動作實行
     時，「시간 가는 줄 몰랐다」（未意識到時間流逝）一負面狀況同時伴
     隨。）

   - 대학 입학시험을 준비하느라고 많이 힘들어요.
     因為在準備大學入學考試，所以身心俱疲。

     （在「대학 입학시험을 준비하다」（準備大學入學考試）一動作實行
     時，「많이 힘들다」（心很累）一心理負擔同時伴隨。）

3. 「-느라고」前方僅與動詞結合，且前後文之主語、主題必須一致；同時，
   位於「-느라고」前方之動詞不另與先語末語尾「-았-/-었-/-였-」結合使用。

   - 요즘은 회사 일을 하느라고 헬스장에 갈 시간도 없어요.
     最近為了忙公司的工作，而連去健身房的時間都沒有。

     （前後文之主題相同，具直接關聯性。）

- 친구랑 밥을 먹느라고 드라마를 못 봤어요.
  因為當時在和朋友一起吃飯，所以沒能看到電視劇。

  （由於前後文內容發生於同一時段區間，因此此處僅需於句末添加「-았-/-었-/-였-」。）

4. 「-느라고」不用於命令句、共動句；同時，在實際使用時，有時會將「고」予以省略，作「-느라」。

- 다른 업무를 먼저 처리하느라 그건 아직 하지 못했습니다.
  為了先處理其他業務，所以那件（事情）還沒有做。

- 요즘 바쁘게 지내느라 부모님께 연락을 자주 못 드렸어요.
  最近因為（過得）很忙碌，所以沒能經常聯繫父母。

延伸補充：

1. 「-느라고」亦可表示為了實現某意圖、目的，進而在同時做出其他相關行動；此時主語將做出之行動視為犧牲、付出。

- 학비를 버느라고 매일 밤 늦게까지 편의점에서 아르바이트를 하고 있어.
  為了賺取學費，每天晚上都在便利商店打工到很晚。

  （表示主語為了實現「학비를 벌다」（賺取學費）一目的，進而在同時做出「매일 밤 늦게까지 편의점에서 아르바이트를 하다」（每天晚上都在便利商店打工到很晚）一相關行動。）

- 피아노를 사느라고 돈을 모두 써 버렸네요.
  為了買鋼琴，把全部的錢都花光了呢。

  （此時為了實現意圖而做出之「돈을 모두 써 버리다」（把全部的錢都花光了）一行動，主語將此視為犧牲、付出。）

> 🔍 在使用「-느라고」作為實現某意圖、目的之用法時，所做出之行動通常並非主語期望之事，且常是帶著「無可奈何」之心情而做。

2. 「고생」（受苦）、「수고」（受累）等詞彙亦可添加於「-느라고」後方，此時為一慣例用法。

- 아이들을 키우느라고 고생이 많겠지요.
  為了養育孩子們，肯定受了很多的苦吧。

- 이렇게 긴 시간의 회의를 하느라고 정말 수고하셨어요.
  開如此長時間的會議，（您）真的是辛苦了。

B3-4 -고 해서

解　　釋：表示前文內容為後文中狀況發生之諸多理由之一。

中文翻譯：也因為……所以……

結構形態：由連結語尾「-고」、具「理由、根據」含義之補助動詞「하다」，與連結語尾「-아/어/여서」結合而成。

結合用例：

與「動詞」結合時			
공부하다	공부하고 해서	돕다	돕고 해서
읽다	읽고 해서	웃다	웃고 해서
만들다	만들고 해서	짓다	짓고 해서
닫다	닫고 해서	쓰다	쓰고 해서
듣다	듣고 해서	자르다	자르고 해서
입다	입고 해서	놓다	놓고 해서

與「形容詞」結合時			
따뜻하다	따뜻하고 해서	좁다	좁고 해서
시다	시고 해서	춥다	춥고 해서
아니다	아니고 해서	낫다	낫고 해서
좋다	좋고 해서	바쁘다	바쁘고 해서
없다	없고 해서	빠르다	빠르고 해서
길다	길고 해서	그렇다	그렇고 해서

| 학생이다 | 학생이고 해서 | 학교이다 | 학교(이)고 해서 |

用　法：

1. 表示因為前文之內容，進而導致後文狀況、事件之發生；其中，前文之內容，僅是在眾多原因、理由當中之其中一項，且此時通常將最主要的原因明示於句中。

- 밀가루가 필요하고 해서 슈퍼마켓에 갔다 왔어요.
  也因為需要麵粉，所以去了一趟超市。

  （表示除「밀가루가 필요하다」（需要麵粉）一內容之外，尚有導致「슈퍼마켓에 갔다 왔다」（去了一趟超市）一事件發生之其他原因。）

- 시간도 많이 있고 해서 태권도를 배우려고 해요.
  也因為有很多時間，所以打算學習跆拳道。

  （表示在眾多因素當中，「시간이 많이 있다」（有很多時間）一內容為最主要理由。）

  > 🔍 由於除了於句中明示之內容以外，尚有其他原因、理由，因此若前文中出現名詞，常在名詞後方加上表示「添加」意義之助詞「도」。

2. 「-고 해서」可與動詞、形容詞、名詞이다結合，且不用於命令句、共動句；同時，「-고 해서」前方不另外添加「-았-/-었-/-였-」。

- 좀 늦게 일어나고 해서 아침을 안 먹었어.
  也因為起得晚，所以就沒有吃早餐了。

- 날씨도 덥고 해서 실내 활동을 하는 게 좋을 것 같습니다.
  也因為天氣很熱，進行室內活動好像會比較好。

- 모처럼 쉬는 날이고 해서 친구들과 쇼핑을 나갔어요.
  也因為是個難得的休假日，所以就和朋友出去逛街了。

3. 若欲於句中明示兩個以上之代表性原因、理由，則表示原因、理由之內容之間可以「-고」連結。

- 삼계탕은 영양가도 높고 맛도 좋고 해서 인기가 많습니다.
  蔘雞湯也因為營養價值高、味道好，所以很受歡迎。

  （表示「영양가가 높다」（營養價值高）、「맛이 좋다」（美味）兩內容為較具代表性之原因、理由。）

- 아르바이트도 하고 시험 공부도 해야 하고 해서 오늘 파티에 못 가요.
  因為又要打工還必須準備考試，所以今天無法參加派對。

  （此時除「아르바이트를 하다」（打工）、「시험 공부를 해야 하다」（必須讀考試）兩內容之外，尚有其他導致「오늘 파티에 못 가다」（今天無法去派對）一狀況發生之原因、理由。）

延伸補充：

1. 在使用「-고 해서」時，若欲強調其「尚存在其他原因、理由」一含義時，可將前文中之動詞、形容詞、名詞이다名詞化，再與助詞「도」結合後，以「-기도 하고 해서」之形態呈現。

- 피곤하기도 하고 해서 마사지를 받고 왔어요.
  也因為很累，所以按摩完（才）來的。

- 내일 손님이 오기도 하고 해서 장을 보러 가야 돼요.
  也因為明天有客人來，所以必須去採買。

2. 在實際使用時，有時話者並不將主要原因、理由明示於句中，反而是將較為無關緊要之內容說出，此時之「-고 해서」具有「避重就輕」之功能；至於導致狀況發生之最主要因素，則需要倚賴聽者仔細推敲後方能知曉。

- A: 이 늦은 시간엔 웬 일이야?

  時間這麼晚了有什麼事嗎？

  B: 뭐 잠이 안 오고 해서 너한테 전화를 했어.

  沒有啦，因為也睡不著，所以打了電話給你。

  （此時話者所提出之「잠이 안 오다」（睡不著）一內容，是為避重就輕而說，實際上則可能為「想你才打電話給你」等理由。）

- A: 왜 갑자기 안 가기로 한 거야?

  為什麼突然決定不要去啊？

  B: 비도 올 것 같고 해서 가고 싶지 않은 거지.

  因為好像也會下雨的樣子，所以不想去了。

  （此時話者所提出之「비가 올 것 같다」（好像要下雨的樣子）一內容，並非最主要因素，實際上則可能為「因為你惹我生氣」等原因。）

B3-5 -길래

解　釋：表示前文內容為導致後文中動作、狀態發生之外部性因素。

中文翻譯：……於是就……、……才會……、✕

結構形態：連結語尾，為「-기에」之口語表現。

結合用例：

與「動詞」結合時			
공부하다	공부하길래	돕다	돕길래
읽다	읽길래	웃다	웃길래
만들다	만들길래	짓다	짓길래
닫다	닫길래	쓰다	쓰길래
듣다	듣길래	자르다	자르길래
입다	입길래	놓다	놓길래

與「形容詞」結合時			
따뜻하다	따뜻하길래	좁다	좁길래
시다	시길래	춥다	춥길래
아니다	아니길래	낫다	낫길래
좋다	좋길래	바쁘다	바쁘길래
없다	없길래	빠르다	빠르길래
길다	길길래	그렇다	그렇길래

與「名詞이다」結合時			
학생이다	학생이길래	학교이다	학교(이)길래

用　法：

1. 表示前文內容為導致、驅使後文中動作、狀態發生之外部性因素。此句型可與動詞、形容詞、名詞**이다**結合，僅可用於陳述句及疑問句，且隨敘法之不同，在人稱、詞性之限制上亦有所相異。

  - 맛있어 보이길래 몇 개 좀 사 왔어요.
    看起來很好吃，於是就買了幾個回來了。

  - 누구를 만나길래 그렇게 예쁘게 입은 거야?
    是要見誰才穿得那麼漂亮啊？

2. 用於陳述句時，前文主語通常為二、三人稱，後文主語則為第一人稱；同時，後文僅搭配動詞使用。此時話者認知、意識到前文敘述之內容，接著做出與其相對應之動作。

  - 탄 냄새가 너무 심하길래 제가 창문하고 문을 열었어요.
    燒焦的味道太重了，於是我就打開了窗戶和門。

    （位於前文之因素與話者本身無關，對話者來說屬外部性因素；後文主語為第一人稱之話者自己。）

  - 그가 술을 마시길래 나도 한잔 달라고 했어.
    （看）他在喝酒，於是我也（向他）討了一杯。

    （後文搭配動詞使用；此時話者所做出之「한잔 달라고 하다」（要一杯）一動作，是在認知到前文「그가 술을 마시다」（他在喝酒）一內容後所做。）

3. 用於疑問句時，前文主語並無限制，後文主語則通常為第二、三人稱；同時，後文可搭配動詞、形容詞、名詞**이다**使用。此時話者就認知、意識到的後文敘述內容，針對其向聽者詢問原因、理由。

  - 요즘 대관절 뭘 하길래 전화 한 통도 안 해 줘?
    最近究竟是在（忙著）做什麼，才會連一通電話都不打給我？

    （此時前後文主語相同，為第二、三人稱。）

- 내가 너한테 도대체 무엇을 잘못 했길래 네가 그렇게까지 해야 되니?

  我到底做錯了什麼，才（讓）你要做到那種地步？

  （此時前文主語為第一人稱「나」（我），後文主語為第二人稱「너」（你）。）

- 대체 무슨 일이길래 네 안색이 그렇게 안 좋은 거예요?

  到底是因為什麼事情，才（讓）你的臉色那麼差？

  （話者就意識到「안색이 그렇게 안 좋다」（臉色那樣地不好）一內容後，針對其向聽者詢問原因、理由。）

> 🔍 「-길래」用於疑問句時，必須在前文中放置不定代名詞，如：「언제」（何時）、「어디」（何處）、「누구」（誰）、「뭐」（什麼）、「무엇」（什麼），或具「無特別指定」意義之疑問詞，如：「무슨」（什麼）、「어떤」（怎麼樣）、「어느」（哪一）。

4. 「-길래」前方是否添加過去形先語末語尾「-았-/-었-/-였-」，需視前後文間之時間關係而定。若前後文內容於同一時間帶發生，則時制僅需置於句尾；若後文內容是在前文內容已完成、完全結束後才發生，才需在前文中添加「-았-/-었-/-였-」。

- 친구가 교실에서 신발을 벗길래 나도 신발을 벗었어.

  （看）朋友脫了鞋子，於是我也就把鞋子脫掉了。

  （此時前後文兩動作大致於相同時間區間發生，且無需強調「친구가 교실에서 신발을 벗다」（朋友脫鞋子）一動作之結束，因此「-길래」前方不另加上「-았-/-었-/-였-」。）

- 도대체 술을 얼마나 많이 마셨길래 이렇게 만취해 있는 거지?

  到底是喝了多少酒，才爛醉成這樣啊？

  （此時「만취해 있다」（酩酊大醉）一狀態必須是在「술을 많이 마시다」（喝很多酒）一動作結束、完成後始能發生。）

延伸補充：

1. 「-길래」用於陳述句時，前文主語通常是第二、第三人稱，但若位於前文之內容，是先前不清楚而在之後才得知、意識到，或並非根據話者自己的意圖而發生，此時主語則可為第一人稱。

   - 이 쿠키는 내가 생각보다 많이 만들었길래 가져온 거야.
     這個餅乾是因為我做得比（原先）預想的還要多，於是就帶過來了。

   - 내가 마침 그 전화를 받았길래 어쩔 수 없이 이 일을 하게 됐어요.
     我剛好接到了那通電話，於是就只好做這件事情了。

2. 由於是利用此句型表示後文中之動作、狀態，是受到前文內容之驅使而進行、發生，因此「-길래」不與未來時間搭配使用；惟表示「意圖」之用法不在此限。

   - 마땅히 할 일도 없길래 텔레비전을 보고 있어요.
     因為沒有要做的事情，才正在看電視。

   - 오늘 날씨가 좋길래 나가서 산책을 좀 하려고 해요.
     今天天氣很好，想出去散個步。

3. 此句型常與間接引用文「-다고 하다」、「-냐고 하다」、「-(으)라고 하다」、「-자고 하다」結合後縮約，作「-다길래」、「-냐길래」、「-(으)라길래」、「-자길래」，此時表示後文中之動作、狀態，是受到前文中他人話語之驅使而進行、發生。

   - 마침 친구도 내일 쉰다길래 같이 바다에 놀러 가기로 했어.
     剛好朋友說明天也休假，於是就決定好一起去海邊玩了。

   - 한 사이즈 작게 주문하라길래 작게 했더니 딱 좋네요.
     叫（我）買小一號的尺寸，於是就買了小一點的，（尺寸）正剛好呢。

🔍 韓語中的間接引用文，用來將話語、想法、文章內容等訊息傳達給對方，且隨著傳達內容種類之不同，用法亦有所差異。陳述句以「-다고 하다」，疑問句以「-냐고 하다」，命令句以「-(으)라고 하다」，共動句以「-자고 하다」之形態呈現。

句型結合實例：

1. -아/어/여 있다 + -길래

   • 세일이라고 적혀 있길래 생각없이 그냥 안으로 들어갔어요.
   因為寫著特價，沒有多想就走進去裡面了。

2. -는/(으)ㄴ/(으)ㄹ 것 같다 + -길래

   • 품절이 잘 되는 것 같길래 한번에 10세트를 구매했습니다.
   好像很容易缺貨，於是一次就買了 10 組。

B3-6 -(으)므로

解　　釋：表示前文內容為導致後文發生之理由、根據。

中文翻譯：由於……因此……，因為……所以……、✕

結構形態：連結語尾。

結合用例：

與「動詞」結合時			
공부하다	공부하므로	돕다	도우므로*
읽다	읽으므로	웃다	웃으므로
만들다	만들므로*	짓다	지으므로*
닫다	닫으므로	쓰다	쓰므로
듣다	들으므로*	자르다	자르므로
입다	입으므로	놓다	놓으므로

與「形容詞」結合時			
따뜻하다	따뜻하므로	좁다	좁으므로
시다	시므로	춥다	추우므로*
아니다	아니므로	낫다	나으므로*
좋다	좋으므로	바쁘다	바쁘므로
없다	없으므로	빠르다	빠르므로
길다	길므로*	그렇다	그러므로*

與「名詞이다」結合時			
학생이다	학생이므로	학교이다	학교이므로

用　法：

1. 表示前文內容為導致後文狀況、狀態發生的理由、根據。

- 성적이 우수하므로 이 상장을 드리는 겁니다.
  因為成績優秀，所以頒發這張獎狀。

- 낮과 밤의 기온 차가 크므로 건강에 유의해야 합니다.
  由於白天和夜晚的氣溫差大，要留意（身體）健康。

2. 「-(으)므로」可與動詞、形容詞、名詞**이다**結合；同時，若欲描述之理由、根據之時間為過去，或是已完成時，可在前文添加先語末語尾「-았-/-었-/-였-」，作「-았/었/였으므로」。

- 산지에는 많은 비가 내리므로 피해가 없도록 조심하시기 바랍니다.
  由於山區降雨較多，請務必小心以避免災害。

- 이번 시험의 난이도가 높지 않았으므로, 기말고사는 훨씬 어렵게 출제될 것으로 예상됩니다.
  由於這次考試的難度不高，預計期末考出題會更難。

- 이 자료는 당사의 자산이므로 무단 배포를 엄격히 금합니다.
  此資料為本公司的資產，嚴格禁止擅自散布。

3. 「-(으)므로」在敍法上並無限制，可用於陳述句、疑問句、命令句、共動句。

- 주차 공간이 부족하므로 가급적 대중교통을 이용해 주십시오.
  由於停車空間不足，請盡可能地利用大眾交通工具（前來）。
  （此時用於命令句。）

- 시간이 얼마 남지 않았으므로 서둘러서 합시다.
  時間剩下不多了，趕緊加快吧。

  （此時用於共動句。）

4. 此句型一般鮮少用於口語或日常對話，較常用於正式場合中，或作書面用語使用；也因此涉及之話題亦通常較為嚴肅、正經。

- 공연에 방해가 되므로 공연 중에는 입장이 불가능합니다.
  由於會妨礙演出，因此在演出（過程）中不得入場。

- 신호를 어겼으므로 벌금을 내셔야 합니다.
  由於違反了交通號誌，因此必須繳納罰款。

句型結合實例：

1. -(으)ㄹ 만하다 + -(으)므로

- 경복궁이 또한 매우 구경할 만하므로 절대 놓치지 마십시오.
  景福宮也同樣地非常值得參觀，請絕對不要錯過。

2. -기 마련이다 + -(으)므로

- 시간이 지남에 따라 변색이 발생하기 마련이므로 올바른 관리가 중요합니다.
  由於隨著時間的流逝，變色是必然會發生之現象，因此正確的保養十分重要。

B4 | 條件與假設

B4-1 -아/어/여야

解　釋：表示前文內容為後文發生之必要條件。

中文翻譯：必須……才可以……、要……才能夠……

結構形態：連結語尾。

結合用例：

與「動詞」結合時			
공부하다	공부해야*	돕다	도와야*
읽다	읽어야	웃다	웃어야
만들다	만들어야	짓다	지어야*
닫다	닫아야	쓰다	써야*
듣다	들어야*	자르다	잘라야*
입다	입어야	놓다	놓아야

與「形容詞」結合時			
따뜻하다	따뜻해야*	좁다	좁아야
시다	셔야*	춥다	추워야*
아니다	아니어야	낫다	나아야*
좋다	좋아야	바쁘다	바빠야*
없다	없어야	빠르다	빨라야*
길다	길어야	그렇다	그래야*

학생이다	학생이어야	학교이다	학교여야

用　法：

1. 表示前文內容為後文中狀況、事件發生、達成之必要條件；不用於命令句、共動句。

   - 운동은 꾸준히 해야 건강을 지킬 수 있어요.

     運動必須要持之以恆，才可以維持健康。

     （表示「운동을 꾸준히 하다」（持續地運動）一內容為「건강을 지킬 수 있다」（維持健康）一事件達成之必要條件。）

   - 그 당시에는 표가 있어야 입장이 가능했지요?

     在那當時是要有票才能夠入場吧？

     （表示「표가 있다」（有票）一內容為「입장이 가능하다」（可以入場）一狀況發生之必要條件。）

2. 「-아/어/여야」可與動詞、形容詞、名詞이다結合；其中，與名詞이다一起使用時，若名詞最後一字有收尾音作「名詞이어야」，無收尾音則作「名詞여야」。

   - 지금 출발하셔야 제시간에 도착하실 수 있어요.

     必須現在就出發才可以準時到達。

   - 원단의 품질이 좋아야 더욱 고급스러운 한복을 지을 수 있어요.

     布料的品質必須要好，才能夠做出更加高級的韓服。

   - 사과는 마음에서 우러나는 것이어야 상대방에게 전달됩니다.

     道歉必須要是發自內心，才能夠傳達給對方。

🔍 與名詞이다結合時，在日常口語中亦可以「(이)라야」之形態呈現，若名詞最後一字有收尾音作「名詞이라야」，無收尾音則作「名詞라야」；與此同時，與形容詞「아니다」結合時亦可以「아니라야」之形態呈現。

3. 若欲強調唯有滿足前文內容，後文中之狀況、事件才得以發生、達成，即強調「必須性」，此時可於「-아/어/여야」後方添加助詞「만」，作「-아/어/여야만」；此外，實際使用於口語時，亦常於「-아/어/여야」後方添加語尾「-지」，作「-아/어/여야지」。

- 어느 정도의 실력이 있어야만 이 학술 대회에서 발표할 수 있어요.

  唯有具備一定程度的實力，才能在這個學術大會上發表。

- 연구 결과가 좋아야지 올해의 연구 보조비를 받아요.

  研究結果必須夠好，才可以獲得今年的研究補助經費。

延伸補充：

1. 一般來說，此句型前方不放置「-았-/-었-/-였-」；但若在敘述位於前文之必要條件時，已發生與該條件呈相反之事實、結果，此時可於「-아/어/여야」前方添加過去形先語末語尾「-았-/-었-/-였-」，作「-았/었/였어야」。

- 미리 예습을 했어야 지금 내가 무엇을 말하는지 알 수 있었을 거야.

  必須事先預習，才會能知道我現在在說什麼。

  （此時已發生與「미리 예습을 하다」（事先預習）一條件呈相反之事實，即「並未事先預習」。）

- 일찍 예매했어야 자리가 있었을 거예요.

  必須（當時）早一點預訂才會有座位。

  （此時已發生與「일찍 예매하다」（早一點預訂）一條件呈相反之結果，即「並未早一點預定」。）

2. 「-아/어/여야」亦可用於表示假設即使前文內容之發生，後文之狀況亦不會
   有所改變、受到影響；此時常與副詞「아무리」（無論多麼地）搭配使用。

   - 아무리 노력해야 저 천재보다 뛰어나겠어?
     不管再怎麼努力，比得上那個天才嗎？

     （表示假設即使「아무리 노력하다」（無論多麼地努力）一內容發生，
     「저 천재보다 뛰어나지 않다」（不會比那個天才更優秀）一狀況亦不
     會有所改變。）

   - 아무리 울어야 소용이 없으니까 그만 울어라.
     不管再怎麼哭都沒有用，不要再哭了。

     （表示假設即使「아무리 울다」（無論再怎麼哭）一內容發生，「소용
     이 없다」（沒有用處）一狀況亦不受到影響。）

句型結合實例：

1. -아/어/여 보다 + -아/어/여야

   - 사용해 봐야 알겠지만 좋은 효과를 기대합니다.
     雖然要使用後才能夠知道，但期待能有好的效果。

2. -(으)ㄹ 줄 알다 [모르다] + -아/어/여야

   - 남의 눈치를 볼 줄 알아야 이 험악한 세상에서 살아남을 수
     있어.
     必須懂得察言觀色，才能在這險惡的世界生存下去。

B4-2 -더라도

解　　釋：表示即使假設或承認前文中狀況的存在，後文之內容仍不受影響地發生。

中文翻譯：即便真的……也……、就算……也……

結構形態：連結語尾。

結合用例：

與「動詞」結合時			
공부하다	공부하더라도	돕다	돕더라도
읽다	읽더라도	웃다	웃더라도
만들다	만들더라도	짓다	짓더라도
닫다	닫더라도	쓰다	쓰더라도
듣다	듣더라도	자르다	자르더라도
입다	입더라도	놓다	놓더라도

與「形容詞」結合時			
따뜻하다	따뜻하더라도	좁다	좁더라도
시다	시더라도	춥다	춥더라도
아니다	아니더라도	낫다	낫더라도
좋다	좋더라도	바쁘다	바쁘더라도
없다	없더라도	빠르다	빠르더라도
길다	길더라도	그렇다	그렇더라도

與「名詞이다」結合時			
학생이다	학생이더라도	학교이다	학교(이)더라도

用　法：

1. 表示即便對前文內容給予承認、假設，後文之狀況亦不會受到影響，仍然會持續進行、存在；強調後文內容不受前文內容影響的獨立性。

- 결혼을 하더라도 회사에 계속 다닐 거예요.

  就算結了婚，也會繼續上班。

  （假設「결혼을 하다」（結婚）一內容就算發生，「회사에 계속 다니다」（繼續上班）一狀況亦不會受到影響，仍會持續進行。）

- 가난하더라도 비굴하게 살지 말자.

  就算貧窮也不要卑微地活著。

  （承認「가난하다」（貧窮）一內容，不進行「비굴하게 살다」（卑微地活著）一行為之狀況亦不會受到影響，仍會持續存在。）

2. 「-더라도」前方可與動詞、形容詞、名詞이다結合；同時，若描述內容之時間為過去，或是已完成時，可在前文添加先語末語尾「-았-/-었-/-였-」，作「-았/었/였더라도」。

- 제대로 운동을 하더라도 스트레칭을 하지 않으면 효과가 별로 없어요

  即便真的（有）好好地運動，若沒有做伸展是沒有什麼效果的。

- 돈이 있었더라도 그 컴퓨터를 사지 않았을 거예요.

  （當時）就算有錢，也不會買那部電腦。

- 아무리 좋은 선생님이더라도 모든 학생과 잘 맞을 수 없습니다.

  即便（真的）是再好的老師，也不可能跟所有學生合得來。

3. 「-더라도」常搭配副詞「아무리」（儘管）、「설사」（縱使），或是與不定代名詞、或具「無特別指定」意義之疑問詞一同使用，既可提升前文內容程度，同時亦強調了仍不受影響之後文內容。

- 몸이 건강하지 않으면 설사 돈이 많더라도 인생이 즐겁지 않아요.
  身體不健康的話，縱使錢真的再多，人生也不會快樂。

- 네가 무엇을 하더라도 나는 나의 결정을 바꾸지 않을 거야.
  不管你做什麼，我都不會改變我的決定。

  > 🔍 常見之不定代名詞如：「언제」（何時）、「어디」（何處）、「누구」（誰）、「뭐」（什麼）、「무엇」（什麼）；常見之具「無特別指定」意義的疑問詞如：「무슨」（什麼）、「어떤」（怎麼樣）、「어느」（哪一）。

延伸補充：

1. 若欲加強「假設性」語氣，可將句型與間接引用文「-다고 하다」結合，以「-다고 하더라도」之形態呈現；此時可增強句型之整體語氣、語感。

- 내일 눈이 내린다고 하더라도 우리는 여행 계획을 취소 안 해.
  就算說明天真的下雪，我們也不會取消旅行計劃。

- 의심이 간다고 하더라도 유죄로 판단할 수는 없습니다.
  即使說真的懷疑（對方），也不能判有罪。

2. 作為一個語氣較強之句型，「-더라도」常與具負面性意義、極端性之內容搭配使用。因此，在用於命令句時，可增強「拜託對方讓步」、「勸說」之語感；在表達主語自身意志時，則可增強「已下定決心」、「排除萬難」之語感。

- 내용이 다소 어렵더라도 도움이 되는 책이니 한번 읽어 보십시오.

  就算內容多少有點困難，但因為是有幫助的書籍，就請讀看看。

  （用於命令句，此時將「勸說」對方之語感提高。）

- 무섭더라도 나는 눈을 감지 않겠어요.

  即便真的很恐怖，我也不會閉上眼睛。

  （用於表達主語自身之意志，此時增強「已下定決心」之語感。）

句型結合實例：

1. -고 있다 + -더라도

- 최신 버전을 사용하고 있더라도 업데이트하는 옵션이 표시될 수 있습니다.

  即便正在使用最新版本，也可能顯示要求更新的選項。

2. -게 되다 + -더라도

- 티켓은 구입 후에 개인 사정으로 못 가게 되더라도 환불이 불가능해요.

  購買票券後，即使因個人因素而無法前往，亦無法退款。

B4-3 -거든

解　　釋： 表示前文內容為後文中狀況發生之前提。

中文翻譯： ……的話

結構形態： 連結語尾。

結合用例：

與「動詞」結合時			
공부하다	공부하거든	돕다	돕거든
읽다	읽거든	웃다	웃거든
만들다	만들거든	짓다	짓거든
닫다	닫거든	쓰다	쓰거든
듣다	듣거든	자르다	자르거든
입다	입거든	놓다	놓거든

與「形容詞」結合時			
따뜻하다	따뜻하거든	좁다	좁거든
시다	시거든	춥다	춥거든
아니다	아니거든	낫다	낫거든
좋다	좋거든	바쁘다	바쁘거든
없다	없거든	빠르다	빠르거든
길다	길거든	그렇다	그렇거든

與「名詞이다」結合時			
학생이다	학생이거든	학교이다	학교(이)거든

用　法：

1. 表示在前文內容發生、實現後，後文中之狀況接著發生。此句型可與動詞、形容詞、名詞이다結合，雖可用於陳述句、疑問句、命令句、共動句，但隨敍法之不同，存在些許不同程度之限制；同時，句型後方通常僅搭配動詞使用。

- 고향에 돌아가거든 내 안부도 좀 전해 줘.
  回故鄉的話，幫我轉達一下我的問候。

- 정말로 괜찮은 사람이거든 내일 우리 모임에 데려와요.
  真的是還不錯的人的話，明天帶來我們的聚會吧。

2. 用於陳述句時，後文主語為第一人稱；用於疑問句時，後文主語則為第二人稱。此時，後文必須搭配與「意志」相關之用法一同使用，且動作之實行時間為未來。

- 또 친구한테 이런 장난을 치거든 벌을 내릴 거야.
  再和朋友開這種玩笑的話，（我）就要處罰（你）了喔。

  （此時為陳述句，後文主語為第一人稱，同時搭配意志相關用法使用。）

- 비가 그치거든 출발할 거예요?
  雨停的話（你）要出發嗎？

  （此時為疑問句，後文主語為第二人稱，且實行「출발하다」（出發）一動作之時間為未來。）

> 🔍 與「意志」相關之句型，常見的有：「-겠-」、「-(으)ㄹ 것이다」、「-(으)려고 하다」、「-(으)ㄹ게(요)」。

3. 用於命令句時，後文主語為第二人稱；用於共動句時，後文主語則為第一人稱複數。此時廣義上具命令、共動意義之內容皆屬之。

- 어려운 일이 생기거든 나한테 먼저 말해야 돼요.
  遇到困難的事情的話，必須先告訴我。

  （此時在形態上雖並非命令句，但由於在意義上要求對方做某事情，因此在廣義上仍屬命令句。）

- 주식 값이 오르거든 이 기회에 모두 팔아 버리자.
  股票價格上漲的話，（趁）這個機會全部賣掉吧。

  （此時用於共動句，主語為第一人稱複數之「我們」。）

延伸補充：

1. 由於在使用「-거든」時，話者對於前文中內容之發生、實現持有一定之確信度，即話者是在先確認位於前文的條件後，再接著提出後方之相關內容。因此，自然法則、常理、絕對不可能發生之假設等內容無法置於前文。

- A: 한국어 공부가 생각보다 어렵네요.
  讀韓語比想像中困難呢。
- B: 공부하다가 궁금한 게 있거든 저한테 물어 봐도 돼요.
  讀書時若有不懂的（部分），可以問我沒關係。

  （此時話者對於「공부하다가 궁금한 게 있다」（在讀書時有想知道的東西）一內容之發生持有一定之確信度，即基本上知道對方必定會遇到不懂之處。）

- 날씨도 더우니까 네가 먼저 집에 도착하거든 에어컨을 좀 틀어라.
  天氣很熱，你先到家的話就開冷氣。

  （此時話者對於「네가 먼저 집에 도착하다」（你先到家）一內容之發生持有一定之確信度，即基本上確定對方會先到家。）

2. 以「-거든」呈現之句子，原則上皆可以「-(으)면」取代之；但由於「-거든」在用法上存在諸多限制，且僅用於口語中，因此以「-(으)면」呈現之句子，並非皆可以「-거든」取代。

- 사이즈가 맞지 않거든 언제든 바꾸러 오십시오.
  尺寸不合的話，請隨時來換。

  （可以「-(으)면」替換「-거든」，作「사이즈가 맞지 않으면 언제든 바꾸러 오십시오.」，意思不變。）

- 여름만 되면 끊이지 않는 계곡 익사 사고가 발생합니다.
  一到夏天就會發生接連不斷的溪谷溺水事故。

  （此時由於位於「-(으)면」之前文內容為常理、通則，且後方在用於陳述句時並未搭配「意志」相關用法使用，因此無法替換成「-거든」。）

句型結合實例：

1. -고 싶다 + -거든

- 김치 만드는 법을 배우고 싶거든 제게 말씀해 주세요.
  想學習製作辛奇（韓國泡菜）的方法的話，請告訴我。

2. -게 되다 + -거든

- 다음에 서울에 오게 되거든 연락 후 오세요.
  下次要來首爾的話，請先聯繫我再來。

B4-4 -는/ㄴ다면

解　　釋：表示前文內容為後文中狀況發生之假設性前提。

中文翻譯：如果……的話、要是……的話

結構形態：連結語尾。

結合用例：

與「動詞」結合時			
공부하다	공부한다면	돕다	돕는다면
읽다	읽는다면	웃다	웃는다면
만들다	만든다면*	짓다	짓는다면
닫다	닫는다면	쓰다	쓴다면
듣다	듣는다면	자르다	자른다면
입다	입는다면	놓다	놓는다면

與「形容詞」結合時			
따뜻하다	따뜻하다면	좁다	좁다면
시다	시다면	춥다	춥다면
아니다	아니라면*	낫다	낫다면
좋다	좋다면	바쁘다	바쁘다면
없다	없다면	빠르다	빠르다면
길다	길다면	그렇다	그렇다면

與「名詞이다」結合時			
학생이다	학생이라면*	학교이다	학교(이)라면*

用　法：

1. 表示假設在前文內容發生、實現後，後文中之狀況接著發生；此時，話者認為前文中內容之發生、實現可能性較低，或幾乎為不可能之事。

- 다시 태어난다면 전쟁이 없는 곳에서 살고 싶어요.
  如果（能夠）重新投胎，我想生活在沒有戰爭的地方。

  （此時話者認為「다시 태어나다」（再次出生）一內容幾乎為不可能發生之事。）

- 만약 내가 부자라면, 한 달의 지출이 어떻게 될까?
  要是我是有錢人的話，一個月的開銷會是多少呢？

  （此時話者認為「내가 부자이다」（我是有錢人）一內容之實現可能性較低。）

  > 🔍 為增強「假設」之語氣，常與「만약」（假設）、「만일」（萬一）等副詞搭配使用。

2. 「-는/ㄴ다면」前方可與動詞、形容詞、名詞이다結合；同時，若假設前提之時間為過去，或是已完成時，可在前文添加先語末語尾「-았-/-었-/-였-」，作「-았/었/였다면」。

- 만약 이번에 또 시험에 떨어진다면 고향으로 돌아가서 일할 겁니다.
  要是這次考試又落榜的話，我就會回去故鄉工作了。

- 네가 만일 그런 나쁜 짓을 했다면 다시는 너를 안 볼 거야.
  如果你真的做了那種壞事的話，我不會再見你的。

- 내가 너처럼 돈이 많다면 좋겠어.
  我如果像你一樣有錢就好了。

3. 在與名詞이다結合時，須以「(이)라면」之形態呈現；若名詞最後一字有收尾音作「名詞이라면」，無收尾音則作「名詞라면」。與此同時，與形容詞「아니다」結合時亦須以「아니라면」之形態呈現。

- 이것이 사실**이라면** 정말 너한테 실망이야.
  如果這是事實的話，那真的對你很失望。

- 네 말이 거짓말이 **아니라면** 증거를 보여 봐.
  如果你的話不是謊話，那就拿出證據看看。

延伸補充：

1. 由於在使用「-는/ㄴ다면」時，話者認為前文中內容之發生、實現可能性較低，或常用來假設在現實中絕對不可能發生之事。因此，大自然法則、已確定會發生之事等內容通常不置於前文。

- 10년 전으로 돌아갈 수 있다면 무엇을 하고 싶습니까?
  如果可以回到 10 年前的話，你想做什麼呢？

  （此時話者認為「10년 전으로 돌아갈 수 있다」（可以回到10年前）一前文內容之發生，現實中絕對不可能發生之事。）

- 로또에 당첨된다면 나는 당장 일을 그만둘 거야.
  如果中了樂透，我會馬上辭職。

  （此時話者認為「로또에 당첨되다」（中了樂透）一前文內容之實現可能性較低。）

2. 欲對與現在，或與過去相反之事表達「惋惜」、「懊悔」、「怪罪」、「幸虧」等語氣，可於前方「-는/ㄴ다면」加上「-았-/-었-/-였-」，作「-았/었/였다면」，此時是對「與現在、過去事實相反」之情形的假設。

- 할머님께서 살아 계셨다면 얼마나 좋았을까요?
  要是奶奶還活著的話，那該有多好呢。

  （此時是對「與現在事實相反」情形之假設，同時表達「惋惜」之語氣。）

- 친구가 도와주지 않았다면 나도 이 일을 마무리 못 했을 거야.
  要是朋友（當初）沒有幫助我，我也無法將這件事情收尾。

  （此時是對「與過去事實相反」情形之假設，同時表達「幸虧」之語氣。）

  🔍 至於是針對與現在，還是與過去相反之事表達假設，則需要依據文句之脈絡、當下之情況判斷；同時，由於假設之前文內容為與事實相反，因此後文中之狀況亦與事實相反，或不可能發生，因此同樣搭配先語末語尾「-았-/-었-/-였-」使用。

3. 除了可用於對實現可能性較低之假設外，「-는/ㄴ다면」亦可用於表示一般的條件性前提；此時在語氣上存在強調之感，具有「如果真的……（的話）」之語感。

- 중병만 아니라면 웬만한 병은 삶이 필요로 하는 아름다운 쉼표입니다.
  如果不是重病的話，一般的病都是生活中所需要的美麗（短暫）休止符。

- 꾸준히 노력을 한다면 좋은 성과를 거둘 거예요.
  真的堅持不懈地努力的話，就會取得好成果的。

句型結合實例：

1. -고 있다 + -는/ㄴ다면

- 사랑하지 않아야 할 사람을 사랑하고 있다면 고통을 분명히 느낄 거야.
  如果愛著不該愛的人，肯定會感到痛苦。

2. -고 싶다 + -는/ㄴ다면

- 정말로 끈기 있는 사람으로 변하고 싶다면 그 순간적 쾌락부터 끊어라.
  如果真的想變成一個有毅力的人，就請先戒掉那短暫、瞬間的快樂。

B4-5 -았/었/였더라면

解　　釋：表示對於過去與事實相反之內容所做之假設。

中文翻譯：如果當時……的話、要是當時……的話

結構形態：由過去形先語末語尾「-았-/-었-/-였-」，與連結語尾「-더라면」結合而成。

結合用例：

與「動詞」結合時			
공부하다	공부했더라면*	돕다	도왔더라면*
읽다	읽었더라면	웃다	웃었더라면
만들다	만들었더라면	짓다	지었더라면*
닫다	닫았더라면	쓰다	썼더라면*
듣다	들었더라면*	자르다	잘랐더라면*
입다	입었더라면	놓다	놓았더라면

與「形容詞」結合時			
따뜻하다	따뜻했더라면*	좁다	좁았더라면
시다	셨더라면*	춥다	추웠더라면*
아니다	아니었더라면	낫다	나았더라면*
좋다	좋았더라면	바쁘다	바빴더라면*
없다	없었더라면	빠르다	빨랐더라면*
길다	길었더라면	그렇다	그랬더라면*

與「名詞이다」結合時			
학생이다	학생이었더라면	학교이다	학교였더라면

用　法：

1. 表示假設在前文中之過去內容發生、實現後，後文中之狀況接著發生；此時，事件之發生實際上早已結束，不可改變，因此句中假設之內容與事實相反。

- 조금만 더 노력했더라면 금메달을 땄을 거야.
  要是當時再努力一點的話，就能拿到金牌了。

  （表示假設「조금만 더 노력했다」（再努力一點）一過去內容發生，「금메달을 땄다」（獲得金牌）一狀況亦會跟著發生。）

- 조금만 더 늦었더라면 비행기를 놓칠 뻔했어요.
  要是當時再晚一點的話，就（差點）錯過飛機了。

  （實際上並未發生「조금만 더 늦었다」（當時再遲一點）一內容，且並未接著發生「비행기를 놓칠 뻔했다」（差點錯過飛機）一狀況。）

> 🔍 由於假設之前文內容與事實相反，因此後文中之狀況亦是與事實相反，或不可能發生，因此同樣亦常搭配先語末語尾「-았-/-었-/-였-」使用。與此同時，後文中之內容，由於屬話者個人之推測，因此常與「推測」等具不確定性之相關句型搭配使用。

2. 「-았/었/였더라면」前方可與動詞、形容詞、名詞이다結合；其中，與名詞이다一起使用時，若名詞最後一字有收尾音作「名詞이었더라면」，無收尾音則作「名詞였더라면」。

- 애초 다른 길을 갔더라면 지금처럼 힘들게 살지는 않았을 거지.
  當初走別條路的話，就不會像現在這樣艱難地生活了吧。

- 선생님의 도움이 없었더라면 성공하지 못했을 겁니다.
  要是當初沒有老師的幫助的話，就無法成功了。

- 당신이었더라면 어떻게 하셨겠어요?
  如果當時是您的話，您會怎麼做呢？

3. 此句型僅以陳述句、疑問句呈現，不使用於共動句、命令句。

- 그때 경찰에게 사실대로 말했더라면 좋았을걸.
  如果當時對警察實話實說就好了。

- 컴퓨터가 없었더라면 세계는 어떻게 됐을까요?
  要是當時沒有電腦的話，世界會成為什麼樣子呢？

延伸補充：

1. 由於是利用「-았/었/였더라면」對過去已發生之事進行假設，即針對不可改變之狀況進行假設，因此常作為表達「惋惜」、「懊悔」、「怪罪」、「幸虧」等語氣使用。

- 천천히 운전을 했더라면 사고가 나지 않았을 텐데요.
  如果當時慢慢開車的話，也許就不會發生事故了。

  （此時作為表達「懊悔」之語氣使用。）

- 그 당시 바로 병원에 가지 않았더라면 큰일이 날 뻔했어요.
  當時要不是馬上去醫院，就差點出大事了。

  （此時作為表達「幸虧、萬幸」之語氣使用。）

句型結合實例：

1. -아/어/여 놓다 + -았/었/였더라면

- 재테크를 어느 정도해 놓았더라면 어느 정도의 목돈이 되었을 텐데.
  當時做了一定程度的理財的話，應該存了一大筆錢了呢。

2. -아/어/여 주다 + -았/었/였더라면

- 그때 만약 네가 나를 안아 줬더라면 이렇게까지 널 미워하지는 않았을 것 같아.
  要是當時你擁抱我的話，我應該不至於這麼地恨你。

B4-6 -다 보면

解　　釋：表示在前文動作之持續進行下，將會導致後文狀況之發生。

中文翻譯：一直……的話、……著……著……、╳

結構形態：由經連結語尾「-다가」省略而成之「-다」、具「成為後方狀態」含義之補助動詞「보다」，與連結語尾「-(으)면」結合而成。

結合用例：

與「動詞」結合時			
공부하다	공부하다 보면	돕다	돕다 보면
읽다	읽다 보면	웃다	웃다 보면
만들다	만들다 보면	짓다	짓다 보면
받다	받다 보면	쓰다	쓰다 보면
듣다	듣다 보면	자르다	자르다 보면
입다	입다 보면	놓다	놓다 보면

用　　法：

1. 表示在前文動作之持續進行下，將會導致後文中結果之發生；此時前文之動作並非單次進行，而是長時間、反覆性地進行。

   * 매일 같은 공간에서 같이 지내다 보면 싸울 때도 있지요.
     每天一起生活在同一個空間裡的話，也會有吵架的時候吧。

     （表示持續進行「매일 같은 공간에서 같이 지내다」（每天在同一個空間裡一起生活）一動作的話，將會導致「싸울 때도 있다」（也會有吵架的時候）一結果之發生。）

- 아침마다 소리를 크게 내어 책을 읽다 보면 발음이 좋아질 거야.
  每天早上一直大聲地朗讀書本的話，發音就會進步的。

  （「소리를 크게 내어 책을 읽다」（發出大聲音朗讀書本）一動作之進行並非單次，而是長時間、持續性地進行。）

2. 由於是利用「-다 보면」說明一般性之現象、常理，即在前文動作之持續進行下，自然而然地會發生後文之狀況，因此句子之時制通常為現在、未來，不與過去形先語末語尾「-았-/-었-/-였-」搭配使用；同時，由於後文狀況尚未發生，因此常與「推測」等具不確定性之相關句型搭配使用。

   B

   句子連結

   - 몸 풀기를 안 하고 운동하다 보면 다칠 수도 있습니다.
     不做暖身就運動的話，可能會受傷。

     （此時與表可能性之「-(으)ㄹ 수 있다」一句型搭配使用。）

   - 이 길을 계속 따라가다 보면 재래시장이 보일 거예요.
     繼續沿著這條路走下去的話，就會看到傳統市場。

     （此時與表推測之「-(으)ㄹ 것이다」一句型搭配使用。）

3. 此句型僅能與動詞結合；同時僅以陳述句、疑問句呈現，不使用於共動句、命令句。

   - 이 세상에서 살다 보면 가슴이 아픈 일도 가끔 있어요.
     活在這個世界上，偶爾也會有心痛的事情。

   - 목표 없이 같은 일만 하다 보면 싫증이 나지 않을까요?
     沒有目標地只做同樣的事情，不會感到厭煩嗎？

延伸補充：

1. 由於「-다 보면」是用來敘述自然而然發生之結果，因此亦常作為表達「安撫他人」、「告誡他人」、「對自己所擅長之事表達謙虛」等功能使用。

   - A: 처음 해 보는 일이라 잘 할 수 있을지 모르겠어요.

     因為是第一次做，所以不知道能不能做好。

     B: 일을 하다 보면 요령이 생길 거니까 너무 걱정하지 마세요.

     事情做著做著就會知道要領了，請不需要太擔心。

     （此時表達「安撫他人」，說明事情會自然而然地朝正向發展。）

   - A: 와, 찌개를 엄청 맛있게 끓였네요.

     哇，鍋煮得真好吃呢。

     B: 음식을 자주 만들다 보면 요리를 잘 하게 돼요.

     經常做菜的話，做著做著就（自然而然地）很會煮了。

     （此時表達「對自己所擅長之事表達謙虛」，說明技能是自然而然地熟練而成。）

描述與添加

在韓語中，對狀態之描述、意義之添加方式非常細膩，其不僅能對事物、動作更具體地加以描述，更是讓話語之呈現更為豐富的核心工具。雖身為話語的裝飾品，實具畫龍點睛之重要功能。

與描述、添加相關之句型，常直接連接於語幹之後，各種不同的描繪方式，則依照事物、動作之狀態加以選擇使用。學習者若能將本章內容融會貫通，對事物、動作之描述必定能更準確，同時話語的使用也將更為精準。

C1 | 感受與回想

C1-1 -아/어/여하다

解　　釋：表示具備前文內容所對應之情感、感受，同時將形容詞轉變成動詞。

中文翻譯：覺得……、感到……

結構形態：由連結語尾「–아/어/여」，與補助動詞「하다」結合而成。

結合用例：

與「形容詞」結合時			
피곤하다	피곤해하다*	슬프다	슬퍼하다*
심심하다	심심해하다*	춥다	추워하다*
좋다	좋아하다	외롭다	외로워하다*
싫다	싫어하다	무섭다	무서워하다*
밉다	미워하다*	부럽다	부러워하다*
아프다	아파하다*	힘들다	힘들어하다

用　　法：

1. 表示他人內心之感受、想法，或透過感官所獲得之感覺，同時將形容詞動詞化；此時話者透過觀察他人顯露於外在之行為舉止，進而對其所持有之情感、感覺加以判斷。

- 그는 스트레스 때문에 아주 많이 힘들어한다고 들었어요.

  聽說他因為壓力感到非常地痛苦。

  （此時表示「그」（他）—他人內心的感受；同時，將「힘들다」（痛苦的）—形容詞動詞化，作「힘들어하다」（感到痛苦）。）

- 여동생은 여름만 되면 유난히 더워해요.

  妹妹一到夏天就會覺得特別地熱。

  （話者透過觀察「여동생」（妹妹）—他人顯露於外在之舉止，並以客觀之角度描述其個人感覺；同時，將「덥다」（熱的）—形容詞動詞化，作「더워하다」（覺得熱）。）

> 🔍 表示情感、感覺等形容詞詞彙，屬身為當事者個人之主觀性判斷，而在對他人感受、想法、感覺進行描述時，由於話者並非他人，無法準確地感受、清楚他人的內心或感官，因此必須另以客觀性之表現方式加以描述。

2. 由於「-아/어/여하다」牽涉到情感、感覺，因此原則上與形容詞搭配使用，且可與之結合之形容詞具相當程度之局限性；惟仍存在少數可與動詞結合之情形。

- 이번 말하기 시험 문제를 어려워하는 학생들이 많은 것 같아요.

  好像有很多學生覺得這次的口說測驗題目很難。

  （此時「어렵다」（困難）為一形容詞。）

- 제임스한테 옷을 하나 사 주려고 하는데 파란색을 마음에 들어할까요?

  我想買一件衣服給詹姆士，你覺得他會喜歡藍色嗎？

  （此時「들다」（中意）為一動詞。）

> 🔍 涉及個人情感、感官感覺之形容詞，常見的有：「좋다」
> （好）、「싫다」（討厭）、「즐겁다」（愉快）、「고맙다」
> （感謝）、「피곤하다」（疲累）、「춥다」（冷）、「행복하
> 다」（幸福）、「쉽다」（容易）、「맵다」（辣）、「재미없
> 다」（無趣）、「무섭다」（可怕）、「궁금하다」（好奇）。

3. 此句型通常作為描述第三人稱，即描述並未在說話現場之他人時使用；也可使用於第一人稱、第二人稱之狀況，但此時通常需具備「客觀化描述」等目的。

- 옛날에는 내가 피를 되게 무서워했지만 이제는 의외로 간호사가 됐어.

  以前我很害怕血，但現在意外地成為了護理師。

  （用於第一人稱，是站在旁觀者的角度敘述有關自身之事。）

- 네가 이렇게 기뻐할 줄 알았으면 진작 만나러 올걸 그랬어.

  要是知道你會這麼高興，就該早點來見你了。

  （用於第二人稱，且作為陳述句使用時，由於是對對方的情感、感覺進行判斷，因此通常需要利用「-아/어/여하다」作為描述之手段。）

延伸補充：

1. 用於命令句、共動句時，由於形容詞不可直接與其搭配，若利用「-아/어/여하다」先將情感、感覺相關形容詞動詞化，經動詞化後之形態則可直接使用。

- 혼자가 되는 것을 두려워하지 말고 즐겨라.

  不要害怕成為一個人，要享受（它）。

- 질문이 있으면 부끄러워하지 말고 손을 들어 주세요.

  如果有問題的話不要感到害羞，請舉起手。

2. 由於利用此句型可將形容詞動詞化，因此在實際使用時，有時會考量文意之完整性，視情況添加受語，此時在屬於受格之名詞後方加上「**을/를**」即可。

- 그는 그 소음을 시끄러워하면서도 참고 앉아 있어요.

  儘管他覺得那個噪音很吵，但還是忍耐著坐在那。

  （明示「소음」（噪音）一受語，使文意更為通順、完整。）

- 그 사람을 미워하는 마음을 감출 수가 없네요.

  （我）掩飾不住對他的厭惡之情。

  （若欲將所有內容交代清楚，需要將「밉다」（可恨的）動詞化作「미워하다」（感到可恨），方得以完成句子。）

C1-2 -던

解　　　釋：話者針對對應於後方名詞之動作、狀態進行回想，並利用其對該名詞加以修飾、描述。

中文翻譯：之前……的、……的、✕

結構形態：冠形詞形語尾。由先語末語尾「-더-」與冠形詞形語尾「-(으)ㄴ」結合而成。

結合用例：

與「動詞」結合時			
공부하다	공부하던	돕다	돕던
읽다	읽던	웃다	웃던
만들다	만들던	짓다	짓던
받다	받던	쓰다	쓰던
들다	들던	자르다	자르던
입다	입던	놓다	놓던

與「形容詞」結合時			
따뜻하다	따뜻하던	좁다	좁던
시다	시던	춥다	춥던
아니다	아니던	낫다	낫던
좋다	좋던	바쁘다	바쁘던
없다	없던	빠르다	빠르던
길다	길던	그렇다	그렇던

與「名詞이다」結合時			
학생이다	학생이던	학교이다	학교이던

用　法：

1. 表示話者針對對應於後方名詞之動作、狀態、性質進行回想，並利用其對該名詞加以修飾、描述；其中，敍述中之回想相關描述，必須由話者親自經驗、體驗、感受。

- 기다리고 기다리던 편지가 이제 드디어 도착했네요.
  之前等了又等的信，現在終於到了。

  （話者針對對應於「편지」（信）一名詞之「기다리고 기다리다」（等了又等）一動作進行回想，同時利用此對該名詞加以修飾、描述。）

- 옛날에는 즐겨 먹던 사탕이 지금은 맛이 없어.
  以前喜歡吃的糖果，現在（覺得）不好吃了。

  （句中由話者回想之「즐겨 먹다」（喜愛吃）一描述，是由話者親自經驗、感受過。）

2. 與動詞結合使用時，表示在過去經常或習慣性進行之某動作、行為；至於至今仍進行與否，則需要依據文句之脈絡、當下之情況予以判斷。

- 이 노래는 내가 초등학교 때 자주 듣던 노래야.
  這首歌是我上小學的時候經常聽的歌。

  （表示過去經常進行「노래를 듣다」（聽歌）一動作，僅憑句中內容並不清楚至今是否仍在進行，此時單純回想過去、當時。）

- 정장을 안 입던 내 친구가 어제 정장을 입고 왔어요.
  我的朋友之前是不穿正式服裝的，昨天卻穿了正式服裝來了。

  （表示過去習慣性進行「정장을 안 입다」（不穿正裝）一行為，同時根據句中內容可得知該行為已中斷。）

3. 與動詞結合使用時，若於「-던」前方添加過去形先語末語尾「-았-/-었-/-였-」，作「-았/었/였던」，則表示在過去進行之某動作、行為，現今已不再進行；此時僅實行過一次之動作、行為，亦可搭配使用。

- 여기는 내가 어렸을 때 엄마랑 자주 왔던 동네 이발소예요.
  這裡是我小時候經常跟媽媽來的社區理髮廳。

  （表示過去經常進行「엄마랑 자주 오다」（常常和媽媽來）一動作，但現今已不繼續進行。）

- 지난 번 회의에서 의논하지 못했던 문제들은 오늘 여기서 얘기합시다.
  在上次沒能在會議討論的問題，今天就在這裡談吧。

  （此時「의논하지 못하다」（沒能討論）一動作僅進行一次，為單純對過去、當時之回想。）

4. 與形容詞、名詞이다結合使用時，表示於過去具備之狀態、性質；至今仍具備與否，則需要依據文句之脈絡、當下之情況予以判斷。

- 그때 마침 집에 있던 사람이 나하고 남편밖에 없었어.
  當時正好在家的人，只有我和丈夫而已。

  （表示過去具備「집에 있다」（在家）一狀態，僅憑句中內容並不清楚至今是否具備該狀態，此時單純回想過去、當時。）

- 고등학교 때 뚱뚱하던 제임스는 살을 많이 빼 이젠 모델이 됐어요.
  高中時很胖的詹姆士瘦了很多，現在成為了模特兒。

  （表示過去具備「뚱뚱하다」（肥胖）一狀態，同時根據句中內容可得知該狀態已不再具備。）

🔍 由於在對人、事、物之狀態、性質描述時，與動詞常針對「完成狀態」之敘述不同，通常直接描述其本身、於常態時具備之狀態、性質，因此「-던」與形容詞、名詞　結合使用之比例較低；若欲強調與現今不同之狀態、性質，則常與「-았/었/였던」搭配使用。

5. 與形容詞、名詞이다結合使用時，若於「-던」前方添加過去形先語末語尾「-았-/-었-/-였-」，作「-았/었/였던」，則表示在過去具備之狀態、性質，現今已不再具備，已發生變化。

- 당신에게는 더 바랄 게 없으니까 좋았던 것만 기억할게요.
  對您沒有其他奢望了，（我）只會記得好的部分的。

- 그 당시 외톨이였던 그에게 춤은 유일한 친구이자 희망이었습니다.
  對於當時是孤身一人的他來説，舞蹈是唯一的朋友與希望。

🔍 在與形容詞、名詞이다結合時，相較於「-던」，更常與「-았/었/였던」搭配使用；此為動詞是表示「動作」、形容詞、名詞이다是表示「狀態、性質」一原生特性所導致。在實際說話時，比起「狀態、性質之終結」，更常敘述「動作之結束」。

延伸補充：

1. 「-던」在與動詞結合使用時，亦常針對實行至一半、尚未結束之動作、行為進行敘述，並利用其後方對名詞加以修飾、描述。

- 아까 내가 마시던 커피, 누가 버린 거야?
  剛才我喝到一半的咖啡，是誰把它丟掉了嗎？
  （表示「마시다」（喝）一行為尚未結束，進行至一半而已。）

- 소란을 피워서 죄송합니다. 모두 하던 일을 계속 하세요.

  不好意思引起騷動了，大家請繼續做之前的事情吧。

  （表示「하다」（做）一動作尚未完全結束，僅是暫時中斷而已。）

2. 「-던」在與動詞結合使用時，尚可用來表示「使用過、二手、中古」之含義。

- 이것은 새 옷이 아니고 입던 옷이야?

  這個不是新衣服，而是穿過的衣服嗎？

- 고모가 타시던 자동차를 저한테 대학 입학 선물로 주셨어요.

  姑姑將開過的汽車作為大學入學禮物送給了我。

C1-3 -더라고(요)

解　釋：話者針對觀察、體驗到之動作、狀態進行回想，且為了傳達、
確認而將其提出。

中文翻譯：……呢、✕

結構形態：終結語尾。屬口語用法，無法與格式體終結語尾結合；當聽者
是需要被尊敬的對象時，必須在後方加上「요」。

結合用例：

與「動詞」結合時			
공부하다	공부하더라고(요)	돕다	돕더라고(요)
읽다	읽더라고(요)	웃다	웃더라고(요)
만들다	만들더라고(요)	짓다	짓더라고(요)
닫다	닫더라고(요)	쓰다	쓰더라고(요)
듣다	듣더라고(요)	자르다	자르더라고(요)
입다	입더라고(요)	놓다	놓더라고(요)

與「形容詞」結合時			
따뜻하다	따뜻하더라고(요)	좁다	좁더라고(요)
시다	시더라고(요)	춥다	춥더라고(요)
아니다	아니더라고(요)	낮다	낮더라고(요)
좋다	좋더라고(요)	바쁘다	바쁘더라고(요)
없다	없더라고(요)	빠르다	빠르더라고(요)
길다	길더라고(요)	그렇다	그렇더라고(요)

與「名詞이다」結合時			
학생이다	학생이더라고(요)	학교이다	학교(이)더라고(요)

用　法：

1. 表示話者在回想過去親自體驗、觀察到之動作、狀態、性質後，為了傳達、確認而將該內容提出；同時，該動作、狀態、性質之內容對話者來說，是為新發現、新領悟、新體會，早已知曉的內容則不適用於此。

- 뉴스에서 춥다고 했는데 별로 춥지 않더라고요.
  新聞上說會很冷，但是不怎麼冷呢。

  （此時「별로 춥지 않다」（不怎麼冷）一內容，為話者親自體驗之狀態。）

- 냄새가 심하기로 소문난 홍어를 직접 먹어 보니까 맛있더라고.
  以氣味重而有名的魟魚，親自嚐過後還真好吃呢。

  （此時「맛있다」（美味）一內容，對話者來說是新發現，在實際體驗前並不知曉。）

2. 此句型可與動詞、形容詞、名詞이다結合，且由於是話者回想過去之親自體驗、觀察，因此通常用於第三人稱；惟同時存在可使用於第一人稱、第二人稱之狀況，此時在當下通常具備需「將描述客觀化」等目的。

- 결혼식에서 보니까 신랑이 굉장히 미남이더라고요.
  在婚禮上看到（的），新郎真的是個美男呢。
  （此時用於第三人稱「미남」（美男）。）

- 어제 내가 이상한 꿈을 꿨는데 내가 하수구에서 수영하더라고.
  昨天我做了個奇怪的夢，（夢到）我在下水道裡游泳呢。
  （此時用於第一人稱「나」（我），話者在夢中以旁觀者立場觀察，將描述客觀化。）

3. 由於「-더라고(요)」本身包含具「回想」功能之先語末語尾「-더-」，因此本就是對在過去時間內發生之事情進行敘述；若另外添加過去形先語末語尾「-았-/-었-/-였-」，作「-았/었/였더라고(요)」，則表示話者對「在當時已完成、結束之狀況」的回想。

- 수업이 끝나고 교실 밖에 나오니까 비가 많이 오더라고.
  下課後走出了教室，發現在下大雨呢。

  （話者是在回想過去親自觀察到之動作、狀態，即話者親眼看到大雨正在下的當時。）

- 수업이 끝나고 교실 밖에 나오니까 비가 많이 왔더라고.
  下課後走出了教室，發現下過大雨了呢。

  （話者是在回想「在當時已完成、結束之狀況」，即話者並未看到雨正在下的當時，而是僅觀察到「地板很濕、淹水」等大雨已下完後之狀況。）

延伸補充：

1. 在使用「-더라고(요)」時，聽者知道所敘述之內容為話者之親自體驗、觀察，因此往往更具說服力、真實性，且通常較一般過去敘述更具強調、感嘆之語感；與此同時，常用於向聽者印證話者自己的新發現、新體會，或藉以誘導聽者對敘述內容作出反應、反饋。

- A: 혹시 빨간색 모자를 쓴 아이 못 봤어요?
  請問有沒有看到戴著紅色帽子的小孩呢？
- B: 빨간색 모자요? 방금 저기서 울면서 어머니를 찾더라고요.
  紅色帽子嗎？剛才在那裡一邊哭一邊找媽媽呢。

  （此時利用「-더라고(요)」，聽者可知話者敘述之內容為親自體驗、觀察，因此更具真實性與說服力。）

- A: 이번에 새로 나온 제품이 꽤 괜찮더라고.

  這次新出的產品挺不錯呢。

  B: 그렇지? 나도 하나 살까 말까 하는데.

  沒錯吧？我也在想要不要買一個呢。

  （此時藉「-더라고(요)」以誘導聽者對敘述內容作出反應、反饋。）

2. 此句型在功能上大致與「-더라」相同，惟「-더라」較具有驚訝之語感，且不可對需要尊敬之聽者使用，而是常使用於話者之自言自語。

- 이 식당은 불고기가 맛있더라.

  這間餐廳的韓式炒肉很好吃耶。

- 친구 생일이 언제(이)더라.

  朋友的生日是什麼時候啊……

句型結合實例：

1. -아/어/여 있다 + -더라고(요)

- 그 창고에는 여러 가지 물건이 가득 쌓여 있더라고요.

  那個倉庫裡堆滿了各種東西呢。

2. -는/(으)ㄴ 편이다 + -더라고(요)

- 세계 다른 나라와 비교하면 우리나라의 재정적자 규모는 낮은 편이더라고요.

  與世界其他國家相比，我國的財政赤字的規模算是較低的。

C1-4 -던데

解　　釋：話者針對動作、狀態所進行之回想，且其為後文動作、狀態發生之背景、提示。

中文翻譯：……耶……、……呢……、╳

結構形態：連結語尾。

結合用例：

與「動詞」結合時			
공부하다	공부하던데	돕다	돕던데
읽다	읽던데	웃다	웃던데
만들다	만들던데	짓다	짓던데
닫다	닫던데	쓰다	쓰던데
듣다	듣던데	자르다	자르던데
입다	입던데	놓다	놓던데

與「形容詞」結合時			
따뜻하다	따뜻하던데	좁다	좁던데
시다	시던데	춥다	춥던데
아니다	아니던데	낮다	낮던데
좋다	좋던데	바쁘다	바쁘던데
없다	없던데	빠르다	빠르던데
길다	길던데	그렇다	그렇던데

與「名詞이다」結合時			
학생이다	학생이던데	학교이다	학교(이)던데

用　法：

1. 用以接續前後文。前文作為「背景說明」、「提示導入」之功能，後文則藉前方之說明、引導而托出；其中，前文之內容是話者對過去當時之動作、狀態所進行的回想。

  - 식당 앞에 줄 서는 사람이 많던데 음식이 엄청 맛있나 봐.
    餐廳前面有很多排隊的人，看樣子食物很好吃呢。

    （利用回想過去當時「줄 서는 사람이 많다」（有很多排隊的人）一內容作為背景說明，接著敘述句中之核心部分。）

  - 그 사람이 괜찮아 보이던데 한번 만나 보는 게 어때요?
    那個人看起來不錯耶，見一面如何？

    （利用回想當時「괜찮아 보이다」（看起來不錯）一內容作為提示導入，緊接著切入主題。）

2. 此句型可與動詞、形容詞、名詞이다結合，且由於是話者回想過去之親自體驗、觀察，因此通常不用於第一人稱。

  - 어제 보니까 자전거를 잘 타던데 언제 배운 거니?
    昨天看你很會騎自行車呢，是什麼時候學的？

  - 밤에도 많이 덥던데, 열대야가 나타난 곳이 많지요?
    晚上也十分地熱呢，發生熱帶夜（夜間高溫現象）的地方很多吧？

  - 상품이 품절이던데 혹시 재입고 예정이 있는지 여쭤보고 싶습니다.
    商品是斷貨的，想請問一下是否有再進貨的計劃。

3. 由於「-던데」本身包含具「回想」功能之先語末語尾「-더-」,因此本就是對在過去時間內發生之事情進行敘述;若另外添加過去形先語末語尾「-았-/-었-/-였-」,作「-았/었/였던데」,則表示話者對「在當時已完成、結束之狀況」的回想,後文再藉其而托出。

- 다른 직원들은 다 퇴근하던데 자네는 왜 퇴근을 안 하나?
  其他職員都下班了,你怎麼還不下班呢?

  (話者是在回想過去親自觀察到之動作、狀態,即話者親眼看到其他職員正在下班的當時。)

- 다른 직원들은 다 퇴근했던데 자네는 왜 퇴근을 안 했나?
  其他職員都已經下班了呢,你怎麼還沒下班呢?

  (話者是在回想「在當時已完成、結束之狀況」,即話者並未看到其他職員正在下班的當時,而是僅觀察到「辦公室無其他人」等狀況。)

延伸補充:

1. 將此句型置於句末,作「-던데(요)」時;此時為省略直接性的話語,僅暗示性地說明與真實想法相關之背景、情況,藉以誘導聽者做出反應。與此同時,常用來表示委婉地對聽者行為、話語的輕微質疑與反對。

- A: 네가 걱정하던 것과는 달리 성적이 아주 잘 나왔던데.
  和你擔心的不一樣,成績非常好呢。

  B: 이번에 운이 좋았나 봐.
  看樣子這次運氣很好呢。

- A: 엄마, 나 친구 만나러 갔다 올게.
  媽媽,我出門去見朋友囉。

  B: 지금 나가려고? 아까 보니까 비가 많이 오던데?
  現在要出去?剛才看雨下得很大耶?

句型結合實例：

1. -아/어/여지다 + -던데

   - 날씨가 점점 쌀쌀해지던데 얇은 카디건을 입으면 딱 좋을 것 같아요.
   天氣漸漸變涼了，穿薄的開襟衫似乎正剛好。

2. -는/(으)ㄴ/(으)ㄹ 모양이다 + -던데

   - 선생님께서 많이 화나신 모양이던데 너 뭐 잘못한 거 없어?
   老師似乎很生氣的樣子，你有沒有做錯什麼啊？

C1-5 -더니

解　　釋：話者針對觀察、體驗到之動作、狀態進行回想，並於後文中接
續相關說明。

中文翻譯：……後來……、……然後……、╳

結構形態：連結語尾。

結合用例：

與「動詞」結合時			
공부하다	공부하더니	돕다	돕더니
읽다	읽더니	웃다	웃더니
만들다	만들더니	짓다	짓더니
닫다	닫더니	쓰다	쓰더니
듣다	듣더니	자르다	자르더니
입다	입더니	놓다	놓더니

與「形容詞」結合時			
따뜻하다	따뜻하더니	좁다	좁더니
시다	시던니	춥다	춥더니
아니다	아니더니	낫다	낫더니
좋다	좋더니	바쁘다	바쁘더니
없다	없더니	빠르다	빠르더니
길다	길더니	그렇다	그렇더니

학생이다	학생이더니	학교이다	학교(이)더니

用　法：

1. 表示話者針對過去觀察、體驗到之動作、狀態進行回想，並於後方接續與該回想內容相關之敍述說明；與此同時，前後文內容間存在先後關係，同時具有「對照」、「因果」、「程度添加」等關係。

- 제임스는 전에는 뚱뚱하더니 요즘은 살이 많이 빠졌더라.
    詹姆士以前很胖，最近（則是）瘦了很多。

    （話者針對過去狀態進行回想，後方接續與該回想內容相關之敍述說明；同時，前後文之間具「對照」關係。）

- 친구가 열심히 공부하더니 수석으로 대학교에 합격했어.
    朋友努力的讀書，後來以第一名的成績錄取了大學。

    （前後文內容間存在先後關係；同時，前後文之間具「因果」關係。）

- 그가 어제 지각하더니 오늘은 결석까지 했어요.
    他昨天遲到，今天甚至還缺席了。

    （此時前後文內容皆為負面性內容；同時，前後文之間具「程度添加」關係。）

2. 此句型可與動詞、形容詞、名詞이다結合，且後方不與未來時間搭配使用；與此同時，由於「-더니」本身包含具「回想」功能之先語末語尾「-더-」，本就是對在過去時間內發生之事情進行敍述，因此一般來說不需另外添加「-았-/-었-/-였-」。

- 오전에는 그렇게 길이 막히더니 지금은 차가 한 대도 없네요.
    上午（還）那麼地塞車，現在連一輛車都沒有呢。

- 그는 뭔가 고민하는 모양이더니 답답해하는 어조로 이야기를 이었어.

  他好像在苦惱著什麼，然後用（令人）感到鬱悶的語調繼續說下去。

3. 由於話者利用「-더니」回想過去之親自體驗、觀察，因此通常不用於第一人稱；惟若欲客觀地描述自身之內心情感、身體狀況等，則可用於第一人稱。同時，由於前後文間存在時間上之先後關係，因此前後文間的主語、主題必須一致。

- 그 사람이 그렇게 능력을 인정받더니 결국 금방 승진했어요.

  那個人的能力得到高度認可，結果後來很快就升職了。

  （用於第三人稱；此時前後文間的主語一致，皆為「그 사람」（那個人）。）

- 어제부터 머리가 많이 아프더니 오늘 아침에는 일어날 수가 없었어요.

  從昨天開始頭很痛，今天早上起不來。

  （用於第一人稱；此時前後文間的主題一致，皆為「몸 상태」（身體狀態）。）

延伸補充：

1. 在回想他人說過的話，並於後方接續與該內容相關之敘述說明時，可將「-더니」與間接引用文「-다고 하다」結合，以「-다고 하더니」之形態呈現。

- 오늘 흐리겠다고 하더니 날씨가 아주 좋은데요.

  說今天會是陰天，天氣（卻）非常地好呢。

- 사람들이 호랑이도 제 말 하면 온다고 하더니 정말이네요.

  人們（常）說「說曹操，曹操就到」，（看樣子）是真的呢。

2. 若欲表示話者對「當時已完成、結束之狀況」的回想，並於後方接續與該回想內容相關之敘述說明，可在「-더니」前方添加過去形先語末語尾「-았-/-었-/-였-」，作「-았/었/였더니」。

- 친구가 노래를 불렀더니 모두들 박수를 크게 쳐 줬습니다.
  朋友唱了歌，然後大家都大力地為他鼓掌。

  （話者是在回想「已完成、結束之狀況」；此時「모두들 박수를 크게 쳐 줬다」（大家都大力地給予鼓掌）一後文內容是在「친구가 노래를 불렀다」（朋友唱了歌）一前文內容完成、結束後接著發生。）

- 선생님이 질문을 던지셨더니 학생들은 대답을 했어요.
  老師提出了問題，學生們（接著）回答了。

  （此時「학생들은 대답을 했다」（學生們回答了）一後文內容是在「선생님이 질문을 던지셨다」（老師拋出了問題）一前文內容完成、結束後接著發生。）

C1-6 -았/었/였더니

解　釋：話者針對親自實行過之動作進行回想，並於後文中接續相關說明。

中文翻譯：……後來……、……然後……、✕

結構形態：由過去形先語末語尾「–았–/–었–/–였–」與連結語尾「–더니」結合而成。

結合用例：

與「動詞」結合時			
공부하다	공부했더니*	돕다	도왔더니*
읽다	읽었더니	웃다	웃었더니
만들다	만들었더니	짓다	지었더니*
닫다	닫았더니	쓰다	썼더니*
듣다	들었더니*	자르다	잘랐더니*
입다	입었더니	놓다	놓았더니

用　法：

1. 表示話者對過去曾親自實行、實際經歷過之行為進行回想，並於後方接續與該回想內容相關之敘述說明；與此同時，前後文內容間存在先後關係，同時具有「因果」、「發現」等關係。

   • 술을 많이 마셨더니 건강이 안 좋아졌어요.
   喝了很多的酒，然後身體變差了。

   （話者對過去曾親自實行、實際經歷過之行為進行回想，後方接續與該回想內容相關之敘述說明；同時，前後文之間具「因果」關係。）

- 아침에 학교에 일찍 갔더니 교실에는 아무도 없었어.
  早上很早就去了學校，（發現）教室裡連一個人都沒有。

  （前後文內容間存在先後關係；同時，前後文之間具「發現」關係。）

2. 此句型前方僅與動詞結合，且後方不與未來時間搭配使用。

- 제가 몰래 형 신발을 신고 나갔더니 형이 화를 냈어요.
  我偷偷穿了哥哥的鞋子出去，然後哥哥就生氣了。

- 내가 직접 가서 봤더니, 듣던 것과 다르더라.
  我親自去看過後，（發現）和聽到的不一樣耶。

3. 由於話者利用「-았/었/였더니」回想過去曾親自實行、實際經歷過之行為，因此前文主語為第一人稱；至於後文主語則通常不為第一人稱，但若欲客觀地描述自身之內心情感、身體狀況等，則可用於第一人稱。

- 내가 잠결에 눈을 떴더니 벽시계가 오전 11시 30분을 가리키고 있었어.
  我在睡夢中醒來，（發現）掛鐘正指著上午 11 點 30 分。

  （前文主語為「나」（我），後文主語為「벽시계」（掛鐘）。）

- 오랜만에 헬스장에서 달리기를 했더니 너무 힘들었어.
  好久沒在健身房跑步了，真的好累。

  （前後文之主語皆為第一人稱「나」（我），此時為客觀地描述自身之身體狀況。）

延伸補充：

1. 利用此句型連接之前後文，尚存在「對照」關係；此時常將「-았/었/였더니」與認知相關之句型「-는/(으)ㄴ/(으)ㄹ 줄 알았다」結合，以「-는/(으)ㄴ/(으)ㄹ 줄 알았더니」之形態呈現。

- 네가 오늘 수업에 안 올 줄 알았더니 왔네.

  （我）以為你今天不會來上課了，（你卻）來了呢。

  （位於前文之「안 올 줄 알았다」（以為不會來）一內容，與位於後文之「왔다」（來了）一內容呈「對照」關係，相互抵觸。）

- 주인공이 범인인 줄 알았더니 범인이 아니구나.

  （我）以為主角是犯人，原來（他）不是犯人呢。

  （此時位於前文之內容為話者對某人、事、物之認知、見解，後文之內容則與話者想法呈現相反、對立。）

2. 在實際使用時，位於「-았/었/였더니」後方之內容，亦可能為對應於前文中動作的反應，或前後文間僅單純地存在時間上之先後關係。

- 친구한테 같이 파티에 가자고 했더니 싫다고 하더라고요.

  （我）跟朋友說一起去派對，然後他說不要。

  （位於後文之「싫다고 했다」（說不要）一內容，為對應於前文「친구한테 같이 파티에 가자고 했다」（跟朋友說一起去派對）一動作之反應。）

- 아들에게 선물을 사 줬더니 아들은 그 선물을 친구에게 줘 버렸어.

  買了禮物給兒子，後來兒子把那個禮物送給朋友了。

  （此時前後文間僅單純地存在時間上之先後關係，並未具備其他「因果」、「發現」、「對照」、「反應」等關係。）

程度與目標

C2-1 -(으)ㄹ수록

解　　釋：表示後文狀況隨前文內容中之程度變化，同時按比例增減。

中文翻譯：愈……愈……、隨著……愈……

結構形態：連結語尾。

結合用例：

與「動詞」結合時			
공부하다	공부할수록	돕다	도울수록*
읽다	읽을수록	웃다	웃을수록
만들다	만들수록*	짓다	지을수록*
닫다	닫을수록	쓰다	쓸수록
듣다	들을수록*	자르다	자를수록
입다	입을수록	놓다	놓을수록

與「形容詞」結合時			
따뜻하다	따뜻할수록	좁다	좁을수록
시다	실수록	춥다	추울수록*
아니다	아닐수록	낮다	나을수록*
좋다	좋을수록	바쁘다	바쁠수록
없다	없을수록	빠르다	빠를수록
길다	길수록*	그렇다	그럴수록*

與「名詞이다」結合時			
학생이다	학생일수록	학교이다	학교일수록

用　法：

1. 表示後文之狀況隨著前文內容程度變化，而呈現正比性之增減；即前後文間具高度相關性，且前文內容程度之變化為後文狀況增減之條件。

- 산 속으로 깊이 들어갈수록 공기도 상쾌하고 물도 맑습니다.
  愈往山裡走，空氣就愈清新，水也愈清澈。

  （表示「공기도 상쾌하고 물도 맑다」（空氣清新且水清澈）一後文狀況，隨「산 속으로 깊이 들어가다」（往山裡走）一前文內容程度變化，呈現正比性之增減。）

- 이 음악은 들을수록 마음이 편안해져요.
  這首音樂愈聽心裡愈放鬆。

  （此時前後文具高度相關性，且「이 음악을 듣다」（聽這首音樂）一前文內容之程度變化，為「마음이 편안해지다」（內心變得放鬆）一後文狀況增減之條件。）

2. 「-(으)ㄹ수록」可與動詞、形容詞、名詞이다結合，且句型前方不另外添加過去形先語末語尾「-았-/-었-/-였-」。

- 이 책은 읽을수록 새로운 감동을 주는 것 같아.
  這本書似乎愈讀愈帶給人新的感動。

- 돈이 많을수록 행복할 것 같지만, 그렇지 않은 사람도 있긴 있어요.
  雖然錢似乎是愈多愈幸福，但確實也是有並非如此的人。

- 권력을 가진 계층일수록 법과 윤리를 가볍게 보는 경향이 있습니다.
  愈是擁有權力的階層，愈有輕視法律和倫理的傾向。

3. 在實際使用時，亦常以「-(으)면 -(으)ㄹ수록」之形態呈現，此時意思並無改變，僅在語氣上稍微加強。

- 마음이 늙으면 늙을수록 몸도 늙어지는 법입니다.
  隨著心態愈老，身體往往也會變得愈老。

- 한국어는 배우면 배울수록 어렵게 느껴지는데 재미도 있어요.
  韓語愈學愈覺得難，但也很有趣。

延伸補充：

1. 「-(으)ㄹ수록」與「가다」結合而成之「갈수록」，由於使用頻率高，現已成為一獨立詞彙且被登錄於字典中，具有「隨時間過去日漸、日益」之含義。

- 음식은 갈수록 줄고, 말은 할수록 늘어요.
  食物會日漸減少，話則是愈說愈多。（饌傳愈減，言傳愈濫。）

- 토지의 개발이 계속되면서 아름다운 자연도 갈수록 파괴되고 있습니다.
  隨著土地持續開發的同時，美麗的自然也正日漸遭到破壞。

句型結合實例：

1. -아/어/여지다 + -(으)ㄹ수록

- 학식이 깊어질수록 배움에는 끝이 없다는 것을 느끼게 됩니다.
  隨著學識的加深，便會感覺到學習是永無止境的。

2. -고 싶다 + -(으)ㄹ수록

- 빨리 자고 싶을수록, 침대에서 더 뒤척이는 까닭이 무엇인가요?
  愈是想早點睡，就愈是會在床上輾轉反側的原因是什麼呢？

C2-2 -(으)ㄹ 정도로

解　　釋：表達後文中狀況之發生達到前文所述之程度。

中文翻譯：……到……、……到快要……了

結構形態：由冠形詞形語尾「-(으)ㄹ」、具「程度」含義之名詞「정도」，與助詞「로」結合而成。

結合用例：

與「動詞」結合時			
공부하다	공부할 정도로	돕다	도울 정도로*
읽다	읽을 정도로	웃다	웃을 정도로
만들다	만들 정도로*	짓다	지을 정도로*
닫다	닫을 정도로	쓰다	쓸 정도로
듣다	들을 정도로*	자르다	자를 정도로
입다	입을 정도로	놓다	놓을 정도로

與「形容詞」結合時			
따뜻하다	따뜻할 정도로	좁다	좁을 정도로
시다	실 정도로	춥다	추울 정도로*
아니다	아닐 정도로	낫다	나을 정도로*
좋다	좋을 정도로	바쁘다	바쁠 정도로
없다	없을 정도로	빠르다	빠를 정도로
길다	길 정도로*	그렇다	그럴 정도로*

| 중독이다 | 중독일 정도로 | 취미이다 | 취미일 정도로 |

用　法：

1. 表示後文狀況之發生，達到與前文所述內容之類似或實際程度；此時前文之內容，扮演著對後文敍述給予具體化之補充說明功能。

- 출퇴근 시간에는 발을 디딜 틈이 없을 정도로 지하철에 사람이 많아요.

  在上下班時間，地鐵裡人多到連落腳的地方都沒有。

  （表示後文「지하철에 사람이 많다」（地下鐵裡人很多）一狀況之發生，達到與「발을 디딜 틈이 없다」（腳沒有可以踏地的地方）一前文所述內容之類似程度。）

- 친구는 얼굴이 빨개질 정도로 화를 냈어요.

  朋友氣到臉都紅了。

  （表示後文「화를 냈다」（發脾氣）一狀況之發生，達到與「얼굴이 빨개지다」（臉變紅）一前文所述內容之實際程度。）

2. 「-(으)ㄹ 정도로」可與動詞、形容詞、名詞이다結合。

- 한국 사람이라고 착각할 정도로 한국어가 유창합니다.

  韓語流暢到讓人誤以為是韓國人。

- 요즘은 잘 시간이 부족할 정도로 할 일이 많아요.

  最近要做的事情多到連睡覺的時間都不夠。

- 저소음이라고 해서 기대하고 샀는데 거의 무소음일 정도로 조용하네요.

  聽說是低噪音所以很期待的買了，但是安靜到幾乎是無噪音的程度呢。

3. 位於此句型之前文部分，可為真實存在、發生之狀況，即後文狀況、行為之發生、進行達到某一實際程度；或單純為增強敘述程度而做之誇張化內容，即以類似誇飾之方式說明後文狀況、行為之發生。

- 이 소설책은 내가 밤새워서 볼 정도로 아주 재미있어요.
  這本小說有趣到我會熬夜看。

  （此時「밤새워서 보다」（熬夜看）一前文內容，是真實存在、發生之狀況。）

- 어제 뷔페 식당에 가서 배가 터질 정도로 많이 먹었어.
  我昨天去吃到飽餐廳吃了很多（東西），吃到肚子都快撐破了。

  （此時「배가 터지다」（肚子爆破）一前文內容，是為增強敘述程度而做之誇張化內容。）

延伸補充：

1. 由於利用「-(으)ㄹ 정도로」敘述之前文，僅作為加強補充「程度」之功能，因此常被用於倒裝方式使用；此時是話者在進行主敘述後，為補充、增強其敘述程度，再另行添加之補充，且在語意上往往並非必備之要素，僅使狀況之描述更為具體、生動。

- 이번의 한국어 시험 문제가 너무 어려웠어. 한국 사람도 못 풀 정도로.
  這次的韓語測驗題目太難了，難到連韓國人也解不開的程度。

- 어제 비가 너무 많이 왔어요. 앞이 안 보일 정도로요.
  昨天雨下得太大了，大到都看不清楚前面了。

2. 若欲單純表達狀況發生、進行之程度，此時將原句型中之「로」替換成含有「是」含義之「이다」，作「-(으)ㄹ 정도이다」。

- A: 지금 밖에 바람이 많이 불어요?
  現在外面風很大嗎？
  B: 네, 어찌나 바람이 많이 부는지 우산이 날아갈 정도예요.
  對，風颳得非常地厲害，雨傘都快（被）吹走了。

- 어제는 이가 너무 아파서 밥을 못 먹을 정도였어요.
  昨天因為牙痛，痛到吃不下飯。

句型結合實例：

1. -(으)ㄹ 수 있다 [없다] + -(으)ㄹ 정도로

- 그 할아버지의 병세는 손을 써 볼 수 없을 정도로 절망적 상태입니다.
  那位爺爺的病情已經到了無法採取措施的絕望狀態。

2. -아/어/여 버리다 + -(으)ㄹ 정도로

- 나는 망부석이 되어 버릴 정도로 그를 애타게 기다리고 있었어요.
  我當時正焦急地等著他，等到幾乎快成了望夫石。

222

C2-3 -는/(으)ㄴ/(으)ㄹ 만큼

解　　釋：表示後文動作、狀態之發生與前文所述之程度或數量相當。

中文翻譯：……到……、……多少……多少

結構形態：由冠形詞形語尾「-는/(으)ㄴ/(으)ㄹ」，與具「與前述內容相
當之程度、數量」含義之依存名詞「만큼」結合而成。

結合用例：

與「動詞」結合時			
공부하다	공부하는 만큼 공부한 만큼 공부할 만큼	돕다	돕는 만큼 도운 만큼＊ 도울 만큼＊
읽다	읽는 만큼 읽은 만큼 읽을 만큼	웃다	웃는 만큼 웃은 만큼 웃을 만큼
만들다	만드는 만큼＊ 만든 만큼＊ 만들 만큼＊	짓다	짓는 만큼 지은 만큼＊ 지을 만큼＊
닫다	닫는 만큼 닫은 만큼 닫을 만큼	쓰다	쓰는 만큼 쓴 만큼 쓸 만큼
듣다	듣는 만큼 들은 만큼＊ 들을 만큼＊	자르다	자르는 만큼 자른 만큼 자를 만큼
입다	입는 만큼 입은 만큼 입을 만큼	놓다	놓는 만큼 놓은 만큼 놓을 만큼

與「形容詞」結合時			
따뜻하다	따뜻한 만큼 따뜻할 만큼	좁다	좁은 만큼 좁을 만큼
시다	신 만큼 실 만큼	춥다	추운 만큼* 추울 만큼*
아니다	아닌 만큼 아닐 만큼	낫다	나은 만큼* 나을 만큼*
좋다	좋은 만큼 좋을 만큼	바쁘다	바쁜 만큼 바쁠 만큼
없다	없는 만큼* 없을 만큼	빠르다	빠른 만큼 빠를 만큼
길다	긴 만큼* 길 만큼*	그렇다	그런 만큼* 그럴 만큼*

與「名詞이다」結合時			
학생이다	학생인 만큼 학생일 만큼	학교이다	학교인 만큼 학교일 만큼

用　法：

1. 表示後文狀況之發生，達到與前文所述之程度。此時前文之內容，扮演著對後文敘述給予具體化之補充說明功能；用作此用法時，可與動詞、形容詞、名詞이다結合，僅以「-(으)ㄹ 만큼」一形態呈現。

- 단수이는 말로 표현할 수 없을 만큼 아름다워요.
  淡水美麗到無法用話語來形容。

  （表示後文「아름답다」（美麗）一狀況之發生，達到「말로 표현할 수 없다」（無法用話語來表現）一前文所述之程度。）

- 우리 할머니의 노래 실력은 동네 사람들이 손에 꼽을 만큼 뛰어납니다.

  我奶奶的歌唱實力優秀到在鄰里間是數一數二的。

  （表示後文「뛰어나다」（出色）一狀況之發生，達到「동네 사람들이 손에 꼽다」（在鄰里間屈指可數）一前文所述之程度。）

  🔍 此時在利用「-(으)ㄹ 만큼」敘述之前文，僅作為加強補充「程度」之功能，即是話者在進行主敘述後，為補充、增強其敘述程度，再另行添加之補充；且在語意上往往並非必備之要素，僅使狀況之描述更為具體、生動。

2. 表示後文狀況之發生，與前文所述內容之等量。此時是藉前文之內容，對後文敘述給予詳細之完整說明，同時將焦點置於前後文內容間量的相等；用作此用法時，可與動詞、形容詞、名詞이다結合，並以「-는/(으)ㄴ/(으)ㄹ 만큼」之形態呈現，惟隨詞性之不同而在句型形態上會有所變化。

   - 아버지께서는 항상 노력하는 만큼 성공할 수 있다고 말씀하세요.

     爸爸總是說努力多少就能夠成功多少。

     （表示後文「성공하다」（成功）一狀況之發生，與「노력하다」（努力）一前文所述內容之等量。）

   - 그동안 참을 만큼 참았는데 이번에는 진짜 안 되겠어.

     一直以來能忍就忍了下來，但這次真的無法。

     （表示後文「참았다」（忍了下來）一狀況之發生，與「참다」（隱忍）一前文所述內容之等量。）

     🔍 此時在利用「-는/(으)ㄴ/(으)ㄹ 만큼」敘述之前文，對後文來說是完成整句話時不可或缺之詳細說明，在語意上為必備之要素。

3. 在用於「數量相當、等量」用法，且與動詞結合時，若對現在、常態之事件加以敘述，必須使用「-는 만큼」作「動詞語幹-는 만큼」；若對過去、已發生之動作加以敘述，必須使用「-(으)ㄴ 만큼」，作「動詞語幹-(으)ㄴ 만큼」；而若對未來事件加以敘述，則必須使用「-(으)ㄹ 만큼」作「動詞語幹-(으)ㄹ 만큼」。

- 사람은 기본적으로 주는 만큼 받기를 원하는 마음을 가지고 있어요.
  人通常都有付出多少就希望得到多少的心態。

  （對常態之事實加以敘述。）

- 일한 만큼 대가를 얻는 것이 너무나 당연한 일이야.
  工作了多少就獲得多少報酬，這是再理所當然不過的事情了。

  （對已發生、完成之動作加以敘述。）

- 음식은 각자 먹을 만큼만 덜어 먹읍시다.
  食物就各自想吃多少就盛多少出來吃吧。

  （對未來事件加以敘述。）

4. 在用於「數量相當、等量」用法，且與形容詞、名詞이다結合時，若對現在、常態之狀態或性質加以敘述，必須使用「-(으)ㄴ 만큼」作「形容詞語幹-(으)ㄴ 만큼」、「名詞인 만큼」；惟「있다」、「없다」在此處皆同動詞一般地與句型結合，分別作「있는 만큼」、「없는 만큼」。

- 수익이 많은 만큼 손실의 위험도 크니까 주의하셔야 합니다.
  收益有多高，損失的危險也有多大，所以必須要注意才行。

- 부족하지만 할 수 있는 만큼 하려고 노력하고 있어요.
  雖然有不足（之處），但正努力做到能做多少就做多少。

延伸補充：

1. 此句型亦可表示前文內容之程度，為後文狀況發生之理由、根據，此時僅以「-는/(으)ㄴ 만큼」之形態呈現，並可與動詞、形容詞、名詞이다結合使用。

- 지난번에 도와주신 만큼 이번에는 제가 큰 힘이 되어 드릴게요.
  由於上次您幫助了我，這次我會成為您非常大的助力。

- 예산이 넉넉하지 않은 만큼 인건비도 조금 줄어들 거예요.
  因為預算不充裕，人事費也會減少一些。

- 올림픽은 100여개 국이 참가하는 행사인만큼 많은 준비가 필요합니다.
  奧運是 100 多個國家參加的活動，因此需要（做）很多的準備。

C2-4 -게

解　　釋：表示以前文內容作為期待之結果，進而做出相關行動。

中文翻譯：為了讓……、讓……

結構形態：連結語尾。

結合用例：

<table>
<tr><th colspan="4">與「動詞」結合時</th></tr>
<tr><td>공부하다</td><td>공부하게</td><td>돕다</td><td>돕게</td></tr>
<tr><td>읽다</td><td>읽게</td><td>웃다</td><td>웃게</td></tr>
<tr><td>만들다</td><td>만들게</td><td>짓다</td><td>짓게</td></tr>
<tr><td>닫다</td><td>닫게</td><td>쓰다</td><td>쓰게</td></tr>
<tr><td>듣다</td><td>듣게</td><td>자르다</td><td>자르게</td></tr>
<tr><td>입다</td><td>입게</td><td>놓다</td><td>놓게</td></tr>
</table>

用　　法：

1. 表示以前文內容作為期待、預期之結果，進而做出相關行動；此句型常被使用於日常對話中，且含有些許靜態、非積極性之語感。

   - 화초가 잘 자라게 매일 물을 듬뿍 줍니다.
     為了讓花草長得好，每天給（它們）澆滿滿的水。

     （表示以「화초가 잘 자라다」（花草好好地生長）一前文內容作為期待、預期之結果，進而做出「매일 물을 듬뿍 주다」（每天澆滿滿的水）一相關行動。）

- 휠체어가 지나가게 길 좀 비켜 주세요.

  為了讓輪椅通過，請讓一下路。

  （此時較單純地、非積極性地說明「휠체어가 지나가다」（輪椅通過）
  一內容為進行「길 좀 비켜 주다」（讓路）一行動之目的。）

2. 此句型通常與動詞結合，但「있다」、「없다」等部分形容詞亦常與「-
   게」一同結合使用；同時，由於前文之內容為預期的未來結果，因此句型前
   方不另外添加過去形先語末語尾「-았-/-었-/-였-」。

   - 그가 도망가지 못하게 얼른 수갑을 채워.

     為了不讓他逃跑，趕快銬上手銬。

   - 제가 직접 이야기할 수 있게 사장님을 좀 바꿔 주세요.

     請幫我（將電話）轉給老闆，讓我可以直接（和老闆）談談。

3. 利用「-게」敘述之前後文主語常互為不同，但由於後文內容是為了實現某
   結果而做出之相關行動，因此後文主語必須為有情名詞，即包含人在內的動
   物。

   - 시원해지게 에어컨 온도를 좀 낮추세요.

     請把冷氣溫度調低一些，讓（溫度）涼快一點。

     （前文主語為「溫度」，後文主語為「聽者」一有情名詞。）

   - 아이가 깨지 않게 조용히 할게요.

     為了不吵醒孩子，（我）會保持安靜的。

     （前文主語為「孩子」，後文主語為「話者」一有情名詞。）

延伸補充：

1. 「-게」亦可用來表示動作、行為之程度；惟此時可與句型搭配使用之動詞
   具局限性，往往為具「極端性」意義之詞彙，且常作為慣用表現。

- 나는 미치게 당신을 사랑하고 있어요.

  我瘋狂地愛著你。

  （此時表示「사랑하다」（愛）一行為達到近乎「미치다」（發瘋）之程度。）

- 아이들은 여름 방학을 눈이 빠지게 기다렸어요.

  孩子們等暑假等到望眼欲穿了。

  （此時表示「기다리다」（等待）一動作達到近乎「눈이 빠지다」（眼睛望穿）之程度。）

> 🔍 常與「-게」搭配使用之具「極端性」意義之詞彙，常見的有：「터지다」（破裂）、「빠지다」（脫落）、「떨어지다」（掉落）、「마르다」（乾涸）、「미치다」（發瘋）。

2. 在實際使用時，亦可以「-게끔」之形態呈現，此時意思並無改變，僅在語氣上稍微加強。

- 많은 사람이 오게끔 널리 알려 주세요.

  為了讓更多的人來，請幫忙廣為宣傳。

- 내가 능력을 잘 발휘하게끔 뒷받침을 해 주십시오.

  請做我的後盾，讓我能好好地發揮能力。

3. 若欲強調做某行為時欲實現之結果，可將句型以倒裝之方式使用，即將原先之後文內容置於前方並予以終結，再另外添加一句以「-게」結尾之句子；此時常用於命令句、共動句。

- 창문 좀 닫아 주세요. 찬 바람이 들어오지 않게요.

  請把窗戶關上，讓冷風不要吹進來。

- 말을 좀 크게 합시다. 뒷사람들도 잘 들을 수 있게.

  說話大聲點吧，讓後面的人們也能夠聽清楚。

C2-5 -도록

解　　釋：表示以前文內容作為期待之結果，進而做出相關行動。

中文翻譯：為了讓……、讓……

結構形態：連結語尾。

結合用例：

與「動詞」結合時			
공부하다	공부하도록	돕다	돕도록
읽다	읽도록	웃다	웃도록
만들다	만들도록	짓다	짓도록
닫다	닫도록	쓰다	쓰도록
듣다	듣도록	자르다	자르도록
입다	입도록	놓다	놓도록

用　　法：

1. 表示以前文內容作為期待、預期之結果，進而做出相關行動；此句型常被使用於正式場合中，且含有些許動態、積極性、強調之語感。

   - 물이 잘 빠지도록 친구가 하수구를 뚫어 줬어요.
     為了讓排水順暢，朋友幫忙把下水道清通了。
     （表示以「물이 잘 빠지다」（水好排下去）一前文內容作為期待、預期之結果，進而做出「하수구를 뚫어 줬다」（幫忙清通了下水道）一相關行動。）

- 사고가 나지 않도록 우리가 항상 조심해야 합니다.

  為了不要發生事故，我們要時常小心。

  （此時以較為強調、積極性的語感說明「항상 조심해야 하다」（要時常小心）一行動是為了達成「사고가 나지 않다」（不要發生事故）一目的而做。）

2. 此句型通常與動詞結合，但「있다」、「없다」等部分形容詞亦常與「-도록」一同結合使用；同時，由於前文之內容為預期的結果，因此句型前方不另外添加過去形先語末語尾「-았-/-었-/-였-」。

- 그는 자신의 비밀을 폭로하지 못하도록 친구의 입을 막았어.

  他為了不讓朋友曝光自己的祕密，堵住了朋友的嘴巴。

- 송년회에 불참하는 일이 없도록 유의하십시오.

  請留意不要（讓員工）有不參加尾牙的情況發生。

3. 利用「-도록」敘述之前後文主語常互為不同，但由於後文內容是為了實現某結果而做出之相關行動，因此後文主語必須為有情名詞，即包含人在內的動物。

- 손님이 편히 주무시도록 우리는 조용히 해야 합니다.

  為了讓客人能舒適地睡覺，我們必須保持安靜。

  （前文主語為「손님」（客人），後文主語為「우리」（我們）一有情名詞。）

- 병이 빨리 낫도록 치료를 열심히 받겠습니다.

  為了讓病快點好起來，（我）會努力接受治療的。

  （前文主語為「병」（疾病），後文主語為「話者」一有情名詞。）

延伸補充：

1. 「-도록」亦可用來表示動作、行為之程度；惟此時可與句型搭配使用之動詞具局限性，往往為具「極端性」意義之詞彙，且常作為慣用表現。

    - 나는 죽도록 너를, 미치게 너를 사랑해.
      我拚命地、瘋狂地愛你。

      （此時表示「사랑하다」（愛）一行為達到近乎「죽다」（失去性命）之程度。）

    - 아버지는 새로 들어온 며느리를 입에 침이 마르도록 칭찬하셨어.
      父親對新進門的兒媳婦讚不絕口。

      （此時表示「칭찬하다」（稱讚）一動作達到近乎「입에 침이 마르다」（口中口水乾涸）之程度。）

    > 🔍 常與「-도록」搭配使用之具「極端性」意義之詞彙，常見的有：「터지다」（破裂）、「빠지다」（脫落）、「떨어지다」（掉落）、「마르다」（乾涸）、「미치다」（發瘋）、「죽다」（死亡）。

2. 「-도록」另可用來表示時間之界線，此時為「到……的時候為止」之意；惟此時可與句型搭配使用之詞彙具局限性，並非可廣泛地與所有動詞結合之用法。

    - 12시가 다 되도록 아직 집에 안 돌아왔네요.
      都快到 12 點了，還沒回家呢。

      （此時表示到「12시」（12點）的時候為止，「아직 집에 안 돌아왔다」（尚未回家）一狀況之發生。）

- 어제 밤새도록 친구랑 공원에서 술을 마셨어.

  昨天通宵和朋友在公園喝了酒。

  （此時表示到「밤새다」（夜晚過去，天快亮）的時候為止，「친구랑 공원에서 술을 마셨다」（和朋友在公園喝了酒）一狀況之發生。）

  > 🔍 可與「-도록」搭配使用，同時用於表示時間界線之詞彙，常見的有：「되다」（成為）、「밤새다」（夜晚過去，天快亮）、「지나다」（經過）、「넘다」（超過）、「밝다」（天亮）。

3. 「-도록」後方亦常與「하다」搭配，作「-도록 하다」，此時主要用於正式、嚴謹之場合中，具有強調確實實行、意志之功能。

   - 일을 최대한 빨리 완성하도록 하겠습니다.

     （我）必定會盡快完成工作的。

     （此時搭配意志相關表現使用，強調話者之「意志」。）

   - 쉬는 시간 이외에는 외출을 하지 않도록 하세요.

     除了休息時間以外，請絕對不要外出。

     （此時用於命令句，加強「確實實行」之語感。）

C3 狀態與敘述

C3-1 -(으)ㄴ 채로

解　　釋：表示後文動作於前文動作結束後，狀態仍維持不變、持續之情況下進行。

中文翻譯：……著……、以……的狀態……、╳

結構形態：由冠形詞形語尾「-(으)ㄴ」、具「既有狀態仍維持不變」含義之依存名詞「채」，與助詞「로」結合而成。

結合用例：

與「動詞」結合時			
하다	한 채로	줍다	주운 채로*
신다	신은 채로	벗다	벗은 채로
살다	산 채로*	짓다	지은 채로*
닫다	닫은 채로	쓰다	쓴 채로
싣다	실은 채로*	자르다	자른 채로
입다	입은 채로	놓다	놓은 채로

用　法：

1. 表示後文動作於前文動作結束後，狀態仍維持不變、持續之情況下進行、發生。

- 나는 그 당시에 술에 취해서 안경을 쓴 채로 안경을 찾고 있었어.

  我當時因為喝醉了，所以戴著眼鏡在找眼鏡。

  （表示「안경을 찾고 있었다」（在找眼鏡）一後文動作是在「안경을 쓰다」（戴眼鏡）一前文動作結束後，狀態維持不變之情況下發生。）

- 물고기는 눈을 뜬 채로 잠을 자는 생물이에요.

  魚是一種睜著眼睛睡覺的生物。

  （表示「잠을 자다」（睡覺）一後文動作是在「눈을 뜨다」（睜眼）一前文動作結束後，狀態持續之既有情況下發生。）

2. 由於牽涉到動作結束後狀態之維持，因此句型僅能與動詞結合；同時，考量前後文動作具備一定之關聯性，「-(으)ㄴ 채로」前方之動作具有侷限性，並非所有動詞皆可置於前文。

- 시간이 부족해서 문제를 다 풀지 못한 채로 시험지를 제출했어요.

  因為時間不夠，試題還沒有完全解完就交卷了。

- 갑자기 비가 와서 비에 젖은 채로 집에 돌아왔어요.

  因為突然下雨，所以就淋了一身濕回到了家。

  > 🔍 「-(으)ㄴ 채로」前方不與「가다」（去）、「오다」（來）等移動動詞結合使用。

3. 「-(으)ㄴ 채로」前方不另添加先語末語尾「-았-/-었-/-였-」，且原則上僅用於陳述句、疑問句，不使用於共動句、命令句。

- 대만에서는 신발을 신은 채로 방에 들어가면 안 됩니다.
  在臺灣不可以穿著鞋子進去房間。

- 너는 설마 문을 연 채로 샤워한 거야?
  你該不會是開著門洗澡吧？

4. 由於是藉前一動作結束後之狀態，對後一動作之發生、進行進行描述，考量到前後文動作間之接續關係，句型前後文之主語原則上必須一致。

- 한 40대 여성이 자택에서 숨진 채로 발견되었습니다.
  一位 40 多歲的女性以身亡的狀態在自家中被發現。

  （此時前後文主語皆為「한 40대 여성」（一位40多歲的女性）。）

- 나는 부끄러워서 고개를 숙인 채로 아무 말도 못 했어요.
  我因為害羞，低著頭什麼話都說不出來。

  （此時前後文主語皆為「나」（我）。）

延伸補充：

1. 在實際使用時，有時會將「로」予以省略，作「-(으)ㄴ 채」。

- 그는 너무 피곤해서 겉옷을 입은 채 잠이 들었어.
  他太累了，所以穿著外衣睡著了。

- 한 발을 앞으로 내고 뒷발은 쭉 편 채 앞 쪽 무릎을 구부립니다.
  一隻腳向前伸，後腳伸直，（在這個狀態下）前膝蓋彎曲。

2. 「-(으)ㄴ 채로」常用於「刻意強調」，即後文動作於常理上不應該於前文動作發生後之情況維持下進行；與此同時，由於是特別、刻意地說明後文動作於前文動作結束後，狀態仍維持不變之情況下進行、發生，因此理所當然之前後文動作接續關係，則通常不適用此句型。

- 고기를 익히지 않은 채로 먹어서 배탈이 났어요.
  因為吃了沒有熟的肉，所以肚子痛了。

  （此時為刻意強調，通常本不應該在（고기를 익히지 않다）「未將肉煮熟」一動作發生後之情況維持下，進行「먹다」（吃）一動作。）

- 창문을 닫아 놓은 채로 요리를 해서 집 안에 냄새가 심하게나요.
  因為關著窗戶煮飯，所以家裡味道很重。

  （此時為刻意強調，通常本不應該在（창문을 닫아 놓다）「關窗戶」一動作發生後之情況維持下，進行「요리를 하다」（做菜）一動作。）

句型結合實例：

1. -아/어/여 놓다 + -(으)ㄴ 채로

- 집에 혼자 있는 것이 무서워서 밤에 불을 켜 놓은 채로 잤어요.
  因為害怕一個人在家，所以晚上開著燈睡覺了。

2. -아/어/여 두다 + -(으)ㄴ 채로

- 그는 아직 철도 들지 않은 아이를 남겨 둔 채로 말도 없이 떠나 버렸어.
  他留下尚未懂事的孩子，一聲不響地就離開了。

C3-2 -곤 하다

解　　釋：表達動作之反覆進行、發生。

中文翻譯：都會……、總是……、✕

結構形態：由「-고는 하다」縮約而成。

結合用例：

與「動詞」結合時			
공부하다	공부하곤 하다	돕다	돕곤 하다
읽다	읽곤 하다	웃다	웃곤 하다
만들다	만들곤 하다	짓다	짓곤 하다
받다	받곤 하다	쓰다	쓰곤 하다
들다	들곤 하다	자르다	자르곤 하다
입다	입곤 하다	놓다	놓곤 하다

用　　法：

1. 表示相同動作、狀況反覆地進行、發生；此時僅強調「反覆性」，並未說明動作、狀況進行或發生之實際頻率。

- 저는 시간이 없을 때는 일을 하면서 빵만 먹곤 해요.
  在沒有時間的時候，我總是一邊工作一邊吃麵包。

  （此時說明「일을 하면서 빵만 먹다」（一邊工作一邊只吃麵包）一動作反覆地進行；至於到底是否經常沒有時間而只吃麵包，則並未於句中說明。）

- 그녀는 요즘 들어 결석을 자주 하곤 해.

  她最近總是常常缺席。

  （此時「-곤 하다」僅針對「결석을 하다」（缺席）一狀況之「反覆性」進行敘述；至於「頻率」相關訊息，則是倚賴句中之「자주」（常常）一副詞而知。）

2. 此句型僅與動詞結合，且句中之動作、狀況，是由同一主語反覆進行、發生；與此同時，由於涉及動作、狀況之反覆，因此本身具備「一次性」特徵之動作，或與情感表達相關之詞彙，則無法與「-곤 하다」搭配使用。

   - 나는 어렸을 때 여름마다 친구하고 해수욕장에 가곤 했어.

     我小的時候每到夏天都會和朋友一起去海水浴場。

   - 저는 쉬는 날에는 보통 아무것도 안 하곤 합니다.

     我在休息的日子通常什麼都不做。

   > 🔍 具備「一次性」特徵之動作，常見的有：「졸업하다」（畢業）、「결혼하다」（結婚）、「죽다」（死亡）；與「情感表達」相關之詞彙，例如：「좋아하다」（喜歡）、「싫어하다」（討厭），皆無法與「-곤 하다」搭配使用。

3. 「-곤 하다」僅用於陳述句、疑問句，不使用於命令句、共動句，且後方不與未來時間搭配使用。

   - 주말이면 아이들을 데리고 놀이공원에 가곤 했어요.

     之前一到週末，總會帶孩子們去遊樂園。

   - 친구는 공부할 때 가끔 음악을 듣곤 해요.

     朋友在讀書的時候偶爾會聽音樂。

延伸補充：

1. 在利用「-곤 하다」進行敘述時，常對「習慣性」之動作、狀況進行說明；必然且理當應該發生之狀況，則不適用此句型。

- 여기가 옛날에 우리 자주 오곤 하던 공원이에요.

  這裡是我們以前經常來的公園。

- 크리스마스 때 크리스마스카드를 쓰거나 트리를 장식하곤 합니다.

  聖誕節的時候總是會寫聖誕卡片，或是裝飾聖誕樹。

2. 此句型在與時間相關詞彙、用法搭配使用時，若該時間為「特定時間點」時，表示「每到……時都會……」；若該時間為「特定時間段」時，則表示「在……期間反覆地……」。

- 그는 방학만 되면 부산에 있는 이모 댁에 놀러 가곤 해.

  一到放假時，他總會去釜山的阿姨家玩。

  （此時與「特定時間點」搭配使用，表示「부산에 있는 이모 댁에 놀러 가다」（去在釜山的阿姨家玩）一狀況反覆於該時間點發生。）

- 예전에는 만화책도 읽곤 했지만 요새는 잘 보지 않아요.

  以前也會看漫畫書，但最近不怎麼看了。

  （此時與「特定時間段」搭配使用，表示在該時間段中反覆進行「만화책을 읽다」（看漫畫書）一動作。）

句型結合實例：

1. -아/어/여 버리다 + -곤 하다

- 집중력이 좋지 않아 글을 읽다가 다른 생각으로 쉽게 빠져 버리곤 해요.

  因為注意力不集中，在閱讀時容易分心。

2. -아/어/여 주다 + -곤 하다

- 아들은 자주 안마를 해 주곤 해.

  兒子總會幫我按摩。

C3-3 -고 말다

解　　釋：表示不樂見之狀況的發生，同時對結果表達惋惜、遺憾。

中文翻譯：……掉、╳

結構形態：由連結語尾「-고」，與具「行動之最終實現、達成」含義之補
　　　　　助動詞「말다」結合而成。

結合用例：

與「動詞」結合時			
실패하다	실패하고 말다	돕다	돕고 말다
읽다	읽고 말다	벗다	벗고 말다
울다	울고 말다	빼앗다	빼앗고 말다
닫다	닫고 말다	끄다	끄고 말다
듣다	듣고 말다	자르다	자르고 말다
입다	입고 말다	놓다	놓고 말다

用　　法：

1. 表示狀況不樂見、與話者期待不相符之狀況的發生，且其為一事情的最終結
   果；其中，該狀況為具負面性、意料之外，或並非意圖進行之事實。

   * 오늘 아침에 늦잠을 자서 학교에 지각하고 말았어요.
     今天早上睡過頭所以上學遲到了。

     （此時表示「학교에 지각하다」（上學遲到）一狀況為話者不樂見之結
     果，且該狀況具負面性。）

- 조금만 마시려고 했는데 마시다 보니까 맥주를 다 마시고 말았네.

  本來只想喝一點，但是喝著喝著就把啤酒全都喝完了呢。

  （此時表示「맥주를 다 마시다」（喝全部的啤酒）一狀況為與話者期待不相符之結果，且該狀況並非意圖進行之事實。）

2. 此句型原則上僅與動詞結合，不使用於命令句、共動句。此外，由於句型本身含義之特性，主要與過去時間搭配使用；惟若尚未發生之事可被預期、確定，亦可搭配未來時間使用。

- 어떡하지? 내가 실수로 아버지가 아끼시는 도자기를 깨뜨리고 말았어.

  怎麼辦？我不小心把爸爸心愛的陶器弄碎了。

  （此時與過去時間搭配使用，表示「도자기를 깨뜨리다」（弄碎陶器）一狀況已經發生。）

- 이렇게 매일 술을 많이 마시면 일찍 죽고 말 거야.

  每天這樣子喝這麼多酒的話會早死的。

  （此時與未來時間搭配使用，表示「일찍 죽다」（早死）一事雖尚未發生，但依據現有之根據可推斷其發生是可被預期的。）

3. 在實際使用「-고 말다」時，往往伴隨著「惋惜、遺憾」之語感，且常與具「最終」含義之副詞搭配使用。

- 그 녀석이 기어이 일을 저지르고 말았구나.

  那傢伙終究（還是）闖了禍呢。

- 지하실로 몸을 피했지만 결국 잡히고 말았습니다.

  雖然躲到了地下室，但最終（還是）被抓住了。

  > 🔍 具有「最終」含義之副詞，常見的有：「결국」（結果）、「기어이」（終究）、「끝내」（最終）、「마침내」（最後）、「마지막」（最後）。

延伸補充：

1. 除了可表達與話者期待不相符的狀況發生之外，「-고 말다」亦可用來表示主語欲進行、從事某動作之強烈意志；此時不與過去時間搭配使用，且常與「意志」相關句型搭配使用。

   - 반드시 최선을 다해서 좋은 대학교에 들어가고 말겠습니다.
     必定會盡全力考進好的大學。

   - 밤 12 시 전에 숙제를 꼭 끝내고 말 거야.
     晚上 12 點之前一定要完成作業。

   > 🔍 與「意志」相關之句型有「-겠-」、「-(으)ㄹ 것이다」、
   > 「-(으)ㄹ 테니까」等表現。

2. 用於「與話者期待不相符之狀況發生」、「從事某動作之強烈意志」用法時，可於「-고」後方另添加「야」，作「-고야 말다」，此時意思並無改變，僅在語氣上有所加強。

   - 그는 반 친구에게서 따돌림을 당해 결국 자퇴서를 내고야 말았어요.
     他被班上同學排擠，終究還是提交了退學申請書。

     （此時用於「與話者期待不相符之狀況發生」用法。）

   - 다른 사람과 구별되는 나만의 독특한 빛깔을 갖고야 말겠어.
     （我）要擁有屬於我自己的獨特色彩。

     （此時用於「從事某動作之強烈意志」用法。）

句型結合實例：

1. -아/어/여 버리다 + -고 말다

    • 웃어 보려고 노력을 했지만 약간 벌어진 입가의 근육이 그대
      로 굳어 버리고 말았습니다.
      雖然努力嘗試想笑，但稍微張開嘴角的肌肉還是僵硬了。

2. -고 말다 + -(으)ㄹ 테니까

    • 이번 시험에서는 꼭 좋은 점수를 받고 말 테니까 걱정하지 마
      세요.
      一定會在這次考試中獲得好成績的，請不用擔心。

C3-4 -는/(으)ㄴ 대로

解　　釋：表示後文動作依照、遵從前文所述內容之方式進行。

中文翻譯：按照……、依照……、╳

結構形態：由冠形詞形語尾「-는/(으)ㄴ」，與具「與某狀態樣子相似、
　　　　　行為發生之即刻、事件發生之每一次」含義之依存名詞「대
　　　　　로」結合而成。

結合用例：

	與「動詞」結合時		
생각하다	생각하는 대로 생각한 대로	보다	보는 대로 본 대로
읽다	읽는 대로 읽은 대로	솟다	솟는 대로 솟은 대로
만들다	만드는 대로* 만든 대로*	짓다	짓는 대로 지은 대로*
받다	받는 대로 받은 대로	쓰다	쓰는 대로 쓴 대로
듣다	듣는 대로 들은 대로*	부르다	부르는 대로 부른 대로
입다	입는 대로 입은 대로	놓다	놓는 대로 놓은 대로

用　法：

1. 表示後文動作依照、遵從前文所述內容之方式、狀態、模樣進行。

    - 여러분, 제가 발음하는 대로 잘 따라 해 보세요.
      各位，請按照我的發音（內容）好好地跟著複誦看看。

      （表示「잘 따라 해 보다」（好好地跟著複誦看看）一後方動作，是依
      照「발음하다」（發音）一前文所述內容之方式、狀態而進行。）

    - 여기의 길을 잘 모르니까 그냥 다른 사람들이 가는 대로 가는
      거야.
      因為不太清楚這裡的路，就只是按照別人走的路走。

      （表示「가다」（去）一後方動作，是遵從「다른 사람들이 가다」（別
      人去）一前文所述內容之方式、模樣而進行。）

2. 此句型於大部份之情況中，僅與動詞結合；惟與「**싶다**」（希望）、「**편하
    다**」（方便）、「**좋다**」（好）、「**있다**」（有）等詞彙結合之情況亦不
    少。

    - 말씀하신 대로 잘 처리했으니까 걱정하지 않으셔도 됩니다.
      已經按照您所說的好好處理，請不需要擔心。

    - 이 책들은 더 이상 필요하지 않으니까 네가 갖고 싶은 대로
      가져가.
      這些書已經不需要了，你想要的就拿走吧。

    - 학생들은 그저 교과서에 쓰여 있는 대로 받아들이기만 하고
      있습니다.
      學生們只是依照教科書上所寫的內容去吸收。

3. 若依照、遵從同時發生、常態之內容方式，必須使用「-는 대로」作「動詞語幹-는 대로」；若依照、遵從已發生、完成之內容方式，必須使用「-(으)ㄴ 대로」，作「動詞語幹-(으)ㄴ 대로」。與此同時，句型前方不與否定用法搭配使用。

- 각자가 생각하는 대로 의견을 말한 후 서로 논의를 해 보자.
  按照各自想的說出意見後，再互相討論一下吧。

  （此時依照的是「생각하다」（思考）一同時發生之內容方式。）

- 본 대로 자세히 말해야 교통사고 조사에 도움이 됩니다.
  依照（你）看到的詳細地說出來，才會有助於交通事故的調查。

  （此時依照的是「봤다」（看到了）一已發生、完成之內容方式。）

延伸補充：

1. 此句型亦可表示後文動作於前文狀況發生、實現之當下即刻進行，用於預期、計劃之中的動作；此時與動詞結合，僅以「-는 대로」之形態呈現。與此同時，不與過去時間搭配使用，且常用於命令句，或與「意志」相關用法搭配使用。

- 공항에 도착하는 대로 저에게 전화하세요.
  到達機場請立即打電話給我。

  （表示「전화하다」（打電話）一後文動作，於「공항에 도착하다」（到達機場）一前文狀況發生之當下即刻進行；此時用於命令句。）

- 서류를 찾는 대로 바로 연락을 드릴게요.
  找到文件後會馬上聯絡（您）的。

  （表示「연락을 드리다」（聯繫）一後文動作，於「서류를 찾다」（找到文件）一前文狀況實現之當下即刻進行；此時與「意志」相關用法「-(으)ㄹ게(요)」搭配使用。）

2. 此句型亦可表示後文動作於前文狀況發生時，每次皆會進行且無例外；此時與動詞結合，僅以「-는 대로」之形態呈現。

- 나는 시간이 나는 대로 한국어 단어를 외워요.
  我一有時間就會背誦韓語單字。

  （表示「한국어 단어를 외우다」（背誦韓語單字）一後文動作，於「시간이 나다」（空出時間）一前文狀況發生時每次皆會進行。）

- 아이가 사 달라고 하는 대로 다 사 주면 안 돼요.
  不可以孩子要求買什麼就全部買（給他）。

  （表示「다 사 주다」（全部買）一後文動作，於「아이가 사 달라고 하다」（孩子要求購買）一前文狀況發生時皆毫無例外地每次進行。）

句型結合實例：

1. -고 싶다 + -는/(으)ㄴ 대로

- 그렇게 툴툴거리지 말고 이제는 너 하고 싶은 대로 해.
  別再那樣嘟嚷了，現在就按照你想要的做吧。

2. -(으)ㄹ 수 있다 [없다] + -는/(으)ㄴ 대로

- 사장님은 일이 급하니까 될 수 있는 대로 빨리 처리하라고 지시하셨어.
  老闆指示說因為事情緊急，需要盡可能地快點處理。

C
描述與添加

249

C3-5 과/와 달리

解　　釋：表示所敘述之動作、狀態，與某人、事、物成對比或不同。

中文翻譯：和……不同、與……不同

結構形態：由助詞「과/와」，與具「不相同」含義之副詞「달리」結合而成。

結合用例：

與「名詞」結合時			
학생	학생과 달리	학교	학교와 달리

用　　法：

1. 表示所敘述之動作、狀態，與某人、事、物互成對比或不同；其中，句中主敘述之主語可能被省略，此時需依據文句之脈絡、當下之情況判斷。

   - 모두의 예상과 달리 우리 팀이 결승에 진출했어요.
     和大家的預料不一樣，我們隊進入了決賽。

     （表示「우리 팀이 결승에 진출했다」（我們隊進入了決賽）一主敘述，與「모두의 예상」（大家的預料）一內容互為不同。）

   - 증상은 일반 감기와 달리 처음에는 나타나지 않거나 가벼운 두통으로 시작됩니다.
     症狀與一般感冒不同，一開始不會出現，或是從輕微的頭痛開始。

     （此時省略句中主敘述之主語，但可從文句之脈絡得知，主語為另一疾病。）

2. 此句型前方可為體言，即名詞、代名詞、數詞，或為經名詞化後之動詞、形容詞等；同時，若前方接續有收尾音之字時使用「과 달리」，無收尾音則使用「와 달리」。

- 지난 시험과 달리 이번 시험은 잘 봐서 기분이 좋아요.
  和上次考試不同，這次考試考得很好，所以心情很好。

  （「시험」（考試）為一單純之名詞。）

- 그는 여느 때와 달리 오늘 일찍 일어났네.
  他和往常不同，今天起得很早呢。

  （「때」（時候）為一依存名詞，依存名詞為一不可單獨使用之名詞。）

- 한국에서는 밥을 즐겨 먹는 것과 달리 미국에서는 국수를 즐겨 먹어요.
  和在韓國喜歡吃飯不同，在美國喜歡吃麵。

  （「밥을 즐겨 먹는 것」（喜歡吃飯）為一經過名詞化之內容，透過動詞、形容詞的名詞化，可突破句型在使用上之部分限制。）

3. 「과/와 달리」主要用於說明、解釋，也因此較常用作書面用語使用，若使用於口語對話中，則涉及之話題通常較為嚴肅、正經，或是為刻意強調。

- 본사의 직원들은 노조의 결정과 달리 파업에 불참하기로 결정했습니다.
  總公司的職員們與工會的決定不同，決定不參加罷工。

- 전문가들의 경기 둔화 우려와 달리 미국 소비가 지난달에도 증가세를 보였습니다.
  與專家們對景氣蕭條的擔憂不同，美國的消費在上個月仍呈現增長趨勢。

延伸補充：

1. 在實際使用時，話者往往是利用「**과/와 달리**」以突顯主敘述之內容，藉以使聽者認知到兩者之間的差異，進而在心裡進行比較。

   - 예전과 달리 이제는 한국말을 굉장히 잘해요.
     和之前不同，現在韓語說得非常好。

   - 다른 아이들과 달리 우리 아이는 매운 음식을 잘 먹어.
     與其他孩子們不同，我們（家的）孩子很能吃辣的食物。

2. 由於此句型是由助詞、副詞結合而成之慣用表現，僅作為附加、補充意義之功能，因此在句中之位置較為自由，並無固定、絕對之前後文相對位置。

   - 형과 달리 동생은 공부에 관심이 하나도 없어요.
     和哥哥不同，弟弟對讀書一點興趣都沒有。

   - 동생은 형과 달리 공부에 관심이 하나도 없어요.
     弟弟和哥哥不同，對讀書一點興趣都沒有。

C3-6 -든지

解　　釋： 表示在兩個以上之動作間做出選擇，或無論所提出之任何情況皆不影響後文內容中之說明。

中文翻譯： 要嘛……要嘛……、無論……或者……╳

結構形態： 連結語尾。

結合用例：

與「動詞」結合時			
공부하다	공부하든지	돕다	돕든지
읽다	읽든지	웃다	웃든지
만들다	만들든지	짓다	짓든지
닫다	닫든지	쓰다	쓰든지
듣다	듣든지	자르다	자르든지
입다	입든지	놓다	놓든지

與「形容詞」結合時			
따뜻하다	따뜻하든지	좁다	좁든지
시다	시든지	춥다	춥든지
아니다	아니든지	낫다	낫든지
좋다	좋든지	바쁘다	바쁘든지
없다	없든지	빠르다	빠르든지
길다	길든지	그렇다	그렇든지

用　法：

1. 表示在兩個以上之動作間做出選擇。用作此用法時，僅與動詞結合，且常以「-든지 -든지」之形態呈現。

   - 여름 방학에는 한국에 가든지 일본에 가든지 할 거야.
     暑假的時候要嘛會去韓國要嘛會去日本。

     （表示在「한국에 가다」（去韓國）、「일본에 가다」（去日本）兩動作間做出選擇。）

   - 죽든지 살든지 둘 중 하나겠지, 뭐.
     要嘛死要嘛活，肯定是兩者其中之一吧，又沒什麼。

     （表示在「죽다」（死）、「살다」（活）兩動作間做出選擇 ）

2. 表示無論處於前文中所提出之任何情況，皆對後文內容中之說明或實際結果沒有影響、無妨。用作此用法時，可與動詞、形容詞結合，且常以「-든지 -든지」之形態呈現；或另可與不定代名詞、具「無特別指定」意義之疑問詞搭配使用。

   - 답안은 중국어로 쓰든지 영어로 쓰든지 상관없습니다.
     答案無論用中文寫或者用英語寫，都沒有關係。

     （此時以「-든지 -든지」之形態呈現；表示無論處於「중국어로 쓰다」（用中文寫）和「영어로 쓰다」（用英語寫）其中之任何情況，皆對實際結果沒有影響，無妨。）

   - 저는 무슨 일이 있든지 약속을 꼭 지키는 사람입니다.
     我是一個無論發生什麼事情，必定會遵守約定的人。

     （表示另與疑問詞搭配使用；表示無論處於「무슨 일이 있다」（有什麼事情）所泛指之任何、所有情況，皆對「약속을 꼭 지키다」（必定會遵守約定）一後文內容中之說明沒有影響。）

3. 用於「在兩個以上之動作間做出選擇」之用法時，後方添加針對前方動作之
補充敘述，或單純搭配「**하다**」使用。

- 계속 가든지 여기서 그냥 굶어 죽든지 내가 결정할게.

  要嘛繼續走，要嘛就這樣餓死在這裡，我會（自己）決定。

  （此時後方添加針對前方動作之補充敘述。）

- 졸리면 들어가서 자든지 세수하고 오든지 하세요.

  想睡的話，要嘛進去睡，要嘛洗完臉再來。

  （此時後方單純搭配「하다」使用。）

  用作此用法時，由於是在兩個以上之動作間做出選擇，因此常用
  於命令句、共動句，或與「意志」相關用法搭配使用。

4 用於「無論處於前文中任何情況，皆對後文內容中之說明或沒有影響」之用
法時，於前文提出之情況常互為相反、差異較大之內容，以盡可能地涵蓋
「所有、任何」情況；後文則常為敘述整體之概括性結論、總結，同時常為
具「無關、無妨」含義之內容。

- 공부하든지 말든지 네 마음대로 해.

  無論要不要讀書，隨你的便。

  （此時於前文提出之「공부하다」（讀書）、「말다」（不做）兩情況
  差異較大；後文則為敘述整體之概括性總結。）

- 비싸든지 싸든지 아들이 사 달라고 한 거니까 꼭 살 거야.
  無論貴或是便宜，因為是兒子要求要買的（東西），一定會買的。

  （此時於前文提出之「비싸다」（貴）、「싸다」（便宜）兩情況互為相反，盡可能地涵蓋「所有、任何」情況，表示「無論如何都要買」。）

5 在實際使用時，亦存在「名詞(이)든지」之形態，惟此時之「(이)든지」為助詞，並不屬於句型之範疇。

延伸補充：

1. 用於「在兩個以上之動作間做出選擇」、「無論處於前文中任何情況，皆對後文內容中之説明沒有影響」之用法時，若其內容為過去、已完成之事實，則於「-든지」前方添加過去形先語末語尾「-았-/-었-/-였-」，作「-았/었/였든지」。

   - 그는 여행을 갔든지 아니면 출장을 갔을 거야.
     他要嘛去旅行了，不然就是去出差了吧。

   - 우리 선생님은 우리가 시험을 잘 봤든지 못 봤든지 항상 격려해 주세요.
     無論我們考試考得好或者不好，老師總是一直鼓勵我們。

2. 在實際使用時，常會將「지」省略，作「-든」。

   - 사과를 하든 퇴학을 당하든 선택은 네가 갖고 있어.
     要嘛道歉要嘛被退學，選擇在你（的手上）。

   - 내가 누구를 만나든 그게 너랑 무슨 상관이야?
     我要跟誰見面，那跟你有什麼關係嗎？

C4 | 發現與結果

C4-1 -(으)니까

解　　釋：表示在進行某動作後，說明同時所發現、得知、感受到之事實。

中文翻譯：……發現……、……覺得……、╳

結構形態：連結語尾「-(으)니」之強調形。

結合用例：

與「動詞」結合時			
공부하다	공부하니까	돕다	도우니까*
읽다	읽으니까	벗다	벗으니까
만들다	만드니까*	짓다	지으니까*
닫다	닫으니까	쓰다	쓰니까
듣다	들으니까*	자르다	자르니까
입다	입으니까	놓다	놓으니까

用　　法：

1. 表示在進行某動作、行為後，說明同時所發現、得知、感受到之事實。

   • 떡볶이를 별로 좋아하지는 않는데 오랜만에 먹으니까 맛있었어요.

   雖然不怎麼喜歡辣炒年糕，但好久沒吃了，覺得很好吃。

   （表示在進行「먹다」（吃）一行為後，說明「맛있다」（美味）一同時感受到之事實。）

- 방금 집에 전화하니까 통화 중이었어.

  剛才打電話到家裡，當時正在通話中。

  （說明在進行「집에 전화하다」（打電話到家裡）一動作後，發現「통화 중이다」（是通話中）一事實。）

2. 此句型由於牽涉動作之實行，因此僅與動詞結合。同時，用於陳述句時，前文主語通常為第一人稱；用於疑問句時，前文主語則通常為第二人稱。

- 아침에 일찍 교실에 들어오니까 학생이 한 명도 없었습니다.

  早上很早就進到教室了，一個學生都沒有。

  （用於陳述句，此時主語被省略，為第一人稱「話者」。）

- 직접 미술관에 가서 명작을 감상해 보니까 어떤 느낌이 들었나요?

  親自去美術館鑑賞名作，有什麼樣的感覺呢？

  （用於陳述句，此時主語被省略，為第二人稱「聽者」。）

3. 「-(으)니까」前文不額外添加過去形先語末語尾「-았-/-었-/-였-」，且後文往往與過去時間搭配使用。

- 자세히 보니까 아는 사람이었어요.

  仔細一看，發現是認識的人。

- 막상 그 옷을 입으니까 생각보다 안 어울렸어요.

  實際穿了那件衣服，發現比想像中還要不合適。

4. 使用於正式場合、書面語時，常會將「까」予以省略，作「-(으)니」。

- 대만 타오위안 국제공항에 도착하니 밤 12시였어.

  抵達臺灣桃園國際機場，已經是晚上 12 點了。

- 무거운 짐을 풀어 내려놓으니, 속이 후련하더라.

  把沉重的行李放下來，當時感覺心裡很暢快。

延伸補充：

1. 由於是利用「-(으)니까」敘述在做某事之後發現某事實，因此前文中不搭配否定用法使用，且前後文主語通常不相同。

- 이야기를 해 보니까 우리는 공통점이 많더라고.
  聊了聊，發現我們有很多共同點。

- 상품 배송은 좀 늦었지만 받으니까 너무 예뻐요.
  商品配送雖然有點慢，但我收到後覺得真的是太漂亮了。

2. 除了表示在進行某動作後發現之事實，「-(으)니까」亦可表示前後文之接續關係；此時後文內容是以前文狀況為前提而發生，即前文狀況先發生後，緊接著發生與其相關聯之後文內容。

- 돈이 생기니까 하고 싶은 일이 많아졌어.
  有了錢，想做的事情就變多了。

  （此時「하고 싶은 일이 많아졌다」（想做的事情變多了）一後文內容，是以「돈이 생기다」（產生錢）一前文狀況為前提發生。）

- 창문을 여니까 시원한 바람이 들어왔습니다.
  打開了窗戶，涼爽的風（吹了）進來。

  （此時在「창문을 열다」（打開窗戶）一前文狀況發生後，緊接著發生「시원한 바람이 들어왔다」（涼爽的風進來）一與前文內容相關聯之後文狀況。）

句型結合實例：

1. -아/어/여 보다 + -(으)니까

- 가만 생각해 보니까 아무래도 내가 잘못한 거 같아.
  冷靜地想了想，不管怎麼樣，好像還是我做錯了。

2. -아/어/여 있다 + -(으)니까

- 오래 서 있으니까 허리와 다리가 아프네요.
  站久了，腰和腿很痛呢。

C4-2 -고 보니

解　　釋：表示在前文動作結束之後，發現、領悟到後文中所述之新事
實。

中文翻譯：⋯⋯之後發現⋯⋯、⋯⋯之後知道⋯⋯、✕

結構形態：由連結語尾「-고」、具「行為結束後新得知一事實」含義之補
助動詞「보다」，與連結語尾「-(으)니」結合而成。

結合用例：

與「動詞」結合時			
시작하다	시작하고 보니	돕다	돕고 보니
읽다	읽고 보니	씻다	씻고 보니
만들다	만들고 보니	짓다	짓고 보니
받다	받고 보니	쓰다	쓰고 보니
듣다	듣고 보니	자르다	자르고 보니
입다	입고 보니	낳다	낳고 보니

用　　法：

1. 表示在前文動作完成、結束後，發現、領悟到後文所述之新事實；此時強調
   主語於動作完成前並不清楚該新事實，一直到實際動作結束後才知道。

   * 옷이 얇았는지 밖에 나가고 보니 너무 추웠어요.
     可能是因為衣服太薄了，出去後發現太冷了。

     （表示在「나가다」（出去）一前文動作完成後，發現到「너무 춥다」
     （太冷）一後文所述之新事實。）

- 선생님의 말씀을 듣고 보니 내가 좀 성급했던 것 같아.
  聽了老師的話，發現我當時好像有點太急了。

  （表示在「선생님의 말씀을 듣다」（聽老師的話）一前文動作結束後，領悟到「내가 좀 성급했다」（我當時有點太急）一後文所述之新事實。）

2. 此句型由於牽涉動作之進行，因此僅與動詞結合。同時，用於陳述句時，前文主語通常為第一人稱；用於疑問句時，前文主語則通常為第二人稱。

   - 백화점에서 옷이 마음에 들어서 샀는데 사고 보니 인터넷에서 더 싸게 팔고 있었어요.
     在百貨公司看中一件衣服就買了，但是買完後發現當時在網路上賣得更便宜。

   - 자네가 선생님이 되고 보니 이제 선생님의 입장을 알겠지?
     你成為了老師之後，現在知道老師的立場了吧？

3. 「-고 보니」前文不額外添加過去形先語末語尾「-았-/-었-/-였-」，且由於是站在敘述過去事情經過之立場，因此後文常與過去時間搭配使用。

   - 간밤에 어찌 이리 추운가 했는데, 알고 보니 눈이 왔구나.
     還在想昨天晚上怎麼會這麼冷，（了解之後發現）原來是下雪了呢。

   - 지하철을 타고 보니 반대 방향으로 가는 열차였습니다.
     搭上地鐵後，發現是往反方向開的列車。

延伸補充：

1. 由於是利用「-고 보니」強調主語直到實際動作結束後才知道某一新事實，因此亦常用於表達「與先前認知、想法不同之事實」、「與預期不同之事實」等情況。

- 친구가 거짓말을 해서 화가 많이 났는데 이유를 듣고 보니 화가 풀렸어.

  因為朋友說了謊而很生氣，但聽完理由之後氣就消了。

  （此時用於表達「與先前認知、想法不同之事實」。）

- 맵기로 소문난 라면을 먹고 보니 별로 맵지 않더라고요.

  吃了以辣聞名的泡麵之後，發現不怎麼辣呢。

  （此時用於表達「與預期不同之事實」一情況。）

2. 在實際使用時，亦可添加「까」於後方，作「-고 보니까」。

- 버스를 타고 공항에 내리고 보니까 다행하게도 날이 이미 개어 있었어.

  坐公車到機場下車後，（發現）幸好天空已經放晴了。

- 자료를 찾고 보니까 많은 것을 알게 되었어요.

  找完資料後，（發現）了解了很多。

C4-3 -다 보니

解　　釋：表示在前文動作、狀況反覆、持續之途中，發現到後文中所述之新事實，或發生某一新狀況。

中文翻譯：……著……著就……、一直……所以……、╳

結構形態：由連結語尾「–다가」、具「行為過程中新得知一事實」含義之補助動詞「보다」，與連結語尾「–(으)니」結合後經縮約而成。

結合用例：

與「動詞」結合時			
공부하다	공부하다 보니	돕다	돕다 보니
읽다	읽다 보니	웃다	웃다 보니
만들다	만들다 보니	짓다	짓다 보니
닫다	닫다 보니	쓰다	쓰다 보니
걷다	걷다 보니	자르다	자르다 보니
입다	입다 보니	놓다	놓다 보니

與「形容詞」結合時			
따뜻하다	따뜻하다 보니	좁다	좁다 보니
시다	시다 보니	춥다	춥다 보니
아니다	아니다 보니	낫다	낫다 보니
좋다	좋다 보니	바쁘다	바쁘다 보니
없다	없다 보니	빠르다	빠르다 보니
길다	길다 보니	그렇다	그렇다 보니

사람이다	사람이다 보니	혼자이다	혼자이다 보니

用　法：

1. 表示在前文動作、狀況反覆、持續之途中，發現到後文中所述之新事實，或發生某一新狀況；而其中，新狀況之發生，為前文動作、狀況反覆、持續的結果。

- 이사 준비를 하다 보니 연휴가 다 지나갔구나.
  準備著搬家結果連假就過去了呢。

  （表示在「이사 준비를 하다」（準備搬家）一前文動作持續之途中，發現後文中之「연휴가 다 지나갔다」（連假過去了）一新事實。）

- 한국에서 살다 보니 매운 음식을 잘 먹게 됐어요.
  在韓國生活著變得很能吃辣了。

  （表示在「한국에서 살다」（在韓國生活）一前文動作持續之途中，發生後文中之「매운 음식을 잘 먹게 됐다」（很能吃辣了）一狀況，且該狀況同時為前文動作、狀況反覆、持續的結果。）

2. 「-다 보니」可與動詞、形容詞、名詞이다結合，但主要與動詞結合，且不用於命令句、共動句。

- 축구 경기를 자주 보다 보니 이제 규칙도 잘 알게 됐어.
  經常看足球比賽，看著看著現在也就很了解規則了。

- 회사 일이 바쁘다 보니 자주 연락을 드리지 못했어요.
  因為公司工作一直很忙，所以沒能經常聯繫（您）。

- 외동은 혼자이다 보니 부모님의 사랑을 독차지할 수 있습니다.
  因為獨生子女一直是一個人，所以可以獨占父母親的愛。

3. 「-다 보니」前文不額外添加過去形先語末語尾「-았-/-었-/-였-」，且由於是站在敘述過去事情經過之立場，因此後文常與過去時間搭配使用。

- 한국어 학습 팟캐스트를 매일 듣다 보니 한국어 실력이 많이 늘었어요.
  每天聽學習韓語的 Podcast，聽著聽著韓語實力提升了很多。

- 그는 일에만 매여 살다 보니 어느새 건강 상태가 나빠졌어.
  他只顧著工作，不知不覺身體狀況變差了。

4. 在實際使用時，此句型亦可作「-다가 보니」、「-다가 보니까」或「-다 보니까」。

- 친구랑 한참을 떠들다 보니까 날이 이미 어두워져 있었어요.
  和朋友聊了大半天，聊著聊著天已經黑了。

- 요즘 자주 등산을 하다가 보니까 살이 좀 빠졌어요.
  最近經常爬山，爬著爬著就瘦了一些。

延伸補充：

1. 此句型在使用時，常伴隨著「不知不覺、自然而然」、「謙遜」等語感；與此同時，由於涉及動作、狀況之反覆、持續，因此本身具備「一次性」特徵之動作，則無法與「-다 보니」搭配使用。

- 계속 가까운 친구로 지내다 보니 서로 사랑하게 됐지.
  持續以很要好的朋友關係相處，相處相處著就彼此相愛了。
  （此時伴隨「不知不覺、自然而然」之語感。）

- A: 요리를 참 잘하는군요.
  真會做菜呢。
  B: 요리를 좋아해서 자주 만들다 보니 잘하게 된 거예요.
  因為喜歡做菜所以經常做，做著做著就熟能生巧了。
  （此時伴隨「謙遜」之語感。）

🔍 具備「一次性」特徵之動作，常見的有：「졸업하다」（畢業）、「결혼하다」（結婚）、「죽다」（死亡）等。

2. 「-다 보니」在與形容詞、名詞이다結合時，除了可表示狀態、性質之持續外，亦可單純表示「原因、理由」，即並無特別地包含「持續」之含義。

- 날씨가 많이 덥다 보니 입맛이 없어요.
  因為天氣很熱，所以沒有胃口。

- 처음으로 혼자 떠나는 여행이다 보니 대화 상대가 없어서 외로웠습니다.
  由於是第一次獨自出發的旅行，因為沒有聊天的對象，所以很孤獨。

C4-4 -다가는

解　　釋：表示若前文中之動作、狀況持續進行，將會導致不樂見之結果
　　　　發生。

中文翻譯：再……的話會……、再……下去的話會……

結構形態：連結語尾。

結合用例：

與「動詞」結合時			
하다	하다가는	돕다	돕다가는
읽다	읽다가는	웃다	웃다가는
살다	살다가는	짓다	짓다가는
닫다	닫다가는	쓰다	쓰다가는
듣다	듣다가는	찌르다	찌르다가는
입다	입다가는	놓다	놓다가는

用　　法：

1. 表示若繼續進行前文中之動作、狀況的話，將會導致不良、不樂見之結果發
　生；其中，前文之動作、狀況通常為正在進行當中。

　　• 계속 담배를 피우다가는 병에 걸릴 수도 있으니까, 당장 끊으
　　　세요.
　　　再繼續抽菸下去的話可能會生病的，請馬上戒掉。

　　　（表示若繼續「담배를 피우다」（抽菸）一動作的話，將會導致「병에
　　　걸릴 수도 있다」（可能會患病）一不良結果發生。同時，此時「담배를
　　　피우다」（抽菸）為一正在進行當中之動作。）

- 이렇게 비가 계속 내리다가는 홍수가 나겠어요.
  雨再繼續這麼下的話，一定會淹大水的。

  （表示若繼續「이렇게 비가 내리다」（如此地下雨）一狀況的話，將會
  導致「홍수가 나겠다」（會淹大水）一不樂見之結果發生；同時，此時
  「이렇게 비가 내리다」（如此地下雨）一狀況正在進行當中。）

2. 由於涉及動作之進行，「-다가는」原則上僅與動詞結合；同時，由於常用
   以告誡、警告他人，因此主語不為第一人稱，且主語常予以省略。

   - 계속 할 일을 미루다가는 나중에 후회하게 될 거예요.
     要做的事情再繼續推遲下去的話，以後會後悔的。

   - A: 우리 언니가 어제 또 하이힐을 샀어요.
       我姊姊昨天又買了高跟鞋。

     B: 높은 하이힐만 신다가는 허리가 아플 텐데요.
       再只穿高跟鞋的話，腰應該會痛的呢。

3. 由於「-다가는」後方接續可能發生之不樂見的結果，因此後文不與過去時
   間搭配使用，且常與「推測」相關句型搭配使用。

   - 운동을 하지 않다가는 체력이 떨어질 겁니다.
     再不運動的話，體力會下降的。

   - 돈을 그렇게 막 쓰다가는 금세 빈털터리가 될걸.
     再那樣亂花錢的話，應該很快就會變成窮光蛋了吧。

   > 🔍 與「推測」相關句型，常見的有：「-겠-」、「-(으)ㄹ 것이
   > 다」、「-(으)ㄹ 텐데」、「-(으)ㄹ지도 모르다」、「-(으)
   > ㄹ걸(요)」。

延伸補充：

1. 在實際使用此句型時，常與「**계속**」（繼續）、「**이렇게**」（這樣地）、「**그렇게**」（那樣地）、「**저렇게**」（那樣地）等詞彙搭配使用。

- 너희들 그렇게 떠들다가는 선생님한테 혼나.
  你們再那樣吵鬧下去的話，會被老師罵。

- 계속 이렇게 위험하게 운전하다가는 사고가 나겠어.
  再繼續這麼危險開車的話，一定會發生事故的。

2. 在使用「**-다가는**」時，常作為「告誡、警告」之用途，因此若聽者為長輩或社會地位較高的人時，必須謹慎使用。

- 지금의 속도로 일을 하다가는 오늘 밤을 새도 다 못 끝낼 거야.
  以現在的速度工作下去的話，今天就算熬夜應該也無法全部完成。

- 저렇게 놀기만 하다가는 시험에 떨어지겠어.
  再那樣只玩（而不讀書的話），考試肯定會落榜的。

其他常用表現

在韓語中，句型之使用為學習之重點，不僅為文句內容賦予意義，更是他人藉此判斷對方韓語能力之標準之一。

並未被歸類於前三章之其他常用表現句型，所涵蓋之內容較廣，常與其他句型一同結合使用。學習者若能清楚理解本章之內容，並加以活用，相信能使韓語表現更為豐富、生動。

D1 引用與對話

D1-1 -는/ㄴ다고(요)

解　釋：藉引用、提出自己或他人說過之話語，進行重述、確認或強調。

中文翻譯：說……、✕

結構形態：終結語尾；屬口語用法，無法與格式體終結語尾結合。當聽者是需要被尊敬的對象時，必須在後方加上「요」。

結合用例：

與「動詞」結合時			
공부하다	공부한다고(요)	돕다	돕는다고(요)
읽다	읽는다고(요)	웃다	웃는다고(요)
만들다	만든다고(요)*	짓다	짓는다고(요)
닫다	닫는다고(요)	쓰다	쓴다고(요)
듣다	듣는다고(요)	자르다	자른다고(요)
입다	입는다고(요)	놓다	놓는다고(요)

與「形容詞」結合時			
따뜻하다	따뜻하다고(요)	좁다	좁다고(요)
시다	시다고(요)	춥다	춥다고(요)
아니다	아니라고(요)*	낫다	낫다고(요)
좋다	좋다고(요)	바쁘다	바쁘다고(요)

없다	없다고(요)	빠르다	빠르다고(요)
길다	길다고(요)	그렇다	그렇다고(요)

與「名詞이다」結合時

학생이다	학생이라고(요)*	학교이다	학교(이)라고(요)*

用　法：

1. 藉引用自己或他人說過之話語，進行重述、確認或強調；可用於陳述句、疑問句，且用法隨敘述法之不同而有所差異。

   - 그래. 알았어. 알았다고.
     好，知道了。（我說我）知道了。

   - 뭐라고? 회사를 그만뒀다고?
     （你）說什麼？（你說）辭掉工作了？

2. 此句型可與動詞、形容詞、名詞이다結合，與動詞結合時作「動詞語幹-는/ㄴ다고(요)」；與形容詞結合時作「形容詞語幹-다고(요)」；與名詞이다結合時作「名詞(이)라고(요)」。

   - 나는 정말 당신을 많이 사랑해요. 사랑한다고요.
     我真的很愛你，（我說我）愛你。

   - 또 배고프다고? 아까 많이 먹었잖아?
     （你說）肚子又餓了？剛才不是吃了很多了嗎？

   - 시험이 오늘이라고? 정말? 나 공부 하나도 안 했는데?
     （你說）考試是今天？真的嗎？我書一點都沒有讀耶。

🔍 與動詞結合時，若動詞語幹最後一字有收尾音搭配「-는다고(요)」，若無收尾音則搭配「-ㄴ다고(요)」；與名詞이다結合時，若名詞最後一字有收尾音搭配「-이라고(요)」，若無收尾音則搭配「-(이)라고(요)」。與此同時，句型與「아니다」結合時作「아니라고(요)」；與過去形先語末語尾「-았-/-었-/-였-」結合時則作「-았/었/였다고(요)」。

3. 「-는/ㄴ다고(요)」用於陳述句時，可為單純重述先前提及過之內容；或是對前方內容予以強調。

- A: 방금 뭐라고 했어?

  （你）剛才說什麼？

  B: 나 너 좋아한다고. 진심으로.

  （我說）我喜歡你，真心地。

  （此時單純因應對方之重述要求，再次敘述先前提及過之內容。）

- 제발 저를 좀 존중해 주세요. 저도 이제 어른이라고요.

  拜託請尊重我一下，我現在也是個成年人了。

  （此時對當下所述之前方內容予以強調，加強語氣。）

4. 「-는/ㄴ다고(요)」用於疑問句時，可為單純向對方確認對方說過之內容；或對對方所述之內容表達不同意、驚訝。

- 뭐라고요? 죄송한데 소리가 잘 안 들립니다.

  （你）說什麼？抱歉，聲音聽不太清楚。

  （此時單純由於聽不到、聽不清楚對方說的話，再次向對方確認說過之內容。）

- A: 엄마, 나 이번엔 반드시 1등을 할 거예요.

  媽媽，我這次一定會考第一名的。

  B: 1등을 하겠다고? 그래. 힘내.

  要拿第一名？好啊，加油。

  （此時對對方所述之內容表達驚訝、訝異，因此重複對方所說過的話。）

延伸補充：

1. 在實際使用時，句型之形態會隨引用之內容有所不同。若引用的內容為疑問句，則以「-냐고(요)」之形態呈現；若為命令句，則以「-(으)라고(요)」之形態呈現；若為共動句，則以「-자고(요)」之形態呈現。

- 야. 내 말 안 들려? 내 지갑, 네가 훔쳤냐고.

  欸，（你）沒聽到我（說）的話嗎？問是不是你偷了我的錢包。

  （此時引用「내 지갑, 네가 훔쳤어?」（我的錢包，是不是你偷走了？）一疑問句。）

- 하지 말라고? 네가 뭔데 자꾸 내 일에 이래라저래라 하냐?

  （叫我）不要做？你是誰啊，一直對我的事情指手畫腳的？

  （此時引用「하지 말아.」（不要做！）一命令句。）

D1-2 -는/ㄴ다면서(요)

解　　釋： 藉引用、提出自他人口中聽到，或是話者本身已知的內容，進行再次確認或開啟話題。

中文翻譯： 聽說……、不是說……嘛

結構形態： 終結語尾；屬口語用法，無法與格式體終結語尾結合。當聽者是需要被尊敬的對象時，必須在後方加上「요」。

結合用例：

與「動詞」結合時			
공부하다	공부한다면서(요)	돕다	돕는다면서(요)
읽다	읽는다면서(요)	웃다	웃는다면서(요)
만들다	만든다면서(요)*	짓다	짓는다면서(요)
닫다	닫는다면서(요)	쓰다	쓴다면서(요)
듣다	듣는다면서(요)	자르다	자른다면서(요)
입다	입는다면서(요)	놓다	놓는다면서(요)

與「形容詞」結合時			
따뜻하다	따뜻하다면서(요)	좁다	좁다면서(요)
시다	시다면서(요)	춥다	춥다면서(요)
아니다	아니라면서(요)*	낫다	낫다면서(요)
좋다	좋다면서(요)	바쁘다	바쁘다면서(요)
없다	없다면서(요)	빠르다	빠르다면서(요)
길다	길다면서(요)	그렇다	그렇다면서(요)

與「名詞이다」結合時

학생이다	학생이라면서(요)*	학교이다	학교(이)라면서(요)*

用　法：

1. 藉提出自他人口中聽到後所得知之內容，再次向對方進行確認；或藉提出話者本身已知的內容，用以開啟話題。

- 어제 엄청 취했다면서요? 무슨 안 좋은 일이 있었어요?

  聽說（你）昨天喝很醉？有什麼不好的事情嗎？

  （此時為確定自他人口中聽到之內容是否為真，向對方進行再次確認。）

- 네 형이 수학을 잘한다면서. 나도 좀 가르쳐 주면 안 돼?

  不是說你哥哥很擅長數學嘛，不能也教我嗎？

  （此時藉提出話者本身已知的內容，以開啟話題。）

2. 此句型可與動詞、形容詞、名詞이다結合，與動詞結合時作「動詞語幹-는/ㄴ다면서(요)」；與形容詞結合時作「形容詞語幹-다면서(요)」；與名詞이다結合時作「名詞(이)라면서(요)」。

- 내일 귀국한다면서? 무슨 급한 일이라도 생겼어?

  聽說明天就要回國了？是不是發生了什麼緊急的事情呢？

- 일손이 부족하다면서? 내가 가서 도와줄까?

  聽說人手不夠？要不要我去幫你呢？

- A: 생일이 다음 달이라면서요. 벌써 식당을 예약하는 거예요?

  不是說生日是下個月嘛，這麼早就預約餐廳嗎？

  B: 인기 맛집이라 일찍 예약해 놓아야 돼요.

  因為是人氣美食餐廳，必須早點預約好。

🔍 與動詞結合時，若動詞語幹最後一字有收尾音搭配「-는다면서(요)」，若無收尾音則搭配「-ㄴ다면서(요)」；與名詞이다結合時，若名詞最後一字有收尾音搭配「-이라면서(요)」，若無收尾音則搭配「-(이)라면서(요)」。與此同時，句型與「아니다」結合時作「아니라면서(요)」；與過去形先語末語尾「-았-/-었-/-였-」結合時則作「-았/었/였다면서(요)」。

3. 「-는/ㄴ다면서(요)」經常用於當對方所述之內容，或進行之動作與話者所聽到、已知的內容不同，進而再次向對方進行確認，因此帶有類似「反問」之語氣。

- 돈이 없어 못 살겠다면서. 왜 또 백화점에 와서 쇼핑하는 거지?
  不是說沒錢快要活不下去了嘛，怎麼又來百貨公司購物呢？

- 제임스 씨는 요즘 바쁘다면서요. 어떻게 여행 갈 시간이 있어요?
  不是說詹姆斯最近很忙嘛，怎麼會有時間去旅行呢？

延伸補充：

1. 在實際使用時，亦常將句型縮約作「-는/ㄴ다며」；惟此時後方不另加上「요」，因此無法對長輩或社會地位較高的人使用。

- 오랜만이네. 요새 사업이 잘된다며?
  真的是好久不見呢，聽說最近生意很好？

- 천재라며. 이렇게 쉬운 것도 몰라? 진짜 실망이야.
  不是說是天才嘛，連這麼簡單的都不會？真的是很失望。

2. 在實際使用時，句型之形態會隨引用之內容有所不同。若引用的內容為疑問句，則以「-냐면서(요)」之形態呈現；若為命令句，則以「-(으)라면서(요)」之形態呈現；若為共動句，則以「-자면서(요)」之形態呈現。

- 여기에 왜 있느냐니? 여기에 가만히 있으라면서?
  居然問我為什麼待在這裡？（你）不是叫（我）待在這裡嘛？

  （此時引用「여기에 가만히 있어.」（好好地待在這裡！）一命令句。）

- 언제 식사나 함께 하자면서요? 다음 주는 어때요?
  不是問什麼時候一起吃飯嘛，下週如何呢？

  （此時引用「식사를 함께 합시다.」（一起吃飯吧！）一共動句。）

D1-3 -는/ㄴ다니(요)

解　　釋：引用對方所說之話語，同時表達對其之驚訝、不認同。

中文翻譯：居然……、怎麼會……呢？、✕

結構形態：終結語尾；屬口語用法，無法與格式體終結語尾結合。當聽者是需要被尊敬的對象時，必須在後方加上「요」。

結合用例：

與「動詞」結合時			
공부하다	공부한다니(요)	돕다	돕는다니(요)
읽다	읽는다니(요)	웃다	웃는다니(요)
만들다	만든다니(요)*	짓다	짓는다니(요)
닫다	닫는다니(요)	쓰다	쓴다니(요)
듣다	듣는다니(요)	자르다	자른다니(요)
입다	입는다니(요)	놓다	놓는다니(요)

與「形容詞」結合時			
따뜻하다	따뜻하다니(요)	좁다	좁다니(요)
시다	시다니(요)	춥다	춥다니(요)
아니다	아니라니(요)*	낫다	낫다니(요)
좋다	좋다니(요)	바쁘다	바쁘다니(요)
없다	없다니(요)	빠르다	빠르다니(요)
길다	길다니(요)	그렇다	그렇다니(요)

與「名詞이다」結合時

학생이다	학생이라니(요)*	학교이다	학교(이)라니(요)*

用　法：

1. 引用對方所說之話語，同時表達對其之驚訝、不認同；與此同時，亦常於此時懷疑對方所說之話語，藉此再次對對方所說之內容進行確認。

- 심하게 다쳤다니? 갑자기 그게 무슨 소리야?

  怎麼會傷得很嚴重呢？突然那麼說是什麼意思？

  （此時對對方所說之話語表達驚訝，並藉此對該內容進行再次確認。）

- 눈이 온다니? 지금 여름이잖아. 눈이 올 리가 없지.

  在下雪？現在不是夏天嘛，不可能下雪啊。

  （此時對對方所說之話語表達不認同，同時對其表示懷疑。）

2. 此句型可與動詞、形容詞、名詞이다結合，與動詞結合時作「動詞語幹-는/ㄴ다니(요)」；與形容詞結合時作「形容詞語幹-다니(요)」；與名詞이다結合時作「名詞(이)라니(요)」。

- 외국 사람인데 청국장을 잘 먹는다니? 믿을 수 없어.

  是外國人居然卻很能吃清麴醬？無法相信。

- 춥다니요? 오늘의 날씨는 겨울 날씨치고 따뜻한 편이에요.

  怎麼會冷呢？今天的天氣以冬天（的天氣）來說，算是溫暖的。

- 벌써 졸업식이라니요. 시간이 참 빠르네요.

  居然這麼快就是畢業典禮了，時間（過得）真快呢。

🔍 與動詞結合時，若動詞語幹最後一字有收尾音搭配「-는다니(요)」，若無收尾音則搭配「-ㄴ다니(요)」；與名詞이다結合時，若名詞最後一字有收尾音搭配「-이라니(요)」，若無收尾音則搭配「-(이)라니(요)」。與此同時，句型與「아니다」結合時作「아니라니(요)」；與過去形先語末語尾「-았-/-었-/-였-」結合時則作「-았/었/였다니(요)」。

3. 在使用「-는/ㄴ다니(요)」時，常作為以類似「質疑」之方式詢問聽者，因此若聽者為長輩或社會地位較高的人時，則需謹慎使用。

- 그런 게 아니라니! 내가 네 뒷조사 다 했어.
  怎麼會不是那樣！我背地裡調查過你了。

- 왜 하필 그 일을 하겠다니. 다른 선택은 없는 거야?
  為什麼偏偏要做那件事情，沒有別的選擇嗎？

延伸補充：

1. 由於是利用此句型引用對方所說之話語，因此時制之添加在原則上亦按照原先對方所使用的內容；惟因僅是複誦對方所說之話語，本就不會在其額外添加其他含義，因此無論前方之詞性、時制為何，亦可直接全部以「-다니(요)」之形態呈現。

- A: 제임스가 이번 시험에서 합격했대.
  聽說詹姆士在這次考試及格了。
  B: 제임스가 합격하다니?
  詹姆士居然及格了？

  （「합격하다」（合格）為一動詞，且由於時間為過去，原本應作「합격했다니」，但由於此時話者並非針對人事物做描述，而僅是表達驚訝，因此亦可以此形態呈現。）

- A: 그 유명한 캠퍼스 커플 알지? 얼마 전에 헤어졌대.

  （你）知道那對有名的校園情侶吧？聽說不久前分手了。

  B: 헤어지다니? 말도 안 돼.

  怎麼會分手呢？真是令人難以置信。

  （「헤어지다」（分手）為一動詞，且由於時間為過去，原本應作「헤어졌다니」，但由於此時話者並非針對人事物做描述，而僅是表達驚訝，因此亦可以此形態呈現。）

> 🔍 此時與名詞이다結合時，無論時制為何，若名詞最後一字有收尾音搭配「-이라니(요)」，若無收尾音則搭配「-(이)라니(요)」；與此同時，與「아니다」結合使用時作「아니라니(요)」。

2. 在實際使用時，句型之形態會隨引用之內容有所不同。若引用的內容為疑問句，則以「-냐니(요)」之形態呈現；若為命令句，則以「-(으)라니(요)」之形態呈現；若為共動句，則以「-자니(요)」之形態呈現。

- 이 사람 누구냐니? 어떻게 이 사람을 잊어버려?

  居然問這個人是誰？怎麼可以忘掉這個人呢？

  （此時引用「이 사람 누구야?」（這個人是誰呢？）一疑問句。）

- 벌써 가자니? 친구 생일인데 끝까지 있어 줘야지.

  這麼快就要（叫我一起）走？是朋友的生日耶，應該要待到最後吧。

  （此時引用「가자.」（走吧！）一共動句。）

D1-4 -는/ㄴ다니까(요)

解　　釋：藉引用、再次提出對方已知之內容，進行強調，反駁。

中文翻譯：都說了……了、就說了……嘛、╳

結構形態：終結語尾；屬口語用法，無法與格式體終結語尾結合。當聽者
　　　　　　是需要被尊敬的對象時，必須在後方加上「요」。

結合用例：

與「動詞」結合時			
공부하다	공부한다니까(요)	돕다	돕는다니까(요)
읽다	읽는다니까(요)	웃다	웃는다니까(요)
만들다	만든다니까(요)*	짓다	짓는다니까(요)
닫다	닫는다니까(요)	쓰다	쓴다니까(요)
듣다	듣는다니까(요)	자르다	자른다니까(요)
입다	입는다니까(요)	놓다	놓는다니까(요)

與「形容詞」結合時			
따뜻하다	따뜻하다니까(요)	좁다	좁다니까(요)
시다	시다니까(요)	춥다	춥다니까(요)
아니다	아니라니까(요)*	낫다	낫다니까(요)
좋다	좋다니까(요)	바쁘다	바쁘다니까(요)
없다	없다니까(요)	빠르다	빠르다니까(요)
길다	길다니까(요)	그렇다	그렇다니까(요)

與「名詞이다」結合時			
학생이다	학생이라니까(요)*	학교이다	학교(이)라니까(요)*

用　法：

1. 藉引用、再次提出對方已知之內容，進行強調，反駁；此時常於對對方之行為、言行不符話者期待，或不為話者所滿意、理解時使用。

- 정장 입고 나가게? 오늘 진짜 덥다니까.

  要穿正式服裝出門？都說了今天真的很熱了。

  （此時藉再次提出「오늘 진짜 덥다」（今天真的很熱）一對方已知的內容，對對方「정장을 입고 나가다」（穿正裝出去）一行為表示不滿意、反駁。）

- 그거 봐. 내가 그럴 줄 알았다니까.

  看（那個）吧，就說了我早知道會是那樣子了嘛。

  （此時對「내가 그럴 줄 알았다」（我早知道會是那樣子了）一對方已知的內容進行再次強調，同時對「對方當初不相信自己」等行為予以反駁。）

2. 此句型可與動詞、形容詞、名詞이다結合，與動詞結合時作「動詞語幹-는/ㄴ다니까(요)」；與形容詞結合時作「形容詞語幹-다니까(요)」；與名詞이다結合時作「名詞(이)라니까(요)」。

- 빨리 출발하자. 오늘 또 늦으면 선생님한테 혼난다니까.

  快點出發吧，就說了今天又遲到的話會被老師罵的嘛。

- 괜찮다니까요. 하고 싶은 말이 있으면 마음대로 해 봐요.

  都說了沒有關係了，如果有想說的話儘管說。

- 내가 범인이 아니라니까. 도대체 왜 내 말을 안 믿냐?

  就說了我不是犯人嘛，到底為什麼不相信我（說）的話呢？

🔍 與動詞結合時，若動詞語幹最後一字有收尾音搭配「-는다니까(요)」，若無收尾音則搭配「-ㄴ다니까(요)」；與名詞이다結合時，若名詞最後一字有收尾音搭配「-이라니까(요)」，若無收尾音則搭配「-(이)라니까(요)」。與此同時，句型與「아니다」結合時作「아니라니까(요)」；與過去形先語末語尾「-았-/-었-/-였-」結合時則作「-았/었/였다니까(요)」。

3. 由於在使用「-는/ㄴ다니까(요)」時，常伴隨「反駁」、「不耐煩」之語氣，因此若聽者為長輩或社會地位較高的人時，則需謹慎使用；與此同時，位於後文最後方之語調通常會上揚。

- 하기 싫다니까! 내가 몇 번이나 말했어?
  都說了我不想做了！我說了幾次了啊？

- 내가 하던 일을 마치고 하겠다니까! 제발 나를 좀 방해하지 마.
  就說了做完我的事再做！拜託不要妨礙我（做事）。

延伸補充：

1. 除了常作為反駁用途之外，「-는/ㄴ다니까(요)」尚可用於稱讚對方；此時話者對對方所做之事同感自豪、深感驕傲。

- 또 1등을 했어? 역시 우리 제임스는 대단하다니까!
  又（得到）第一名了？果然，我們詹姆士很厲害呢！

- A: 우현이가 최우수연기상을 받았대.
  聽說禹賢獲得了最優秀演技獎。
- B: 진짜? 역시 우리 아빠가 최고라니까!
  真的？就說我們哥哥最厲害了吧！

2. 在實際使用時，句型之形態會隨引用之內容有所不同。若引用的內容為疑問句，則以「-냐니까(요)」之形態呈現；若為命令句，則以「-(으)라니까(요)」之形態呈現；若為共動句，則以「-자니까(요)」之形態呈現。

- 내 말 안 들려? 누구냐니까!
  沒聽到我（說）的話嗎？問（你）到底是誰！
  （此時引用「누구야?」（是誰呢？）一疑問句。）

- 하지 말라니까! 너 절대로 후회할 거야.
  就叫你不要做了！你絕對會後悔的。
  （此時引用「하지 말아.」（不要做！）一命令句。）

D1-5 -기는(요)

解　　釋： 表達對於對方所說話語之否定、輕微反駁。

中文翻譯： 才不……呢、才沒有……呢、說什麼……啊

結構形態： 終結語尾；屬口語用法，無法與格式體終結語尾結合。當聽者是需要被尊敬的對象時，必須在後方加上「요」。

結合用例：

與「動詞」結合時			
공부하다	공부하기는(요)	돕다	돕기는(요)
읽다	읽기는(요)	웃다	웃기는(요)
만들다	만들기는(요)	짓다	짓기는(요)
닫다	닫기는(요)	쓰다	쓰기는(요)
들다	들기는(요)	자르다	자르기는(요)
입다	입기는(요)	놓다	놓기는(요)

與「形容詞」結合時			
따뜻하다	따뜻하기는(요)	좁다	좁기는(요)
시다	시기는(요)	춥다	춥기는(요)
아니다	아니기는(요)	낫다	낫기는(요)
좋다	좋기는(요)	바쁘다	바쁘기는(요)
없다	없기는(요)	빠르다	빠르기는(요)
길다	길기는(요)	그렇다	그렇기는(요)

與「名詞이다」結合時			
학생이다	학생이기는(요)	학교이다	학교(이)기는(요)

用　法：

1. 表達對於對方所說話語內容之否定、輕微反駁。

- A: 주말 잘 보내셨어요?

  週末過得好嗎？

  B: 잘 보내기는요. 시험 준비하느라고 쉬지도 못했어요.

  說什麼過得好啊。為了準備考試，都沒辦法休息。

  （此時對對方所說之話語內容表達輕微反駁。）

- A: 시험 준비하느라 바쁠 텐데 도와줘서 고마워.

  （你）為了準備考試應該很忙吧，感謝幫忙。

  B: 고맙기는. 친구인데 당연히 도와줘야지.

  說什麼謝謝啊，是朋友當然要幫忙吧。

  （此時對對方所說之話語內容表達否定。）

2. 本句型可與動詞、形容詞、名詞이다結合；若名詞이다直接與句型結合，
   且名詞最後一字無收尾音，則通常省略「이」。與此同時，「-기는(요)」
   原則上直接接於動詞、形容詞、名詞이다之語幹後方，不另與「-았-/-었-/-
   였-」、「-겠-」等先語末語尾結合使用。

- 요리를 엄청 잘하기는. 이 정도면 나도 할 수 있어.

  才沒有很會做菜呢，這（點）程度的話我也會做。

- 한가하기는요. 요즘은 회사 일 때문에 정신없어요.

  才不悠閒呢，最近因為公司的事情忙得不可開交。

- 미성년자기는요. 저는 곧 25살이 되거든요.

  說什麼未成年啊，我馬上就要 25 歲了耶。

3. 在實際使用時，由於用於對對方提出內容之反駁，因此往往作為回答、回應時使用；另一方面，「-기는(요)」中之「기는」，亦可以「긴」呈現，作「-긴(요)」。

- 싸긴. 그 가격은 내 두 달 월급인데.
  才不便宜呢，那價格是我兩個月的薪水呢。

- 미안하긴요. 저야말로 잘못한 부분이 많았지요.
  說什麼抱歉啊，我才有很多做錯的地方吧。

延伸補充：

1. 「-기는(요)」雖是作為對對方所說話語之輕微反駁，卻並未帶有不禮貌、不尊重之語感；相反地，亦常用於面對他人對自己之稱讚、羨慕時，表達謙遜之態度。

- A: 한국말을 굉장히 잘하시네요.
  韓語說得非常好呢。
  B: 잘하기는요. 배워야 할 것이 아직 많습니다.
  哪有很好啦，要學習的部分還有很多。
  （此時面對對方對自己的稱讚，話者利用「-기는(요)」表達謙遜。）

- A: 너 다음 주에 일본 가지? 부러워.
  你下週要去日本吧？（真是）令人羨慕。
  B: 부럽기는. 너도 다음 달에 괌 가잖아.
  有什麼好羨慕的，你下個月不也要去關島。
  （此時面對對方對自己的羨慕，話者利用「-기는(요)」表達謙遜。）

D1-6 -거든(요)

解　　釋： 表示理由、原因，或藉敘述事實以作為其他話語內容之背景提示。

中文翻譯： 因為⋯⋯、⋯⋯呢⋯⋯、╳

結構形態： 終結語尾；屬口語用法，無法與格式體終結語尾結合。當聽者是需要被尊敬的對象時，必須在後方加上「요」。

結合用例：

與「動詞」結合時			
공부하다	공부하거든(요)	돕다	돕거든(요)
읽다	읽거든(요)	웃다	웃거든(요)
만들다	만들거든(요)	짓다	짓거든(요)
닫다	닫거든(요)	쓰다	쓰거든(요)
듣다	듣거든(요)	자르다	자르거든(요)
입다	입거든(요)	놓다	놓거든(요)

與「形容詞」結合時			
따뜻하다	따뜻하거든(요)	좁다	좁거든(요)
시다	시거든(요)	춥다	춥거든(요)
아니다	아니거든(요)	낫다	낫거든(요)
좋다	좋거든(요)	바쁘다	바쁘거든(요)
없다	없거든(요)	빠르다	빠르거든(요)
길다	길거든(요)	그렇다	그렇거든(요)

與「名詞이다」結合時			
학생이다	학생이거든(요)	학교이다	학교(이)거든(요)

用　法：

1. 表示理由、原因，且話者認為該理由、原因不為聽者所知。此時可為話者先敘述一件事實，接著繼續說明造成前文事實發生之理由，即具補充說明之功能；或話者針對對方之提問、疑惑進行解釋。

   • 요즘은 에어컨이 잘 팔려요. 더위가 심하거든요.
   最近冷氣賣得很好，因為很熱。

   （此時話者先敘述「요즘은 에어컨이 잘 팔리다」（最近冷氣賣得好）一事實，接著繼續補充說明造成其發生之「더위가 심하다」（暑氣嚴重）一理由、原因；且話者認為此一前因後果為聽者所不知的內容。）

   • A: 웬일이야? 점심 시간에 밥은 안 먹고 공부하고 있네.
   怎麼回事啊？午飯時間不吃飯而在讀書呢。
   B: 어쩔 수 없어. 오후에 중요한 시험이 있거든.
   沒辦法，因為下午有重要的考試。

   （此時話者針對「점심 시간에 밥은 안 먹고 공부하고 있다」（在午飯時間不吃飯而在讀書）一對方感到疑惑之現象進行解釋，說明「오후에 중요한 시험이 있다」（下午有重要的考試）為其理由、原因。）

   > 🔍 用於此用法時，位於後文最後方之語調通常會下降。

2. 表示用以開啟話題之背景提示，即先敘述作為背景提示之內容，並接著將話題引導至正題、核心；此時該背景提示之內容僅只有話者知曉，不可為對方或眾所皆知的事實。

- 내가 요즘 취업 준비 때문에 바쁘거든. 그런 일에 신경 쓸 시간이 없어.

  我最近準備就業很忙呢，沒時間花心力在那種事情上。

  （首先敘述「내가 요즘 취업 준비 때문에 바쁘다」（最近因為準備就業很忙）一作為背景提示之內容，藉以開啟話題，緊接著將話題引導至「그런 일에 신경 쓸 시간이 없다」（沒時間花心力在那種事情上）一正題。）

- 저기 저 건물이 은행이거든요. 금방 갔다 올게요.

  那邊那棟建築物是銀行，（我）去一趟馬上就回來。

  > 🔍 用於此用法時，位於後文最後方之語調通常會上揚。

3. 「-거든(요)」可與動詞、形容詞、名詞이다結合；若名詞이다直接與句型結合，且名詞最後一字無收尾音，則通常省略「이」。與此同時，此句型主要用於陳述句。

- 우리 반 애들은 담임 선생님을 안 좋아해. 잔소리를 많이 하거든.

  我們班同學不喜歡班導師，因為（導師）很嘮叨。

- A: 그 식당에는 왜 자주 가는 거예요?

  為什麼經常去那家餐廳呢？

  B: 거기 아주머님이 아주 친절하시거든요.

  因為那裡的阿姨很親切。

- 죄송합니다. 아직 회의 중이거든요. 이따가 제가 연락드려도 될까요?

  抱歉，（我）還在開會中呢。稍後我聯繫您可以嗎？

4. 若作為理由、原因，或背景提示之內容為過去、已完成之事實，則於「-거든(요)」前方添加過去形先語末語尾「-았-/-었-/-였-」，作「-았/었/였거든(요)」。

- A: 오늘따라 피곤해 보이네요.
  今天看起來格外地疲倦呢。

  B: 어제 이웃집 개 때문에 잠을 잘 못 잤거든요.
  昨天因為鄰居家的狗沒有睡好覺。

- 내가 어제 우리 반장을 봤거든. 골목 안에서 담배를 피우고 있었어.
  我昨天看到了我們班長呢，當時（他）在巷子裡抽著菸。

延伸補充：

1. 「-거든(요)」除了可用於表示理由、背景提示之外，亦可單純用於反駁對方的意見；惟此時的語氣較為激昂、亢奮，因此若聽者為長輩或社會地位較高的人時，則需謹慎使用。

- A: 너 또 숙제 안 해 왔지?
  你又沒有做完作業就來了對吧？

  B: 나 오늘 했거든!
  我今天有做（作業）！

- A: 시험지를 훔친 사람이 너구나.
  偷考卷的人原來是你啊。

  B: 내가 아니거든!
  明明就不是我！

句型結合實例：

1. -고 있다 + -거든(요)

   - 나 지금 버스 타고 있거든. 옆에 사람이 많으니까 이따 전화
     할게.
     我現在正在搭公車，因為旁邊有很多人，待會兒再打電話給你。

2. -(으)ㄹ 수 있다 [없다] + -거든(요)

   - 저도 마음을 먹으면 할 수 있거든요. 눈여겨봐 주세요.
     我下定決心的話也能做得到，請拭目以待。

D2-1 -는/(으)ㄴ/(으)ㄹ 줄 알았다 [몰랐다]

解　　釋：表達針對某事件、狀態之相關認知。

中文翻譯：以為 [沒想到]……呢、原本以為 [不知道]……耶

結構形態：由冠形詞形語尾「-는/(으)ㄴ/(으)ㄹ」、具「事實」含義之
依存名詞「줄」，與表示「知道[不知]」意義之「알다 [모르
다]」、過去形先語末語尾「-았-/-었-/-였-」結合而成。

結合用例：

與「動詞」結合時			
공부하다	공부하는 줄 알았다 공부한 줄 알았다 공부할 줄 알았다	돕다	돕는 줄 몰랐다 도운 줄 몰랐다* 도울 줄 몰랐다*
읽다	읽는 줄 알았다 읽은 줄 알았다 읽을 줄 알았다	웃다	웃는 줄 몰랐다 웃은 줄 몰랐다 웃을 줄 몰랐다
만들다	만드는 줄 알았다* 만든 줄 알았다* 만들 줄 알았다*	짓다	짓는 줄 몰랐다 지은 줄 몰랐다* 지을 줄 몰랐다*
닫다	닫는 줄 알았다 닫은 줄 알았다 닫을 줄 알았다	쓰다	쓰는 줄 몰랐다 쓴 줄 몰랐다 쓸 줄 몰랐다
듣다	듣는 줄 알았다 들은 줄 알았다* 들을 줄 알았다*	자르다	자르는 줄 몰랐다 자른 줄 몰랐다 자를 줄 몰랐다

입다	입는 줄 알았다 입은 줄 알았다 입을 줄 알았다	놓다	놓는 줄 몰랐다 놓은 줄 몰랐다 놓을 줄 몰랐다

與「形容詞」結合時

따뜻하다	따뜻한 줄 알았다 따뜻할 줄 알았다	좁다	좁은 줄 몰랐다 좁을 줄 몰랐다
시다	신 줄 알았다 실 줄 알았다	춥다	추운 줄 몰랐다* 추울 줄 몰랐다*
아니다	아닌 줄 알았다 아닐 줄 알았다	낫다	나은 줄 몰랐다* 나을 줄 몰랐다*
좋다	좋은 줄 알았다 좋을 줄 알았다	바쁘다	바쁜 줄 몰랐다 바쁠 줄 몰랐다
없다	없는 줄 알았다* 없을 줄 알았다	빠르다	빠른 줄 몰랐다 빠를 줄 몰랐다
길다	긴 줄 알았다* 길 줄 알았다*	그렇다	그런 줄 몰랐다* 그럴 줄 몰랐다*

與「名詞이다」結合時

학생이다	학생인 줄 알았다 학생일 줄 알았다	학교이다	학교인 줄 몰랐다 학교일 줄 몰랐다

用　法：

1. 表達針對某事件、狀態之相關認知，同時已經意識到該認知與事實情況不符。若表示當時的「以為、認為」為錯誤認知時，使用「-는/(으)ㄴ/(으)ㄹ 줄 알았다」；若表示當時的「不知道、沒想到」為意料之外時，則使用「-는/(으)ㄴ/(으)ㄹ 줄 몰랐다」。

- 비가 온다고요? 비가 안 오는 줄 알았어요.

  （你說）在下雨嗎？（我）以為沒有在下雨呢。

  （此時表示當時的「以為、認為」，同時已經意識到該認知與事實情況不符。）

- 비가 온다고요? 비가 오는 줄 몰랐어요.

  （你說）在下雨嗎？（我）不知道有在下雨耶。

  （此時表示當時的「不知道、沒想到」，同時已經意識到該認知與事實不符。）

2. 與動詞結合時，若對現在、常態之事件加以判斷，必須使用「-는 줄 알았다 [몰랐다]」作「動詞語幹-는 줄 알았다 [몰랐다]」；若對過去、已發生之動作加以判斷，必須使用「-(으)ㄴ 줄 알았다 [몰랐다]」，作「動詞語幹-(으)ㄴ 줄 알았다 [몰랐다]」；而若對尚未確定之事件加以預測，則必須使用「-(으)ㄹ 줄 알았다 [몰랐다]」作「動詞語幹-(으)ㄹ 줄 알았다 [몰랐다]」。

- 남편이 가난한 아이들에게 기부하는 줄 몰랐습니다.

  沒想到丈夫有捐錢贊助貧困的孩子們呢。

  （對現在、常態之事實加以判斷。）

- 나는 네가 이미 밥을 먹은 줄 알았는데, 안 먹었구나.

  我以為你已經吃過飯了，原來你沒吃啊。

  （對過去、已發生之動作加以判斷。）

- 사람들은 다 내가 내일 귀국할 줄 알았어요.

  人們全都以為我明天回國。

  （對未來尚未確定之事件加以預測。）

3. 與形容詞、名詞이다結合時，若對現在、常態之狀態或性質加以判斷，必須使用「-(으)ㄴ 줄 알았다 [몰랐다]」作「形容詞語幹-(으)ㄴ 줄 알았다 [몰랐다]」、「名詞인 줄 알았다 [몰랐다]」；若對尚未體驗、確定之狀態加以預測，則必須使用「-(으)ㄹ 줄 알았다 [몰랐다]」作「形容詞語幹-(으)ㄹ 줄 알았다 [몰랐다]」、「名詞일 줄 알았다 [몰랐다]」。

- 외국인인 줄 몰랐어요. 중국어를 너무 잘해서 대만인인 줄 알았어요.

  不知道是外國人，因為中文説得太好以為是臺灣人。

  （此時是對現在、常態之狀態或性質加以判斷。）

- 시험 문제가 이렇게 어려울 줄 몰랐어요. 이번에는 쉬울 줄 알았어요.

  沒想到考試題目會這麼難，原本以為這次會很簡單。

  （此時是對在當時尚未體驗、確定之狀態加以預測。）

4. 儘管句型之形態中含有過去形先語末語尾「-았-/-었-/-였-」，但若後方緊連搭配之句型前方本就不與「-았-/-었-/-였-」結合，則需配合後方之句型予以省略。

- 저는 아버지가 화가 나신 줄 알고 지레 겁을 먹었어요.

  我原本以為爸爸生氣了，自己就先害怕了起來。

  （此時句型「-고」前方原則上不與「-았-/-었-/-였-」結合。）

- 나는 네가 우는 줄 알아서 순간 당황했네.

  我以為你在哭，所以瞬間慌了。

  （此時句型「-아/어/여서」前方原則上不與「-았-/-었-/-였-」結合。）

延伸補充：

1. 句型中包含之「-았-/-었-/-였-」，是用以表示認知與事實情況不符、有所差異，即是在已知道實際情況之前提下使用；若話者在發話時，無需表達句中內容之認知與事實不符，或不清楚其認知是否屬實，此時則將「-았-/-었-/-였-」，作「-는/(으)ㄴ/(으)ㄹ 줄 알다 [모르다]」。

   - 너는 지금 내가 농담하는 줄 아는구나.
     原來你以為我現在在開玩笑啊。

     （由於話者在說此句語時，聽者便知道話者並非在開玩笑，因此此時無需特別表達句中內容之認知與事實是否相符。）

   - 아니, 또 술이야? 술이 임신에 해로운 줄 몰라?
     不會吧，又（喝）酒？不知道酒對懷孕有害嗎？

     （句中主語為第二人稱，話者並不清楚聽者自己認知到「술이 임신에 해롭다」（酒對懷孕有害）一內容。）

2. 在實際使用時，「-는/(으)ㄴ/(으)ㄹ 줄 알았다」亦常用於表達「誇張」；「-는/(으)ㄴ/(으)ㄹ 줄 몰랐다」則亦常用於表達「失望」

   - 낮에 너무 더워서 죽는 줄 알았어.
     白天太熱了，還以為會熱死呢。

   - 나는 네가 거짓말할 줄 몰랐네. 실망이야.
     我沒想到你會說謊呢。真是失望。

3. 「-는/(으)ㄴ/(으)ㄹ 줄 알았다」除了可表示與事實情況不符之錯誤認知外，尚可用於表示「在先前早已持有某想法」，即「早就知道……了」。

   - 비가 올 줄 알았으면 우산을 챙겨 왔을 텐데.
     早知道會下雨的話，就一定會帶雨傘來的。

   - 나는 네가 성공할 줄 알았어. 준비를 엄청 열심히 했잖아.
     我早就知道你會成功。不是很認真準備嘛？

句型結合實例：

1. -던 + -는/(으)ㄴ/(으)ㄹ 줄 알았다 [몰랐다]

   - 두 사람이 예전에 그렇게 친했던 줄 몰랐습니다.
     · 沒想到兩人以前那麼地要好。

2. -(으)면 되다 + -는/(으)ㄴ/(으)ㄹ 줄 알았다 [몰랐다]

   - 그냥 들어가면 되는 줄 알았는데, 미리 표를 예매해야 하는구나.
     我以為直接進去就可以了呢，原來要事先訂票啊。

D2-2 -다시피

解　　釋：表示如同前文中他人所認知到之內容相同，同時於後文中進行重述、再次確認。

中文翻譯：如……所……、正如……所……、就像……的一樣

結構形態：連結語尾。

結合用例：

與「動詞」結合時			
보다	보다시피	말하다	말하다시피
느끼다	느끼다시피	예상하다	예상하다시피
알다	알다시피	주지하다	주지하다시피
밝히다	밝히다시피	지적하다	지적하다시피
듣다	듣다시피	언급하다	언급하다시피
알려지다	알려지다시피	짐작하다	짐작하다시피

用　　法：

1. 表示如同前文中他人所認知、意識、接收到之事實內容相同，同時於後文中進行重述、再次確認。

- 보시다시피 이 것은 최신 블루투스 기술이 탑재된 휴대폰입니다.
  如（您）所見，這是一款搭載了最新藍牙技術的手機。

- 모두 다 알다시피 우리는 그동안 너무 참고 살아왔습니다.
  正如大家所知道的，這段時間我們忍了太久了。

2. 由於是藉此句型喚醒他人對某事實之認知、意識，因此可與「-다시피」結合之動詞具有侷限性，僅有少數與認知、知悉相關之動詞可與之搭配使用。

- 주지하다시피 수출난으로 회사가 어려움을 겪고 있습니다.
  眾所皆知，由於出口困難，公司正經歷困境。

- 잘 알려졌다시피 오존이 태양으로부터 나오는 유해한 자외선을 흡수하는 역할을 합니다.
  如眾所周知，臭氧扮演著吸收來自太陽的有害紫外線之角色。

  > 🔍 常與此句型搭配之詞彙有：「보다」（看）、「알다」（知道）、「말하다」（說）、「듣다」（聽）、「언급하다」（提及）、「지적하다」（指出）。

3. 若欲喚醒他人之認知，是經自己或其他人所說、提供，此時由於「說明、提供」之動作已結束，因此常於「-다시피」則於前方添加過去形先語末語尾「-았-/-었-/-였-」，作「-았/었/였다시피」。

- 지난번에 말씀드렸다시피 이번의 프로젝트는 매우 중요합니다.
  就如上次所說，這次的計畫非常重要。

  （此時欲喚醒他人之認知，是經過自己或他人所說。）

- 다들 들었다시피 전 세계에 치명적인 전염병이 빠르게 퍼지고 있어요.
  正如大家（之前）所聞，致命的傳染病正在全世界迅速蔓延。

  （此時欲喚醒他人之認知，是聽者所聽到過，同時是經過自己或他人所說。）

延伸補充：

1. 在實際使用時，「-다시피」常用於正式場合、辯論、報告中，並具有可讓話語、說明更具說服力之功能。

   - 자료에서 보시다시피 최근 실업률이 급증하고 있습니다.
     從資料中可以看到，最近失業率正在暴增。

   - 앞서 말했다시피 도파민이 분비되면 성취감과 쾌락을 느끼게 됩니다.
     如先前所說，分泌多巴胺的話就會感受到成就感和快樂。

2. 「-다시피」尚可表示欲描述之行為、狀況，實際上與所敍述之內容不同，但與之相近、或幾乎接近；此時常用以強調程度之甚。

   - 그는 요즘 연구실에서 살다시피 했어요.
     他最近幾乎是住在研究室了。

   - 저는 너무 놀라서 도망치다시피 그 집을 빠져나왔어요.
     我因為太驚嚇了，像逃命似的逃離了那棟房子。

D2-3 -는/(으)ㄴ 척하다

解　　釋：表示佯裝進行與事實相反之動作，或狀態之虛假。

中文翻譯：裝……、假裝……、裝作……的樣子

結構形態：由冠形詞形語尾「-는/(으)ㄴ」，與具「佯裝、假裝」含義之補助動詞「척하다」結合而成。

結合用例：

		與「動詞」結合時		
공부하다	공부하는 척하다 공부한 척하다	돕다	돕는 척하다 도운 척하다*
읽다	읽는 척하다 읽은 척하다	벗다	벗는 척하다 벗은 척하다
만들다	만드는 척하다* 만든 척하다*	짓다	짓는 척하다 지은 척하다*
받다	받는 척하다 받은 척하다	쓰다	쓰는 척하다 쓴 척하다
듣다	듣는 척하다 들은 척하다*	자르다	자르는 척하다 자른 척하다
입다	입는 척하다 입은 척하다	놓다	놓는 척하다 놓은 척하다

		與「形容詞」結合時		
따뜻하다	따뜻한 척하다	좁다	좁은 척하다
시다	신 척하다	춥다	추운 척하다*
아니다	아닌 척하다	낫다	나은 척하다*
좋다	좋은 척하다	바쁘다	바쁜 척하다

없다	없는 척하다*	빠르다	빠른 척하다
길다	긴 척하다*	그렇다	그런 척하다*

與「名詞이다」結合時

학생이다	학생인 척하다	교사이다	교사인 척하다

用　法：

1. 表示佯裝、假裝進行與事實相反之動作，或做出可對應至虛假狀態之相關動作。

- 모르면 모른다고 하면 되는데, 왜 자꾸 아는 척하는 거야?

  不知道的話就說不知道就行了，為什麼總是要裝懂呢？

  （表示佯裝、假裝進行與事實相反之動作，實際上為「모르다」（不懂）一事實。）

- 할 일이 없으면서 왜 항상 바쁜 척해요?

  又沒有要做的事情，為什麼總是裝忙？

  （由於無法直接對狀態、性質本身表示虛假，在此表示做出可對應至「바쁘다」（忙）一虛假狀態之相關動作，如「都不接電話、宣稱自己很忙」等行為。）

2. 與動詞結合時，若假裝正在進行某動作時，必須使用「-는 척하다」作「動詞語幹-는 척하다」；若假裝已經完成某動作時，必須使用「-(으)ㄴ 척하다」，作「動詞語幹-(으)ㄴ 척하다」。

- 그 학생은 노인에게 자리를 양보하고 싶어하지 않아 자는 척하고 있어.

  那個學生不想讓位給老人，所以在裝睡。

  （假裝正在進行「자다」（睡覺）一動作。）

- 헤어진 남자 친구를 우연히 만났는데 못 본 척했어요.

  偶然遇到了前男朋友，裝作沒有看見。

  （假裝已經完成「못 보다」（沒有看到）一動作；若寫作「못 보는 척했어요.」（假裝無法看到。）一句子則意思改變，不符合原意。）

3. 與形容詞、名詞이다結合時，若假裝做出可對應至虛假狀態、性質之相關動作，必須使用「-(으)ㄴ 척하다」作「形容詞語幹-(으)ㄴ 척하다」、「名詞인 척하다」。

   - 어제 길에서 넘어졌는데 창피해서 아프지 않은 척했어.

     昨天在路上跌倒了，但因為覺得丟臉所以就裝作不痛的樣子。

   - 할인 쿠폰을 받으려고 학생인 척했어요.

     為了獲得優惠券，就裝作是學生。

延伸補充：

1. 此句型除了可以「-는/(으)ㄴ 척하다」之形態呈現外，亦可寫作「-는/(으)ㄴ 척 動詞」，此時之動詞通常可更為詳細地表達佯裝時所採取的方式、手段。

   - 친구는 내 말을 못 들은 척 꼼짝도 하지 않아요.

     朋友裝作沒聽到我的話，一動也不動。

     （「꼼짝도 하지 않다」（一動也不動）一動作為假裝「내 말을 못 들었다」（沒聽見我的話）一狀況時所採取之方式。）

   - 그 사실을 알면서도 모른 척 웃어 주셔서 참 고마웠네.

     即使知道那個事實，仍裝作不知道地笑著，真的很感謝呢。

     （「웃어 주시다」（為了我笑）一動作為假裝「몰랐다」（不知道）一狀況時所採取之手段。）

2. 在實際使用時，可以「체하다」取代「척하다」，作「-는/(으)ㄴ 체하다」。

- 나는 친구가 잘난 체하는 꼴이 보기 싫어.
  我不喜歡看到朋友（一副）自命不凡的樣子。

- 저는 부모님께서 걱정하실까 봐 시험을 잘 본 체했어요.
  我怕父母擔心，假裝考試考得很好。

句型結合實例：

1. -는/(으)ㄴ 척하다 + -(으)면서

- 친구가 특별히 준비한 음식이어서 맛있는 척하면서 먹었어요.
  由於是朋友特別準備的食物，所以裝作很好吃的樣子吃下去。

2. -는/(으)ㄴ 척하다 + -던

- 그 사실을 듣고 애써 태연한 척하던 그의 눈에서 눈물이 뚝뚝 떨어졌어.
  聽到那個事實後，裝作若無其事的他眼淚嘩嘩地從眼睛流了下來。

D2-4 -(으)나 마나

解　　釋：表示前文動作不論進行與否，其結果皆相同且可被預測、推知。

中文翻譯：不管有沒有……都一樣、……也沒用、不用……也知道……

結構形態：由連結語尾「-(으)나」，與具「不進行動作」含義之動詞「말다」結合而成。

結合用例：

與「動詞」結合時			
공부하다	공부하나 마나	돕다	도우나 마나*
읽다	읽으나 마나	웃다	웃으나 마나
만들다	만드나 마나*	짓다	지으나 마나*
닫다	닫으나 마나	쓰다	쓰나 마나
들다	들으나 마나*	자르다	자르나 마나
입다	입으나 마나	놓다	놓으나 마나

用　　法：

1. 表示前文動作不論進行與否，其結果皆相同，即該動作之進行屬於多餘之事；與此同時，後方通常對該結果進行說明。

   * 영어 단어는 외우나 마나 금방 잊어버려요.
     英語單字不管背不背都一樣，馬上就忘掉了。

     （此時表示無論進行「영어 단어를 외우다」（背誦英語單字）一動作與否，結果皆相同。）

- 경기는 하나 마나 한국 팀이 이길 수밖에 없을 거야.

  不管有沒有比賽都一樣，韓國隊必然會贏的。

  （此時表示「경기를 하다」（進行競賽）一動作之進行為多餘之事，並於後方對可被預測、推知之其結果進行說明。）

2. 此句型原則上僅與動詞結合使用，且較不為本身具負面意義之動詞。

- 이 법안은 표결하나 마나 쉽게 통과될 겁니다.

  這個法案不管有沒有表決都一樣，很容易就會通過的。

- 이 시간에는 가 보나 마나 은행 문을 닫았을걸.

  這個時間去也沒用，銀行應該關門了吧。

3. 由於「-(으)나 마나」本身即涉及動作之進行與否，因此句型前方不另外與否定用法搭配使用。

- 뛰어가나 마나 어차피 지각이니까 그냥 천천히 가자.

  跑不跑反正都會遲到，就慢慢走吧。

- 이런 드라마는 보나 마나 재미없을 거예요.

  這種電視劇看不看都一樣，會很無聊的。

延伸補充：

1. 由於「-(으)나 마나」表示不論進行與否，其結果皆相同且可被預測、推知，因此亦常與「推測」等具不確定性之相關句型搭配使用。

- 일기 예보를 확인하나 마나 내일은 비가 올 확률이 높을 겁니다.

  不管有沒有確認氣象預報都一樣，明天下雨的機率應該會很高。

- A: 그 사람한테 부탁해 보는 게 어떨까?

  要不要拜託那個人看看呢？

  B: 에이, 그 사람한테는 부탁하나 마나 들어주지 않을 거야.

  唉，有沒有拜託那個人都一樣，不會答應的。

🔍 與「推測」相關句型，常見的有：「-겠-」、「-(으)ㄹ 것이다」、「-(으)ㄹ 텐데」、「-는/(으)ㄴ/(으)ㄹ 것 같다」、「-(으)ㄹ걸(요)」。

2. 若欲單純表達某動作之進行屬於多餘之事，且其結果由於淺顯易見因此不需特別說明，此時可在句型後方直接添加含有「是」含義之「이다」，作「-(으)나 마나이다」。

- 끝까지 참고 견디지 않으면 하나 마나(이)니까 절대 포기하지 말자.
  不忍耐堅持到最後的話，有做和沒有做都一樣，因此絕對不要放棄。

- 이 구두는 사이즈가 너무 커요. 신어 보나 마나예요.
  這雙皮鞋尺寸太大了，不用穿也知道。

D2-5 -아/어/여 봤자

解　　釋：表達即使假設前文中某事件、狀態實現，仍會發生如同後文內容般無濟於事、效果有限之狀況。

中文翻譯：再怎麼……也……、即使……也……、就算……也……

結構形態：由句型「-아/어/여 보다」、過去形先語末語尾「-았-/-었-/-였-」，與連結語尾「-자」結合而成。

結合用例：

與「動詞」結合時			
공부하다	공부해 봤자*	돕다	도와 봤자*
읽다	읽어 봤자	웃다	웃어 봤자
만들다	만들어 봤자	짓다	지어 봤자*
닫다	닫아 봤자	쓰다	써 봤자*
듣다	들어 봤자*	자르다	잘라 봤자*
입다	입어 봤자	놓다	놓아 봤자

與「形容詞」結合時			
따뜻하다	따뜻해 봤자*	좁다	좁아 봤자
시다	셔 봤자*	춥다	추워 봤자*
아니다	아니어 봤자	낫다	나아 봤자*
좋다	좋아 봤자	바쁘다	바빠 봤자*
없다	없어 봤자	빠르다	빨라 봤자*
길다	길어 봤자	그렇다	그래 봤자*

與「名詞이다」結合時			
옛날이다	옛날이어 봤자	친구이다	친구여 봤자

用　法：

1. 表達即使假設前文中某事件之發生，或狀態、性質之實現，但該程度僅止於某處；可與動詞、形容詞、名詞이다結合。

- 아이들이 먹어 봤자 얼마나 먹겠어? 너무 많이 준비한 것 같아.
  孩子們再怎麼（能）吃，能吃多少呢？好像準備太多了。

- 쓰기 점수가 높아 봤자 실제로 대화할 때는 한마디도 안 나오잖아요?
  即使寫作分數再高，實際對話的時候不是一句話都說不出來嗎？

2. 與動詞結合使用時，表示無論付出多少努力、試圖進行前文之動作，仍會發生後文中無濟於事、效果有限之結果。

- 택시를 타 봤자 지각이니까 그냥 지하철을 탑시다.
  即使搭計程車也還是（會）遲到，就坐地鐵吧。

  （此時表示即使試圖進行「택시를 타다」（搭計程車）一動作，仍會發生「지각이다」（是遲到）一無濟於事之結果。）

- 그에게 얘기해 봤자 소용이 없을 거야.
  就算跟他說也是沒有用的。

  （此時表示無論付出多少努力進行「얘기하다」（說）一動作，仍會發生「소용이 없다」（沒有用處）一效果有限之結果。）

3. 與形容詞、名詞이다結合使用時，表示無論前文狀況發生之程度為何，效果仍是有限的；即承認前文之狀況具相當程度，但該程度終究不如其他狀況。

D
其他常用表現

- 그 음식이 맛있어 봤자 우리 엄마 만든 음식보다는 별로일 거야.

  那個食物再怎麼好吃，也比不上我媽媽做的食物。

  （此時表示無論「그 음식이 맛있다」（那個食物好吃）一狀況之程度多麼高，但該程度終究不如「우리 엄마 만든 음식」（我媽媽做的食物）一其他狀況。）

- 지금 증권 시장이 증가세여봤자 아직 고점에 복귀하려면 멀었습니다.

  現在證券市場再怎麼（呈現）增長趨勢，要重返高點還有很長一段距離。

  （此時承認「증권 시장이 증가세이다」（證券市場呈現增長趨勢）一狀況具相當之程度，但效果仍是有限的。）

4. 由於「-아/어/여 봤자」在使用時含有負面性語感，因此若聽者為長輩或社會地位較高的人時，必須謹慎使用。

- 너는 아무리 애써 봤자 그 사람의 발끝도 못 따라가는 거야.

  你即使再努力也無法跟上那個人的腳步。

- 이왕 그렇게 된 일, 후회해 봤자 소용없어.

  事情既然已經那樣子了，就算後悔也沒有用。

延伸補充：

1. 由於「-아/어/여 봤자」是用來表示無濟於事、效果有限，為增強其敘述程度，常與副詞「아무리」（無論多麼地），或「그렇게」（如此那樣地）等詞彙搭配使用。

- 그 일이 아무리 어려워 봤자 지난번 일보다는 쉬울걸요.

  那個工作再怎麼難，應該也比上次（的工作）容易吧。

- 그렇게 계속 연락해 봤자 아무 소용도 없을 텐데.

  即使那樣持續聯繫，應該也沒有用吧。

D3-1 -아/어/여지다

解　釋： 將動詞轉變成可於被動句使用之形態。

中文翻譯： 被……、✗

結構形態： 由連結語尾「-아/어/여」，與表示「依據外力而動作」之補助
動詞「지다」結合而成。

結合用例：

與「動詞」結合時			
정하다	정해지다*	굽다	구워지다*
켜다	켜지다*	벗다	벗어지다
만들다	만들어지다	짓다	지어지다*
믿다	믿어지다	끄다	꺼지다*
주다	주어지다	자르다	잘라지다*
지우다	지워지다	넣다	넣어지다

用　法：

1. 將動詞轉變成可於被動句使用之形態；需注意韓語中被動句之定義、使用時
機與中文間存在差異，且使用被動表現之頻率並不如中文一般地高。

   * 핸드폰이 고장났나 봐요. 버튼이 안 눌러져요.
     手機好像壞掉了呢，按鈕無法按。

- 아동은 또래에 의하여 성격 형성이 이루어진다고 합니다.

  據說兒童性格的形成會受到同儕的影響。

  > 🔍 被動（피동）之定義為「主體依據外力驅動的動詞之性質」，其相對概念為主動（능동），而在韓語中之被動用法可大致分為「語彙被動」、「衍生被動」、「句型被動」。「語彙被動」涉及以「되다」、「당하다」、「받다」結尾之詞彙；「衍生被動」涉及與被動接尾辭「-이-」、「-히-」、「-리-」、「-기-」結合之詞彙；「句型被動」則涉及句型「-아/어/여지다」與「-게 되다」之被動用法。

2. 此句型可使用於絕大部分動詞，但通常排除本身可用於「衍生被動」之詞彙；惟在實際使用時，亦存在可與經「衍生被動」作用後的詞彙結合之情形。

- 작은 토끼가 큰 곰에게 잡혔어요.

  小兔子被大熊抓住了。

  （由於「잡다」（抓）一詞彙本身存在「잡히다」（被抓）一被動形態，因此「잡다」（抓）原則上不與「-아/어/여지다」結合使用。）

- 주어진 시간 내에 모든 문제를 풀어야 해.

  必須在（被）給予的時間內解出所有題目。

  （「주다」（給）一詞彙本身並未存在被動形態，因此可與「-아/어/여지다」結合。）

- 시간이 지나서도 그 일은 잊혀지지가 않군요.

  即使時間流逝，那件事情也不會被遺忘呢。

  （「잊히다」（被忘記）一詞彙本身為「잊다」（忘記）之被動形態，照理來說不應再與「-아/어/여지다」結合，但在實際使用時仍有此現象發生，此為「二重被動表現」，不被視為標準用法。）

3. 可與「-아/어/여지다」結合之動詞，原則上為「他動詞」，即對應於該動詞之某動作發生的同時有其他對象、事物受到影響。

- 부추는 경상도에서는 정구지라고 불러집니다.
  韭菜在慶尚道被稱作「정구지」。

  （「부르다」（稱呼）為「他動詞」。）

- 덜 구워진 고기를 먹으면 배탈이 나니까 절대 먹지 말아요.
  吃沒烤熟的肉會肚子痛，絕對不要吃。

  （「굽다」（烤）為「他動詞」，且於動作發生的此時，「고기」（肉）一事物受到影響。）

4. 若欲對被動用法表達否定含義，則須與否定用法「안」、「-지 않다」搭配使用。

- 아무리 운동을 열심히 해도 살이 안 빠졌어요.
  不管再怎麼努力運動都瘦不下來。

- 가죽으로 만든 허리띠는 질겨서 잘 끊어지지 않아.
  用皮革製作的皮帶很堅韌，不容易斷裂。

延伸補充：

1. 韓語中之被動用法，往往於「將焦點置於受語」、「並無特定或不需說明行為者」等情況中使用。

   - 이런 기적이 발생하다니 정말 믿어지지 않네.
     居然會出現這樣的奇蹟，真的令人無法相信呢。

     （此時將焦點置於「이런 기적을 정말 믿지 않네.」（真的不相信這樣的奇蹟呢。）一原先句子中之「이런 기적」（這樣的奇蹟）一受語。）

   - 만나면 헤어지는 것은 정해진 운명이니 이별을 서러워 마라.
     相遇後（會）分開是命中注定，不要為離別感到傷心。

     （此時該狀況並未有特定之行為者，若寫作「정한 운명」（決定了的命運）則意思改變。）

2. 若使用「-아/어/여지다」將敘述之焦點置於受語，且同時欲明示動作之行為者，則可在動作之行為者後方添加「에 의해」。

   - PPT가 발표자에 의해 만들어졌어요.
     PPT 是由發表人所製作。

   - 지금 보시는 이 아파트는 저희 회사에 의해 지어진 겁니다.
     現在看到的這棟公寓，是由我們公司所建造的。

句型結合實例：

1. -아/어/여지다 + -는/-(으)ㄴ/-(으)ㄹ

   - 당위와 원칙이 제대로 지켜지는 사회가 건전한 사회입니다.
     確實遵守義務與原則的社會才是一個健全的社會。

2. -아/어/여지다 + -는 바람에

- 길을 가다가 갑자기 바지가 찢어지는 바람에 한바탕 쇼가 벌어졌어요.
  走在路上因為褲子突然破了的關係，出了一陣洋相。

D3-2 -게 하다

解　　釋：將動詞、形容詞轉變成可於使動句使用之形態。

中文翻譯：讓……、要……

結構形態：由副詞形語尾「－게」，與表示「使其行動、成為某狀態」之補助動詞「하다」結合而成。

結合用例：

與「動詞」結合時			
공부하다	공부하게 하다	돕다	돕게 하다
읽다	읽게 하다	웃다	웃게 하다
만들다	만들게 하다	짓다	짓게 하다
닫다	닫게 하다	쓰다	쓰게 하다
듣다	듣게 하다	자르다	자르게 하다
입다	입게 하다	놓다	놓게 하다

與「形容詞」結合時			
따뜻하다	따뜻하게 하다	좁다	좁게 하다
있다	있게 하다	더럽다	더럽게 하다
짙다	짙게 하다	행복하다	행복하게 하다
좋다	좋게 하다	고프다	고프게 하다
없다	없게 하다	나쁘다	나쁘게 하다
길다	길게 하다	하얗다	하얗게 하다

用　法：

1. 將動詞轉變成可於使動句使用之形態。

- 어머니가 아이에게 우유를 사 오게 했어요.
  媽媽要孩子買牛奶回來。

- 하느님, 제발 부자 되게 해 주세요.
  上天啊，求（您）讓我成為有錢人吧。

> 🔍 使動（사동）之定義為「主體驅使其他對象進行動作的動詞之性質」，其相對概念為主動（주동），而在韓語中之使動用法可大致分為「語彙使動」、「衍生使動」、「句型使動」。「語彙使動」涉及以「시키다」結尾之詞彙；「衍生使動」涉及與使動接尾辭「－이－」、「－히－」、「－리－」、「－기－」、「－우－」、「－구－」、「－추－」、「－애－」結合之詞彙；「句型使動」則涉及句型「－게 하다」之使動用法。

2. 與動詞結合時，表示使其行動、動作，或允許其行動、動作；此時需要倚賴前後文及當下之情況作出判斷。原則上可使用於所有動詞，且亦適用於本身可用於「衍生使動」之詞彙。

- 규칙을 지키지 않은 사람에게 벌금을 내게 했어.
  讓不遵守規則的人繳交罰款。

  （表示主語使對方進行「벌금을 내다」（繳交罰款）一動作。）

- 부장님, 저도 이번 회의에 참석할 수 있게 해 주십시오.
  部長，請讓我也能參加這次的會議。

  （表示主語允許對方進行「이번 회의에 참석하다」（參加這次會議）一行動。）

- 그 배우는 관객을 웃고 울게 하는 매력이 있습니다.

  那位演員有讓觀眾又笑又哭的魅力。

  （「웃다」（笑）一詞彙本身存在「웃기다」（使笑）一使動形態，但仍可與「-게 하다」結合使用。）

  🔍 本身為使動形態之詞彙，即涉及「衍生使動」之被動用法，這些詞彙已被登錄於字典中，例如：「들이다」（使進）、「먹이다」（使吃）、「맞히다」（使符合）、「넓히다」（拓寬）、「놀리다」（玩弄）、「날리다」（使飛）、「남기다」（留下）、「웃기다」（逗笑）、「돋우다」（提高）、「비우다」（空出）、「달구다」（弄熱）、「일구다」（使發生）、「낮추다」（降低）、「늦추다」（推遲）、「없애다」（除去）。

3. 與形容詞結合時，表示使其成為某狀態。此時在使用上較具限制，易因實際使用狀況而左右與形容詞之結合能否。

   - 자꾸 귀찮게 해서 미안한데 밥은 제가 살게요.

     不好意思一直（讓你感到）麻煩，飯就由我來請吧。

   - 지금은 재능을 발휘하여 백성을 행복하게 하는 정치인이 필요합니다.

     現在需要能發揮才能，讓百姓幸福的政治人物。

4. 若欲對使動用法表達否定含義，則須與否定用法「**못**」、「**-지 못하다**」搭配使用。

   - 어렸을 때 아버지는 텔레비전을 가까이 못 보게 하셨어요.

     小時候爸爸不讓我看電視看太近。

   - 도대체 그를 가지 못하게 하는 이유가 무엇입니까?

     不讓他去的理由到底是什麼呢？

延伸補充：

1. 以「-게 하다」完成之句子中，名詞後方之助詞會隨動詞的種類而有所差異。在與「自動詞」結合，或句中並未存在除動作實際進行者之外的人、事、物時，動作之實際進行者後方可添加「**을/를**」；而在與「他動詞」結合時，動作之實際進行者後方可添加「**에게**」，受動作影響之對象、事物後方則添加「**을/를**」。

   - 교수님께서는 학생들을 5분 동안 쉬게 하셨습니다.
     教授讓學生們休息 5 分鐘。

     （「쉬다」（休息）為一「自動詞」，即對應於該動詞之某動作發生的同時並未有其他對象、事物受到影響，因此於動作之實際進行者「학생들」（學生們）後方添加「을/를」。）

   - 친구가 나를 밖에서 기다리게 했어요.
     朋友讓我在外面等。

     （「기다리다」（等待）雖然為一「他動詞」，即對應於該動詞之某動作發生的同時有其他對象、事物受到影響，但由於句中除動作之進行者「나」（我）外，並未有其他人、事、物，因此於「나」（我）後方亦添加「을/를」。）

   - 선생님은 저에게 포스터를 붙이게 하셨어요.
     老師要我貼海報。

     （「붙이다」（貼）為一「他動詞」，且句中將動作之行為者、受對象影響之對象、事物明示出，因此分別於「저」（我）、「포스터」（海報）後方添加「에게」、「을/를」。）

   > 🔍 韓語中之「他動詞」，指的是需動作對象之動詞，可比擬作在學習英語時其中之「及物動詞（transitive verb）」概念；「自動詞」，指的則是不需動作對象之動詞，可比擬作在學習英語時其中之「不及物動詞（intransitive verb）」概念。

2. 在實際使用時，亦可以「-게 만들다」或「-도록 하다」之形式呈現，惟相較於「-게 하다」，「-게 만들다」更具強制之語感，且不用於表示「允許他人進行動作」之意義；「-도록 하다」則較常用於正式場合中。

- 그는 다른 사람한테 자신의 말을 믿게 만들었어.
  他讓其他人相信自己的話。

- 승무원은 승객들에게 모두 구명조끼를 입도록 했습니다.
  空服員要乘客們都穿上救生衣。

句型結合實例：

1. -게 하다 + -는 것

- 요즘 남학생들은 바짓단을 짧게 해 발목이 보이게 하는 게 유행입니다.
  最近男學生們流行把褲管改短，露出腳踝。

2. -게 하다 + -(으)ㄹ걸 그랬다

- 이럴 줄 알았으면 억지로라도 널 못 가게 할걸 그랬어.
  早知道會這樣的話，就硬是不讓你去了。

D4-1 -(으)ㄹ 뿐만 아니라 ; 뿐만 아니라

解　　釋：表示某事件、狀態不僅止於前文中之描述，同時亦包含後文中所述之內容。

中文翻譯：不僅……、不僅……而且……

結構形態：由冠形詞形語尾「-(으)ㄹ」、具「僅只」意涵之依存名詞「뿐」、助詞「만」、具「不是」意涵之形容詞「아니다」，與連結語尾「-라」結合而成。

結合用例：

與「動詞」結合時			
공부하다	공부할 뿐만 아니라	돕다	도울 뿐만 아니라*
읽다	읽을 뿐만 아니라	웃다	웃을 뿐만 아니라
만들다	만들 뿐만 아니라*	짓다	지을 뿐만 아니라*
닫다	닫을 뿐만 아니라	쓰다	쓸 뿐만 아니라
듣다	들을 뿐만 아니라*	자르다	자를 뿐만 아니라
입다	입을 뿐만 아니라	놓다	놓을 뿐만 아니라

與「形容詞」結合時			
따뜻하다	따뜻할 뿐만 아니라	좁다	좁을 뿐만 아니라
시다	실 뿐만 아니라	춥다	추울 뿐만 아니라*
아니다	아닐 뿐만 아니라	낫다	나을 뿐만 아니라*

좋다	좋을 뿐만 아니라	바쁘다	바쁠 뿐만 아니라
없다	없을 뿐만 아니라	빠르다	빠를 뿐만 아니라
길다	길 뿐만 아니라*	그렇다	그럴 뿐만 아니라*

與「名詞이다」結合時			
학생이다	학생일 뿐만 아니라	학교이다	학교일 뿐만 아니라

與「名詞」結合時			
학생	학생뿐만 아니라	학교	학교뿐만 아니라

用　法：

1. 表示某事件、狀態不僅止於前文中之描述，同時亦包含後文中所述之內容；此時後文內容通常具加成之功能，即前後文內容為同一脈絡、主題，且後文所表達之形容、感受程度高於前文。

   - 삼계탕은 건강에 좋을 뿐만 아니라 맛도 좋아요.

     蔘雞湯不僅有益於健康，而且也很好吃。

     （此時後文內容具加成之功能，且前後文內容為同一脈絡，皆是對「삼계탕」（蔘雞湯）之優點予以敘述。）

   - 그는 덤벙댈 뿐만 아니라, 남의 처지를 헤아릴 줄도 모르는 사람이야.

     他是一個不僅莽撞，而且還不懂得體諒別人處境的人。

     （此時前後文主題、主語一致，且後文所表達之形容、感受程度高於前文，更甚於前文。）

2. 此句型可與動詞、形容詞、名詞이다結合，此時以「-(으)ㄹ 뿐만 아니라」一形態呈現。同時，若欲陳述之狀態、行為之時間為過去，或是已完成時，可在前文添加過去形先語末語尾「-았-/-었-/-였-」，作「-았/었/였을 뿐만 아니라」。

- 커피를 마셨을 뿐만 아니라 케이크까지 먹었다고?
  （你說）不僅喝了咖啡，甚至還吃了蛋糕嗎？

- 이 가게의 과일은 싱싱할 뿐만 아니라 값도 싸요.
  這家店的水果不僅新鮮，而且價格也便宜。

- 그는 사업가일 뿐만 아니라 정치인이기도 합니다.
  他不僅是位企業家，還是位政治人物。

3. 名詞亦可直接與本句型結合，以「뿐만 아니라」一形態呈現；此時的「뿐」是為助詞，與前方名詞間不需空格。同時，需注意由於並未有「이다」（是），因此在意義上呈現差異，呈現於中文翻譯時亦有所不同。

- 제임스는 일본어뿐만 아니라 한국어도 할 줄 알아요.
  詹姆士不僅（會說）日語，還會說韓語。

- 이 영화는 아이들뿐만 아니라 어른들도 즐겨 봅니다.
  這部電影不僅孩子們（喜歡看），大人們也喜歡看。

延伸補充：

1. 在實際使用時，可將「만」予以省略，作「-(으)ㄹ 뿐 아니라」、「뿐 아니라」；與此同時，在與動詞、形容詞、名詞이다結合時，亦可將句型寫作「-(으)ㄹ 뿐더러」，在意義上並無明顯差別。

- 버스를 이용하면 교통비도 줄일 뿐 아니라 공기 오염도 줄일 수 있어요.
  搭乘公車的話不僅能減少交通費，還可以減少空氣汙染。

- 반도체 산업은 전망이 밝을 뿐더러 투자 가치도 있습니다.
  半導體產業不僅前景明朗，而且還具有投資價值。

2. 若欲單純表達「僅僅、只不過」一含義時，可將「-(으)ㄹ 뿐만 아니라」、「뿐만 아니라」中之「만 아니라」替換為具「是」意義之「이다」，作「-(으)ㄹ 뿐이다」、「뿐이다」。

- 난 그녀에게 그저 몇 마디 했을 뿐인데 그녀는 불쾌한 표정을 지었어.
  我只不過說了她幾句，她就露出了不悅的表情。

- 당신의 위선에 나는 구역질이 날 뿐이야.
  對你的偽善，我只感到噁心而已。

- 우리 반 애들의 머릿속엔 온통 게임뿐이야.
  我們班孩子的頭腦裡只有滿滿的遊戲。

句型結合實例：

1. 아/어/여 주다 + -(으)ㄹ 뿐만 아니라

- 다도는 머리를 맑게 해 줄 뿐만 아니라 마음도 차분하게 해 줍니다.
  茶道不僅能使頭腦清醒，還能使心情平靜。

2. -(으)ㄹ 수 있다 [없다] + -(으)ㄹ 뿐만 아니라

- 폐품 재활용은 자원을 절약할 수 있을 뿐 아니라 오염도 줄일 수 있어.
  廢物利用不僅可以節約資源，還可以減少汙染。

D4-2 -기는커녕

解　　釋：表示對前文內容之否定，同時補充敘述更為基礎、相反性之內容。

中文翻譯：非但不⋯⋯反而還⋯⋯、別說⋯⋯就連⋯⋯

結構形態：由名詞形轉成語尾「-기」，與助詞「는」、「커녕」結合而成。

結合用例：

與「動詞」結合時			
공부하다	공부하기는커녕	돕다	돕기는커녕
읽다	읽기는커녕	웃다	웃기는커녕
만들다	만들기는커녕	짓다	짓기는커녕
닫다	닫기는커녕	쓰다	쓰기는커녕
듣다	듣기는커녕	자르다	자르기는커녕
입다	입기는커녕	놓다	놓기는커녕

與「形容詞」結合時			
따뜻하다	따뜻하기는커녕	좁다	좁기는커녕
시다	시기는커녕	춥다	춥기는커녕
아니다	아니기는커녕	낫다	낫기는커녕
좋다	좋기는커녕	바쁘다	바쁘기는커녕
없다	없기는커녕	빠르다	빠르기는커녕
길다	길기는커녕	그렇다	그렇기는커녕

與「名詞이다」結合時			
학생이다	학생이기는커녕	학교이다	학교이기는커녕

用 法：

1. 表示對前文內容之否定，並於後文進行補充敘述。

- 부정 행위를 한 학생이 처벌을 받기는커녕 모범생으로 당선 됐어요.
  作弊的學生非但沒有受到處罰，反而還當選為模範生。

- 시간이 없어서 밥을 먹기는커녕 커피를 탈 시간도 없었어.
  因為沒有時間，別說吃飯，就連泡咖啡的時間都沒有。

2. 位於後方之補充說明，根據性質之不同可分為「相反性之內容」及「更為基本之內容」。前者說明否定之對象與事實相反；後者則說明就連更為基本之情形皆無法達成，遑論先前否定之對象。

- 우승하기는커녕 오히려 규칙을 어겨서 실격하게 되었습니다.
  不但沒有（獲得）優勝，反而還因為違反規則而失去了比賽資格。

  （位於後方之「실격하다」（失去資格）一敘述內容，相對於「우승하다」（優勝）來說具相反性。）

- 그는 영어를 잘하기는커녕 알파벳조차 모르는 사람이야.
  別說擅長英語，他是個就連英文字母都不懂的人。

  （位於後方之「알파벳조차 모르다」（連英文字母都不懂）一敘述內容，相對於「영어를 잘하다」（擅長英語）來說屬更為基本，更容易達成之目標。）

> 🔍 後方之補充敘述若為「相反性之內容」，常與副詞「오히려」（反而）、「도리어」（反而）一同使用；若為「更為基本之內容」，則常與副詞「심지어」（甚至）或「도」、「까지」、「조차」等助詞，以及否定相關用法搭配使用。

3. 此句型可與動詞、形容詞、名詞**이다**結合；同時，即使位於前方之內容為過去，或是已完成，仍不需在「**-기는커녕**」前方放置過去形先語末語尾「**-았-/-었-/-였-**」。

- 그 당시에는 다리가 아파서 뛰기는커녕 걷기도 힘든 상황이었어요.
  當時因為腿痛，別說是跑步，就連走路都很困難。

- 그 영화는 재미있기는커녕 화가 날 정도로 재미없었어요.
  那部電影別說有趣了，反而還無聊到讓人生氣的程度。

- 망가지는 현실 속에서 시민은 주인이기는커녕 피해자에 불과합니다.
  在破滅的現實中，市民非但不是主人，反而還不過是受害者。

延伸補充：

1. 在實際使用「**-기는커녕**」時，經常伴隨著「事與願違」、「不滿」等負面之情緒或語感。

- 저축을 많이 하기는커녕 도리어 카드 빚만 늘었지.
  別說存了很多錢，反而還增加了卡債。

  （事件之結果不符合話者的期待，事與願違。）

- 방학에는 해외 여행을 가기는커녕 국내 여행도 못 했어.
  放假時非但沒有去海外旅行，就連國內旅行都沒能去。

  （現實狀況令話者感到不滿、不悅。）

2. 作為一對話性較強之句型，常使用於與他人之對話中。話者利用「-기는커녕」針對對方所提出之內容進行駁斥、反駁；且由於是以較強烈之語氣給予否定，因此必須謹慎使用。

- A: 룸메이트가 잘 도와줬어?
  室友有幫上忙嗎？

  B: 아니, 돕기는커녕 방해만 됐어.
  沒有，非但沒有幫忙，反而還妨礙了我。

- A: 일을 하느라 힘들었을 텐데 주말에는 잘 쉬었어?
  工作應該很累吧，週末有好好休息嗎？

  B: 쉬기는커녕 장모님이 갑자기 찾아와서 이래저래 할 일이 많았어.
  別說休息，丈母娘突然來，因此各種要做的事很多。

3. 由於「-기는커녕」中之「-기」為具名詞化功能之轉成語尾，若欲對名詞加以否定，亦可單獨與名詞結合作「名詞은/는커녕」後加以使用。其中，若名詞的最後一字有收尾音時會接上「은커녕」；無收尾音字時則接上「는커녕」。

- 세일은커녕 오히려 가격이 또 올랐어요.
  不僅沒有特價，價格甚至還又上漲了。

- 그는 비행기는커녕 배도 타 본 적이 없어.
  他別說是飛機，就連船都沒有搭過。

4-3 만 해도

解　釋： 在多項狀況中擇一作舉例並加以說明，藉以對內容進行補充或強調。

中文翻譯： 就拿……來說……、光是……就……

結構形態： 由助詞「만」、動詞「하다」，與連結語尾「–아/어/여도」結合而成。

結合用例：

與「名詞」結合時			
학생	학생만 해도	학교	학교만 해도

用　法：

1. 表示在多項狀況中擇一進行舉例並加以說明，藉以對話題內容進行補充、強調。

- 합격하기 위해 공부를 열심히 하고 있어. 어제만 해도 10시간이나 공부했어.
  為了通過考試正在努力讀書。就拿昨天來說，就讀了長達 10 個小時。

- 그 작가가 소장한 책만 해도 약 만 권 이상이에요.
  那位作家光是收藏的書，就約萬冊以上。

2. 本句型與名詞結合，且該名詞常是眾多例子中具代表性之人、事、物，同時對內容進行補充說明。

- 대도시에서 살면 생활비가 많이 들어요. 식비만 해도 한 달에 50만원 정도 들어요.

  在大都市生活的話，生活花費高，光是伙食費一個月就要 50 萬元左右。

  （「식비」（伙食費）為在「생활비」（生活費）中眾多例子之一。）

- 패스트푸드에는 열량이 많습니다. 감자 튀김만 해도 500kcal 가 넘습니다.

  速食中含有很高的熱量，光是炸薯條就超過 500 大卡。

  （「감자 튀김」（炸薯條）為在「패스트푸드」（速食）中眾多例子之一。）

3. 除了代表性之人、事、物之外，「**만 해도**」前方之名詞亦可為話者生活周遭之事物；此時話者透過提出不需刻意探尋之周遭人、事、物，用以強調某現象、狀況之隨處可見、廣泛發生。

- 요즘 해외 여행 가는 사람이 많아. 내 친구들만 해도 벌써 여러 명이 다녀왔어.

  最近去海外旅行的人很多，光是我的朋友就已經有好幾位去過了。

- 요새 학비가 비싸진 것 같아. 우리 학교만 해도 작년보다 10 만원이나 올랐어.

  最近學費好像變貴了，光是我們學校就比去年漲了 10 萬元。

  🔍 此時由於位於「만 해도」前方之名詞，為話者生活周遭之事物，因此常含有「우리」（我們）、「내」（我的）、「제」（我的）、「나」（我）、「저」（我）等與自己相關之詞彙。

延伸補充：

1. 作為一對話性較強之句型，常使用於與他人之對話中；通常不會單獨出現，
   而是用於回覆他人話語，或接續於話者自行提出之內容後方。

   - A: 한국 회사에서는 회식을 참 많이 하는 것 같네요.
     韓國的公司好像很常聚餐呢。

     B: 맞아요. 우리 회사만 해도 일주일에 3번은 꼭 회식을 해요.
     沒錯，光是我們公司一週就一定會聚餐 3 次。

   - 타이베이에는 높은 산이 많은데 칠성산만 해도 1,120m입니다.
     臺北有很多高山，就拿七星山來説，就有 1,120 公尺。

2. 「만 해도」前方若與時間相關詞彙、用法搭配使用，有時可另外強調該時
   間點之情況，與現今有所不同、今非昔比；同時，該相關詞彙、用法在時間
   上通常為過去。

   - 2년 전만 해도 한국어를 한마디도 할 줄 몰랐지만 이제는 한
     국 노래를 곧잘 부르게 됐어.
     2 年前還連一句韓語都不會説，但現在韓國歌曲唱得相當好。

     （「2년 전」（2年前）為一過去時間，強調今非昔比。）

   - 며칠 전까지만 해도 멀쩡하던 사람이 왜 갑자기 쓰러진 거야?
     幾天前為止還好端端的人，怎麼會突然暈倒了呢？

     （此時強調位於「며칠 전까지」（幾天前為止）一時間點之情況，與現
     今有所不同、變化很大且突然。）

D4-4 -는/(으)ㄴ 대신에 ; 대신에

解　　釋： 表示後文中狀態之發生，與前文不同；或是以取代、替代前文之方式進行動作。

中文翻譯： 但是……、不……而是……、作為報償……、✕

結構形態： 由冠形詞形語尾「-는/(으)ㄴ」、具「替代、相反」含義之名詞「대신」，與助詞「에」結合而成。

結合用例：

與「動詞」結合時			
공부하다	공부하는 대신에	돕다	돕는 대신에
읽다	읽는 대신에	웃다	웃는 대신에
만들다	만드는 대신에*	짓다	짓는 대신에
닫다	닫는 대신에	쓰다	쓰는 대신에
듣다	듣는 대신에	자르다	자르는 대신에
입다	입는 대신에	놓다	놓는 대신에

與「形容詞」結合時			
따뜻하다	따뜻한 대신에	좁다	좁은 대신에
시다	신 대신에	춥다	추운 대신에*
많다	많은 대신에	낮다	나은 대신에*
좋다	좋은 대신에	바쁘다	바쁜 대신에
없다	없는 대신에*	빠르다	빠른 대신에
길다	긴 대신에*	그렇다	그런 대신에*

與「名詞이다」結合時			
내일이다	내일인 대신에	친구이다	친구인 대신에

與「名詞」結合時			
시험	시험 대신에	숙제	숙제 대신에

用　法：

1. 表示後文中狀況、狀態之發生與前文內容有所不同、呈現相反；用作此用法時，句子主題、主語須一致，且可與動詞、形容詞、名詞이다結合。與動詞結合時，作「動詞語幹-는 대신에」；與形容詞結合作「形容詞語幹-(으)ㄴ 대신에」；與名詞이다結合則作「名詞인 대신에」。

- 우리 회사에서는 월급을 많이 주는 대신에 일도 많이 시켜요.
  我們公司給很多薪水，但也讓（我們）做很多的事情。

  （此時後文為缺點，前文為優點；表示後文中「일을 많이 시키다」（使做很多事情）一狀況之發生，與前文「월급을 많이 주다」（給很多薪水）一內容有所不同，呈現相反。）

- 그 공주는 얼굴이 예쁜 대신에 마음씨는 고약합니다.
  那個公主臉蛋很漂亮，但心腸很壞。

  （此時前後文主題一致，皆為「그 공주」（那位公主）。）

2. 表示後文中之動作，是以取代、替代前文內容之方式進行，或是作為前文內容之補償、報償而進行；用作此用法時，主要與動詞結合，作「動詞語幹-는 대신에」。

- 오늘은 비가 와서 공원에서 산책하는 대신에 헬스장에 가서 운동했어요.
  因為今天下雨所以不在公園散步，而是去健身房運動了。

  （表示後文之「헬스장에 가서 운동하다」（去健身房運動）一動作，是以替代前文「공원에서 산책하다」（在公園散步）一內容之方式進行。）

D
其他常用表現

- 친구가 영어를 가르쳐 주는 대신에 나도 친구에게 중국어를 가르쳐 줘.

  朋友教（我）英語，（作為報償）我也教朋友中文。

  （表示後文之「친구에게 중국어를 가르쳐 주다」（教朋友中文）一動作，是以作為前文「친구가 영어를 가르쳐 주다」（朋友教我英語）一內容之補償、報償、彌補而進行。）

3. 名詞亦可直接與本句型結合，以「대신에」一形態呈現，此時單純表示「取代、代替」之意。

- 냉장고 안에 주스는 없는데 주스 대신에 우유를 줄까?

  冰箱裡沒有果汁，要給（你）牛奶（來代替果汁）嗎？

  （此時表示以「우유」（牛奶），取代位於「대신에」前方之「주스」（果汁）一名詞。）

- 나는 해외 유학 대신에 국내에서 취직하기로 했습니다.

  我決定不出國留學，而是在國內就業。

  （此時表示以「국내에서 취직하다」（在國內就職），取代位於「대신에」前方之「해외 유학」（海外留學）一名詞。）

延伸補充：

1. 在實際使用時，可將「에」予以省略，作「-는/(으)ㄴ 대신」、「대신」。

- 일반 담배를 끊는 대신 전자담배로 교체하는 경우 아예 금연한 사람보다 심뇌혈관질환 발생 위험이 31% 높은 것으로 나타났습니다.

  據調查，以電子煙代替普通香菸時，發生心腦血管疾病的危險較完全戒菸的人高出 31%。

- 여러분의 점수는 시험 대신 조별 과제로 평가됩니다.

  大家的分數是以小組報告取代考試而評定。

2. 此句型在使用時亦存在前方不與動詞、形容詞、名詞이다、或名詞結合，而是以類似副詞之方式使用的情形。

- 사교적인 성격이면 사람들을 쉽게 사귈 수 있지만, 대신 깊이 사귀지를 못해요.

  擅於社交的性格的話，雖然很容易結交朋友，但無法深入交往。

- 집안에서는 모든 전기불을 끄고 대신 촛불을 켜서 창가에 놓았어요.

  關掉家裡所有的電燈，而點上蠟燭放在窗邊。

D4-5 -되

解　　釋：表達在認同、允許前文內容之同時，於後文中進行附加說明、
條件之補充敘述；或表示前後文間之對立、相反。

中文翻譯：……惟……、……卻……

結構形態：連結語尾。

結合用例：

與「動詞」結合時			
공부하다	공부하되	돕다	돕되
읽다	읽되	웃다	웃되
만들다	만들되	짓다	짓되
닫다	닫되	쓰다	쓰되
들다	들되	자르다	자르되
입다	입되	놓다	놓되

與「形容詞」結合時			
따뜻하다	따뜻하되	좁다	좁되
시다	시되	춥다	춥되
아니다	아니로되*	낫다	낫되
좋다	좋되	바쁘다	바쁘되
없다	없으되*	빠르다	빠르되
길다	길되	그렇다	그렇되

與「名詞이다」結合時

학생이다	학생이되	학교이다	학교이되

用　法：

1. 表示對前文內容表示允許、認同，並於後文中說明與此同時伴隨之附加說明、補充限制；用作此用法時，主要與動詞結合，且後文常以命令句、共動句之形式呈現。與此同時，「-되」前方不與過去形先語末語尾「-았-/-었-/-였-」結合使用。

   * 지금 보시는 모든 반찬은 마음껏 드시되, 다만 남기지 마십시오.
   現在看到的每道菜都可以盡情享用，惟請不要剩下。

   （此時對前文內容表示允許、同意，並於後文中說明同時伴隨之補充限制。）

   * 건강을 위해 과일을 먹되 당분이 많이 들어간 것을 피하는 게 좋습니다.
   為了健康而吃水果，惟最好避開糖分高的（水果）。

   （此時對前文內容表示認同、認可，並於後文中說明同時伴隨之附加說明。）

2. 表示前後文間關係之對立、相反；用作此用法時，可與動詞、形容詞、名詞이다結合。與此同時，若欲陳述之狀態、行為之時間為過去或是已完成時，可在前文添加過去形先語末語尾「-았-/-었-/-였-」，並將句型以「-으되」之形態呈現後結合作「-았/었/였으되」。

   * 밥은 이미 먹었으되 또 무언가 먹고 싶네요.
   已經吃了飯，卻又還想吃點什麼呢。

   * 강하되 무례하지 않고, 친절하되 약하지 않아야 되는 것이 중요합니다.
   堅強但不無禮、親切卻不軟弱是很重要的。

3. 相較於語氣輕鬆之口語對話，「-되」更常使用於書面訊息、嚴謹場合中，且語氣往往更為強烈。

- 협박죄를 적용하되 경우에 따라 더 무거운 살인예비죄 적용도 검토할 예정입니다.
  雖然適用恐嚇罪，但根據情況，將討論（是否）適用更重的預謀殺人罪。

- 우리 상사는 칭찬은 허용하되 비판은 아예 용납하지 않습니다.
  我們上司允許稱讚，卻完全不接受批評。

延伸補充：

1. 除「-았-/-었-/-였-」之外，「-되」在前方與「-겠-」、「있다」、「없다」等詞彙、用法結合時，亦會改以「-으되」之形態呈現，作「-겠으되」、「있으되」、「없으되」。

- 목표가 있으되 노력이 따르지 않으면 성공하기 어렵습니다.
  有目標但卻不努力的話，很難成功。

- 사람으로는 할 수 없으되 하나님으로서는 다 하실 수 있습니다.
  身為人無法做到，但作為上帝卻全都可以做到。

2. 「-되」在前方與「이다」結合時，亦常另改以「-로되」之形態呈現，作「이로되」；但在前方與「아니다」結合時，則僅作「아니로되」。

- 전투를 이기는 것은 위대한 장군이로되 전쟁에 승리를 가져오는 것은 무명의 병사입니다.
  贏得戰鬥的是偉大的將軍，而帶來戰勝的卻是無名的士兵。

- 그 사람은 작가는 아니로되 작가보다 더 글재주가 있습니다.
  那個人不是作家，卻比作家更具文采。

索引

索引

索引

345

國家圖書館出版品預行編目資料

活用韓語關鍵句型〈進階〉/ 羅際任著
-- 初版 -- 臺北市:瑞蘭國際, 2024.09
352面;19×26公分 --（外語學習系列;140）
ISBN:978-626-7473-61-0（平裝）
1.CST:韓語 2.CST:語法

803.26　　　　　　　　　　　　　　　113013283

外語學習系列140
活用韓語關鍵句型〈進階〉
作者｜羅際任
責任編輯｜潘治婷、王愿琦
校對｜羅際任、潘治婷、王愿琦

封面設計、版型設計、內文排版｜陳如琪

瑞蘭國際出版
董事長｜張暖彗・社長兼總編輯｜王愿琦
編輯部
副總編輯｜葉仲芸・主編｜潘治婷
設計部主任｜陳如琪
業務部
經理｜楊米琪・主任｜林湲洵・組長｜張毓庭

出版社｜瑞蘭國際有限公司・地址｜台北市大安區安和路一段104號7樓之1
電話｜(02)2700-4625・傳真｜(02)2700-4622・訂購專線｜(02)2700-4625
劃撥帳號｜19914152 瑞蘭國際有限公司
瑞蘭國際網路書城｜www.genki-japan.com.tw

法律顧問｜海灣國際法律事務所　呂錦峯律師

總經銷｜聯合發行股份有限公司・電話｜(02)2917-8022、2917-8042
傳真｜(02)2915-6275、2915-7212・印刷｜科億印刷股份有限公司
出版日期｜2024年09月初版1刷・定價｜560元・ISBN｜978-626-7473-61-0